MARINA SIMCOE

La Conquête du Serpent

PARTIE 2

LA RIVIÈRE DES BRUMES

La Conquête du Serpent
Le Monde de la Rivière des Brumes

Ce livre est une œuvre de fiction. Les noms, les personnages, les lieux et les
événements sont le fruit de l'imagination de l'auteur. Les noms locaux et de lieux
publics sont utilisés pour créer l'ambiance du roman. Toute ressemblance avec des
personnes réelles, vivantes ou mortes, ou avec des entreprises, des sociétés, des
événements, des institutions ou des lieux est totalement fortuite.
Première Édition
Traduit par : Kahina O.
Corrigé par : Alorthographe

La conquête du serpent est un roman de fantasy avec une histoire d'amour entre
un homme et une femme. Il vise un public adulte.

La Conquête du Serpent

TOME 2

MARINA SIMCOE

Un

AMIRA

Lady Igaed piqua son aiguille dans la broderie sur laquelle elle travaillait. Sa toile était tellement tendue que je pouvais entendre chaque point qu'elle faisait.

— Lord Kyllen rentre-t-il au palais ce soir ? demanda-t-elle en enchaînant les points dans une série ininterrompue de petits coups.

À l'évocation du nom de Kyllen, mon cœur bondit et se dérégla complètement. C'était le quatrième jour depuis son départ, mais cela semblait être une éternité.

— Oui, répondis-je en serrant la tasse de thé dans mes mains. Il a dit qu'il rentrerait ce soir.

Je n'avais pas grand-chose à faire au palais à part manger et dormir. Et avec le bandeau sur les yeux, je ne pouvais même pas me joindre aux travaux manuels de lady Igaed afin de passer le temps jusqu'au retour de Kyllen. J'avais accepté de lui rendre visite ce matin parce que la solitude de ma chambre m'avait rappelé mes moments d'isolement derrière une caisse dans les tentes de Madame.

— A-t-il dit où il se rendait ? demanda Igaed pour la deuxième fois depuis que nous nous étions retrouvées après le petit déjeuner.

Nous étions assises dans une espèce de patio. Le palais du Haut Seigneur était conçu de telle sorte que les espaces de vie se mêlaient harmonieusement à l'extérieur. Les chambres étaient taillées dans les branches épaisses des grands arbres royaux, et agrémentées de murs et de cloisons là où cela était nécessaire. Les salles et les espaces communs étaient souvent à ciel ouvert, protégés uniquement par la canopée luxuriante qui les surplombait.

Une brise caressa mon visage. Les lumières filtraient à travers mon bandeau dans un motif toujours changeant, les rayons du soleil devaient sûrement être en train de jouer entre les feuilles au-dessus de nous. Geltar, qui avait été désignée comme ma femme de chambre, m'avait fait part de l'invitation de la lady à la rejoindre dans son salon. Et nous étions là, dans la brise et le soleil, sous la voûte végétale. Ce n'était pas une « pièce » comme j'en avais l'habitude.

— Non. Kyllen ne m'a pas dit où il allait, répondis-je en gardant la tête basse.

Je ne m'attendais pas à ce qu'il me laisse seule si tôt, à peine un jour après notre arrivée à Lorsan. Avant de partir, il m'avait embrassée et serrée dans ses bras, une étreinte qui me semblait encore trop courte. Ensuite, il avait glissé quelque chose sur mon annulaire.

— Cela te protégera durant mon absence.

— Qu'est-ce que c'est ? demandai-je en palpant l'objet avec précaution.

C'était une bague sertie d'une pierre percée d'un trou. Il avait l'habitude de la porter à son petit doigt.

— C'est une pierre de sorcière. La magie circule à travers et crée un passage. Juste ici. (Il prit ma main et pressa un de mes doigts sur le canal lisse du trou.) Ça te protégera des maléfices ou de ce qu'ils pourraient mettre dans ta nourriture.

« Ne fais confiance à personne ». Ses paroles résonnaient encore dans ma tête.

Tout en tenant la tasse de thé, les doigts croisés, je suivis les bords lisses du trou dans la pierre. C'était chaud et, d'une certaine manière, réconfortant.

— Mmm, dit Igaed en continuant à piquer énergiquement la toile avec son aiguille. Lord Kyllen est plutôt secret, n'est-ce pas ?

Elle avait touché un point sensible. Kyllen était parti sans me dire où il se rendait et cela me dérangeait. Je lui faisais aveuglément confiance, mais il avait choisi de me cacher des choses.

Mes pensées se précipitèrent vers le jour de son départ. Nous avions pris le petit déjeuner ensemble. Il avait voulu savoir quels œufs je préférais, ceux de poisson ou de grenouille marinés. Il avait commandé les deux pour que je les goûte. Je lui avais dit que je préférais toujours les œufs de poule, ce qui l'avait fait rire.

Oh, mon Dieu, combien ce rire me manquait ! Le désir de le revoir transperça ma poitrine si fort qu'il me fit mal. Je serrai mes doigts autour de la tasse de thé, tâchant de ne pas m'effondrer devant lady Igaed.

Je fis en sorte que ma voix ne tremble pas :

— Je suis sûre qu'il a ses raisons.

— Vraiment ? répondit-elle. Je ne vois pas ce que ça pourrait être. Nous sommes tous sa famille ici. Nous lui avons souhaité la bienvenue. Le Haut Seigneur avait prévu une grande fête pour marquer son retour. Et il est parti...

Elle laissa la fin de sa phrase en suspens, comme si elle m'invitait à m'expliquer.

Mais que pouvais-je dire d'autre sinon que Kyllen n'avait pas parlé de ses projets de voyage parce qu'il ne voulait pas que quelqu'un le sache ? Peut-être n'avait-il pas confiance en sa famille, tout comme il n'avait manifestement pas entièrement confiance en moi.

Quand je lui avais demandé sa destination, il m'avait demandé d'attendre. L'attente me minait encore plus que mon impossibilité de voir le monde autour de moi.

— Les hommes, souffla Igaed, et je l'imaginais en train de

secouer la tête. Il est préférable pour une femme de ne jamais dépendre d'un homme.

C'était une remarque surprenante de la part de la femme mariée à lord Bherlon, le fils du Haut Seigneur d'Ellohi, et qui était censée gouverner ces terres aux côtés de son mari un jour.

— Est-ce que lord Bherlon et vous êtes unis par le lien d'attachement ? lâchai-je.

Elle gloussa :

— Oh non, ma chérie. Trouver le compagnon idéal est si rare qu'on peut passer toute sa vie à le chercher et à l'attendre en vain. Cela n'en vaut pas la peine. Ce lien est absent de la majorité des unions entre fae. Et franchement, c'est plus facile comme ça.

— Plus facile ? Comment ça ?

— Ce type de lien nécessite une forte implication émotionnelle. Au point où, si l'un des compagnons meurt, l'autre suivra rapidement. C'est triste, vraiment. (Elle poussa un soupir.) Alors qu'un mariage pratique et arrangé permet à une femme de conserver davantage sa personnalité, son cœur, son âme, voire son corps dans certains cas.

J'essayai de ne pas paraître naïve, mais je ne pus résister à la curiosité.

— Le sexe n'est-il pas obligatoire dans un mariage ?

Elle gloussa doucement.

— Pas nécessairement. Une union diplomatique ne requiert que votre esprit et votre porte-monnaie, ou tout statut et propriété que chaque partenaire apporte à l'union. Mon père, Haut Seigneur de Stevali, a transféré une grande partie de ses meilleurs terrains de chasse à Ellohi dans le cadre de notre accord de mariage. Le Seigneur Udren a conclu une alliance avec lui en retour.

— Oh... dis-je en buvant une gorgée de mon thé maintenant tiède.

J'avais tellement de choses à apprendre sur ce nouveau mode de vie. Maintenant que j'avais plus de temps libre, je rêvais de trouver des livres sur le sujet. Mais avec le bandeau sur les yeux, il m'aurait été impossible de lire de toute façon.

— Mais *vous* n'avez pas à vous soucier de tout cela, ma chère, souligna-t-elle. Les humains ne peuvent pas se marier avec un fae, ou tisser le lien avec eux. Du moins, je n'ai jamais entendu dire que cela pouvait arriver.

Son ton dédaigneux me transperça comme son aiguille à travers la toile dans le cadre.

— Que deviennent-ils alors ? demandai-je avec appréhension.

— Votre espèce est rare sur Nérifir. Je n'ai jamais entendu dire que l'un d'entre vous était venu à Lorsan, et ce, pour des raisons évidentes. (Elle faisait clairement référence à la nécessité de mon bandeau.) Les légendes des autres royaumes de Nérifir disent que les humains font de très bons amants. Ils sont aussi très féconds. Votre taux de natalité est beaucoup plus élevé que celui des fae, malgré votre durée de vie plus courte ou, peut-être, justement en raison de celle-ci. De plus, un enfant né d'un humain restera toujours un fae. C'est un avantage pour un amant, surtout s'il n'a pas d'héritier légitime.

Je posai ma tasse sur une table voisine. Si je tentais de prendre une autre gorgée, je risquais fort de m'étouffer avec. Il y avait aussi un réel danger qu'elle tombe, car mes mains tremblaient. Je les serrai, en détestant l'idée que lady Igaed pouvait sûrement voir la détresse que ses propos provoquaient en moi. Je n'avais jamais été douée pour cacher mes émotions.

— Il n'y a pas lieu de s'inquiéter, ma chérie, me cajola-t-elle. Tant que tu seras jeune et jolie, tu pourras toujours trouver un seigneur n'importe où dans Nérifir pour prendre soin de toi.

Je ne savais pas si ses paroles étaient destinées à me consoler, mais elles ne faisaient rien de tel. J'étais venue à Nérifir pour être libre. Pas pour devenir la maîtresse de quelqu'un ou... une poule pondeuse.

Le corsage serré de la robe dans laquelle Geltar m'avait enveloppée ce matin-là me parut encore plus étroit. Je courbai la tête, mais il n'y avait pas de foulard dans lequel me cacher. La robe n'avait même pas de col, ce qui laissait mon cou et mes épaules à découvert. J'avais l'impression que toute mon âme était exposée, elle aussi, nue et vulnérable.

Quelqu'un marcha sur la terrasse où nous étions assises.

— Oh, bonjour, chéri, murmura Igaed à la personne. Vous êtes debout.

Au ton intime de sa voix, je supposai que le nouveau venu était son mari.

— Je vous cherchais, répondit-il, et je compris que ce n'était pas lord Bherlon.

La voix appartenait à un autre homme, et je ne savais pas exactement qui c'était.

Ses paroles furent suivies du bruit d'un baiser et d'un gloussement de la dame. Un autre baiser, puis le bruissement des vêtements et le grincement de sa chaise.

Pensaient-ils que mon bandeau m'empêcherait de voir ce qu'ils faisaient ? Ou est-ce qu'ils s'en fichaient tout simplement ?

— Tu dois partir mon cœur. Je suis en train de discuter avec lady Amira. Ne le vois-tu pas ?

— Bonjour, lady Amira, déclara l'homme en adoptant un ton légèrement plus formel. Pardonnez-moi de vous avoir interrompues.

Je hochai la tête dans sa direction, ne sachant pas quoi répondre. Aucun des deux n'avait pris la peine de nous présenter. Je ne connaissais pas son nom.

Ses pas s'évanouirent au loin, marquant son départ.

— C'est l'un des gardes personnels du Haut Seigneur, expliqua Igaed, alors que je n'avais pas demandé d'explication. C'est aussi l'un de mes amants.

— Et lord Bherlon...

— Il le sait, bien sûr, continua-t-elle. Mais il s'en moque. Lord Bherlon a un grand nombre de courtisans, hommes et femmes, pour lui tenir compagnie dans son nid, lui aussi. Comme je vous l'ai dit, un mariage de haute naissance est une union politique avant tout. En dehors des visites programmées de mon mari dans mon nid, dans l'espoir de concevoir un jour un héritier, je suis libre de décider à qui je veux accorder mes faveurs. Mon cœur reste à moi. (Elle avait dû se pencher vers moi, car sa voix semblait plus proche.) Si vous êtes une femme intelligente, lady Amira, ne donnez jamais votre cœur à qui que ce soit. Sans terre, sans nom, sans titre, c'est votre bien le plus précieux, votre *seul* bien. Préservez-le. (Elle se redressa et sa voix s'éleva.) C'est le meilleur moyen d'éviter un chagrin d'amour. De plus, un seul homme ne pourra jamais donner à une femme tout ce qu'elle désire, même s'il essayait. Alors, pourquoi se contenter d'un seul ?

Je ne savais pas du tout comment répondre à cette question. Attendait-elle toutefois une réponse ?

Probablement pas, car elle poursuivit :

— Bref, quand Kyllen se lassera de vous...

— Ça n'arrivera pas, la stoppai-je, ne voulant pas entendre la fin de cette phrase. Il m'a promis que...

Elle ricana :

— Les fae ne font pas de promesses s'ils peuvent l'éviter, ma chère. Parfois, on pourrait croire que nous le faisons, mais les mots peuvent être facilement déformés.

— Kyllen ne va rien déformer du tout, arguai-je. Il s'est engagé de manière claire et nette. Il a fait un serment.

C'est ainsi que j'avais compris ses paroles, dans cette chambre d'hôtel à Londres, un serment.

— Qu'est-ce qu'il vous a dit exactement ? demanda-t-elle avec désinvolture.

En fait, elle semblait faire un grand effort pour paraître désintéressée.

Je n'avais aucune idée de la façon dont lady Igaed pourrait tirer profit des mots exacts qu'avait utilisés Kyllen ou si cela pouvait lui nuire. Mais son avertissement de ne faire confiance à personne me revint en tête.

— Je pense que ce serait mieux de le lui demander, répondis-je fermement. C'est *sa* promesse après tout. C'est à lui de la révéler.

« *Ou pas* », ajoutai-je pour moi-même.

Quand je regagnai finalement ma chambre, ses paroles continuèrent à me hanter.

Je fermai le nouveau verrou que Kyllen avait installé sur ma porte avant de partir. Puis je fis les cent pas dans la pièce, perdue dans mes pensées.

Il avait été si facile de me laisser aller à la tendresse de Kyllen quand il me prenait dans ses bras. Si facile de garder les yeux fermés — au sens propre comme au figuré — sur le monde qui m'entourait, d'ignorer la vie de la cour et les personnes qui s'y trouvaient.

Ne pas y prêter attention me coûtait finalement. Cet endroit était censé être ma nouvelle maison. Je devais trouver ma place dans la vie de la cour.

Mais comment voulais-je exactement m'intégrer ? Quelle serait ma position idéale ?

Je l'ignorais aussi.

Je voulais être avec Kyllen, mais était-ce réaliste ? Nous n'avions pas parlé de mariage. Je n'y avais jamais pensé jusqu'à ma conversation avec Igaed. Le mariage en lui-même ne m'intéressait pas vraiment. Tant que Kyllen et moi étions ensemble, peu m'importait de savoir comment les choses se passaient.

Mais cela avait de l'importance pour les autres. À Lorsan, le statut déterminait tout.

Si je ne pouvais pas être la compagne de Kyllen ou sa femme, comment me sentirais-je s'il décidait un jour de se marier ? L'idée de le savoir en couple ne me convenait pas. Même s'il ne s'agissait que de « visites programmées » dans un but de procréation entre lui et sa future épouse, je ne pouvais pas imaginer le partager avec une autre.

En revanche, je comprenais que je n'avais pas le droit d'exiger quoi que ce soit de lui. Il ne m'avait fait aucune promesse à part celle de prendre soin de moi. Et peut-être que cela devait être suffisant. Mais ça ne l'était pas. J'en voulais davantage. Je voulais l'avoir dans mon nid chaque nuit, seulement tous les deux.

Mais qu'est-ce que je représentais pour lui ?

Kyllen aimait s'amuser et vivre des émotions fortes. Il prenait plaisir à découvrir de nouvelles choses. Il m'avait découverte dans un autre monde et avait décidé de me garder pour lui, comme un enfant le ferait avec un nouveau jouet tout beau tout neuf.

Possessif comme il était, il ne laissait personne toucher son joujou préféré. Mais cela ne signifiait pas qu'il n'aurait pas d'autres amours pour s'amuser avec. Rien ne l'empêchait d'offrir son affection à autant de personnes qu'il le souhaitait. Surtout que ceci était la norme à la cour de son frère.

Peut-être que lady Igaed avait raison lorsqu'elle me conseillait de ne pas donner mon cœur à n'importe qui. Cependant, je craignais que son conseil n'arrivât un peu trop tard.

Deux

KYLLEN

Avec ses avant-bras enserrés de bracelets en cuir, il écarta de son chemin les hautes lames pointues des roseaux ambrés. Les deux planches, la sienne et celle de son compagnon de route étaient renforcées par la magie pour accroître leur vitesse. Chaque coup de pagaie, long et assuré, les envoyait voguer en avant sur la surface de la rivière.

Malgré l'herbe épaisse dans cette partie du cours d'eau, les planches glissaient bien et gardaient un rythme régulier. Les lames tranchantes des hautes herbes avaient déchiré ses vêtements. Sans ses bracelets, la peau de ses avant-bras aurait été lacérée.

— Mon seigneur, c'est juste après ce virage, dit Hapon, qui désigna d'un geste de la main la parcelle de terre qui entrait dans les eaux paresseuses de la crique de Gex, l'un des nombreux canaux de la baie de Layahi. Nous serons au palais pour le dîner.

Kyllen n'avait pas besoin qu'Hapon lui dise cela. Il connaissait par cœur l'embouchure de chaque cours d'eau qui entrait ou sortait de la baie. Mais il laissa Hapon mener la marche. L'homme aimait manifestement être utile, et il n'avait pas à cœur de le remettre à sa place.

Il avait choisi Hapon pour l'accompagner pour la même raison qu'il avait chargé cet homme de monter la garde devant la porte d'Amira lors de leur première nuit à Lorsan. Quand il l'avait vu pour la première fois, l'homme lui avait rappelé Sedren, qui avait été l'un des rares gardes loyaux à son père. Il avait appris plus tard qu'Hapon était son fils, ce qui avait renforcé sa confiance en lui.

Cela ne voulait pas dire, bien sûr, qu'Hapon ne le trahirait pas si on lui en donnait l'occasion. Mais jusqu'à présent, il s'était avéré être un excellent partenaire de voyage.

Le fait que la mère d'Hapon soit originaire d'un petit village situé près de la frontière entre Lorsan et Olathana, le pays des sirènes, était également une bonne chose. Il leur avait fallu presque deux jours pour atteindre l'endroit. Mais Hapon connaissait bien le village et avait aidé Kyllen à trouver rapidement ce qu'il cherchait.

Ils tournèrent dans le méandre où le ruisseau se jetait dans la baie de Layahi. Les parcelles herbeuses se retirèrent sur les berges. Leurs planches se faufilaient maintenant sur la surface nette, sans aucun obstacle.

Les planches nautiques étaient le meilleur moyen de transport pour deux personnes avec peu de bagages. De vastes étendues des marécages étaient impraticables à cheval, même avec des fers magiques. Traverser les marais à pied demandait des semaines. Et il détestait l'idée de laisser Amira seule aussi longtemps.

En fait, Hapon et lui avaient fait l'aller-retour jusqu'à la frontière en moins de quatre jours. Leurs planches n'avaient nécessité qu'un petit coup de pouce magique ici et là pour franchir quelques zones herbeuses.

L'arbre royal du palais, brillamment éclairé, scintillait au loin. Sa maison. Depuis le jour de sa naissance, Ellohi était censé *lui* revenir un jour, en totalité, mais le royaume lui avait glissé entre les doigts.

Il aurait dû être ravi de revenir à Lorsan à une date relativement proche de celle de son départ. Mais les choses n'étaient pas aussi simples.

Udren était la seule personne qu'il connaissait. La seule qui se souvenait de lui. Hormis son frère, le palais était rempli de parfaits inconnus.

Au cours de son dernier dîner avec ces gens, qui étaient maintenant sa famille, il avait appris que Bherlon avait trois cent vingt-trois ans. Durant toutes ces années, son neveu avait été préparé à devenir le prochain Haut Seigneur, et il n'avait pas l'intention d'y renoncer maintenant.

Personne ne s'attendait au retour de Kyllen. Ils l'avaient pleuré et enterré, littéralement — il y avait eu des funérailles avec une urne symbolique de terre placée sur le tumulus ultime sous les racines de l'arbre du palais.

Après cela, Udren, son frère, s'était emparé de sa place dans tous les domaines. Le petit vaurien avait même épousé la promise de Kyllen, lady Eiphed. Non pas que Kyllen était contrarié d'avoir perdu sa fiancée. Il connaissait à peine cette femme et n'avait absolument aucun sentiment ou même une opinion précise à son sujet.

Il ne pouvait pas blâmer Udren d'avoir pris la relève. Le monde n'aurait pas pu rester figé pendant presque cinq siècles en son absence. Udren n'avait violé aucune loi en prenant la place laissée vacante par l'enlèvement de Kyllen.

Mais ces lieux continueraient toujours d'appartenir à Kyllen. Il était le Haut Seigneur légitime d'Ellohi, et il serait damné s'il s'écartait maintenant en faveur du neveu qu'il n'avait jamais rencontré jusqu'à quelques jours auparavant.

Les lumières dorées du palais se mêlaient aux couleurs roses et orangées du coucher de soleil à l'horizon. La beauté de sa région natale lui coupa le souffle. Il avait hâte qu'Amira la *voie* aussi.

L'idée d'être avec elle redonna de la vigueur aux muscles fatigués de ses bras. C'était le seul visage qu'il souhaitait voir après ce long et épuisant voyage. Elle avait été son seul rayon de soleil durant son emprisonnement chez Ghata. Et puis elle restait toujours son guide, dans cet endroit, censé être son foyer, mais qui ne l'était plus.

Hapon et lui approchaient du palais, en se faufilant entre les centaines d'autres planches, radeaux et petits bateaux. Kyllen indiqua à Hapon de passer par le côté, et d'éviter ainsi le passage principal très fréquenté.

Ils manœuvrèrent entre les troncs et les racines des arbres, les quais et d'autres navires. Puis il glissa son embarcation au plus près de l'arbre royal. La fenêtre d'Amira était assez haute. Il ne pouvait voir que la lueur qui filtrait de sa chambre au-dessus d'eux.

Il n'y avait pas de branches au-delà de la fine pousse juste au-dessus de l'eau. La surface lisse du tronc royal s'étendait en hauteur et en largeur.

— Lord Kyllen ? lança Hapon d'un ton hésitant.

— Pouvez-vous ramener ma planche au quai principal ? répondit Kyllen en glissant sa pagaie dans la fente située sur le côté de la planche, puis en déroulant la longue corde attachée à son extrémité.

La corde était utilisée pour attacher les petits vaisseaux légers quand ils n'étaient pas en service.

— Comment comptez-*vous* entrer ? s'enquit Hapon en fronçant les sourcils.

Les *senties* rougeâtres de l'homme s'agitaient, ce qui trahissait son inquiétude.

— Je vais l'escalader, expliqua Kyllen en dirigeant son menton vers l'arbre.

Hapon leva les yeux vers le tronc.

— Il est de mon devoir de vous informer qu'il est impossible d'escalader les murs du palais. En plus des protections magiques, l'arbre est lissé et poli à dessein, pour préserver le Haut Seigneur et sa famille des intrus.

— Je sais, Hapon.

— Les gardes ne vous arrêteront peut-être pas, puisque vous êtes de la lignée du Haut Seigneur, mais même sans ça... C'est tout simplement impossible.

Kyllen cacha un sourire. Hapon ressemblait tellement à son père. Sedren avait grondé Kyllen de nombreuses fois pour avoir escaladé ce même mur quand il était enfant.

Comme l'avait dit Hapon, les gardes ne posaient pas problème à Kyllen. Le sang de ses ancêtres lui permettrait de les ignorer. Cependant, le verrou qu'il avait installé sur la porte d'Amira avant de partir ne pouvait être ouvert que de l'intérieur de sa chambre. Bien sûr, il pouvait frapper à sa porte et attendre qu'elle lui ouvre. Mais là était le problème, il ne pouvait plus *attendre*.

— C'est plus rapide ainsi, dit-il en enlevant ses bottes et en écartant les réserves d'Hapon d'un geste de la main.

Il se servit des fourrés pour escalader la première partie du tronc. Une fois arrivé à la surface plus lisse, il ralentit légèrement, à la recherche des petites protubérances à peine perceptibles de l'écorce.

À l'aide de ses doigts, de ses orteils, et même de ses *senties*, il retrouva le chemin familier et grimpa peu à peu.

Beaucoup de changements avaient eu lieu dans ce monde durant son absence. Mais il était heureux de découvrir que certaines choses étaient restées les mêmes. L'arbre royal n'avait pas changé du tout.

Trois

AMIRA

À l'heure du dîner, j'étais déjà anéantie par mes inquiétudes. Je me sentais mal, il fallait que je me remue. Au point de vouloir nettoyer quelque chose pour évacuer l'énergie nerveuse qui me traversait.

Geltar était là pour m'aider à m'habiller pour le repas. J'avais besoin de son aide, et ce n'était pas seulement à cause de ma cécité forcée. Enfiler la robe de soirée que Geltar avait apportée s'était avéré beaucoup plus difficile que d'enfiler un t-shirt et un sweat à capuche.

Il n'y avait pas de corset, Dieu merci. Mais le corsage à double épaisseur était très serré et lacé dans mon dos avec un ruban. La jupe légère et fluide avait une fente haute sur le côté qui dévoilait ma jambe droite à chaque pas.

Mon cou, mes bras et mes épaules étaient nus. La brise de la fenêtre glaçait cette surface de peau, que je n'avais jamais exposée auparavant.

Geltar avait fixé des manchettes en métal sur mes bras. De longs foulards de la même matière fluide que ma jupe y étaient attachés. Le tissu léger descendait le long de mes bras jusqu'au sol.

— Quelle est la couleur de cette robe, Geltar ? demandai-je, en caressant le tissu doux de ma jupe. Malgré ses nombreuses épaisseurs, je me sentais en apesanteur.

— Oh, c'est la plus douce nuance de menthe, gazouilla-t-elle. Elle donne à votre peau une petite teinte de vert. C'est très joli.

Elle semblait être en train de me complimenter.

— Est-ce que les gorgones aiment cette couleur ?

— Oh oui, répondit-elle avec enthousiasme.

Je repensai au motif sur les *senties* de Kyllen.

— Est-ce que toutes les gorgones sont colorées ainsi ? demandai-je, en essayant d'imaginer la foule dont je serais entourée ce soir.

— Non, elles ne le sont pas, répondit-elle, puis elle m'installa sur une chaise et commença à me brosser les cheveux. Le vert est une belle teinte. Mais qui n'apparaît que sur les motifs de notre dos et nos *senties*. Notre peau a une grande palette de couleurs, du sable pâle à l'argile rougeâtre, en passant par toutes les nuances de bleu et de gris, jusqu'au beige ou au bronze. Nos motifs sont encore plus variés : verts, bordeaux, noirs, violets, dorés, roses… Leurs couleurs sont magnifiques… continua-t-elle, puis elle s'interrompit, réalisant peut-être que je n'avais pas grand-chose à offrir dans ce domaine. Vos cheveux sont superbes, lady. Et si vous le souhaitez, je vais vous apporter une palette de poudres. Nous pouvons teindre votre peau, dans la couleur que vous voulez. Je peux aussi trouver quelqu'un pour peindre des motifs sur votre dos. Nous avons beaucoup d'artistes talentueux à Ellohi.

J'avais détaché mon bandeau, mais le gardais sur mes yeux pendant qu'elle tressait mes cheveux.

— Merci, mais ça ira. Je vais me contenter de ma peau, aussi ordinaire soit-elle.

Je pressentais qu'aucun changement dans mon apparence ne me ferait accepter plus rapidement dans la Cour d'Ellohi. Je ne me sentirais pas tout à fait à l'aise dans ma peau, durant un bon moment, quels que soient les motifs que j'y peindrais.

Geltar sépara habilement mes cheveux en plusieurs parties et les tressa en nattes. Il y en avait vingt-quatre, m'expliqua-t-elle. Puis elle me raconta comment elle avait appris à se coiffer dans une famille de marchands qui voyageaient le long de la frontière pour commercer avec les sirènes et les loups-garous.

Elle fixa les extrémités avec des pinces en forme de serpent en les enroulant en spirale autour de chaque tresse, puis elle remit le bandeau en place pour moi.

— Vous êtes magnifique, lady Amira.

Au son de sa voix, elle me parut avoir reculé, peut-être pour admirer son travail.

— Merci, Geltar. (C'était vraiment bizarre pour moi qu'une personne m'habille et me brosse les cheveux alors que j'avais fait la même chose pour quelqu'un d'autre toute ma vie.) Pourrais-tu ajouter ça à ma coiffure aussi, s'il te plaît ?

Je lui tendis la barrette en forme de libellule, seule chose que j'avais apportée de mon ancien monde, avec le pantalon et le pull que j'avais jetés.

— Oh, c'est mignon. (Elle saisit la barrette.) Mais elle semble plutôt ordinaire. La boîte à bijoux que le Haut Seigneur a envoyée pour vous ce soir contient de bien meilleures pièces. Je peux en choisir...

— Non. (J'avais déjà assez de breloques sur mes bras, mes doigts et autour du cou. Leur métal froid et dur gelait ma peau partout où Geltar les avait placés.) Je veux juste celui-là. S'il te plaît, accroche-le à l'une des tresses.

Elle s'exécuta, puis proposa :

— Voulez-vous que je vous emmène à la grande salle du repas maintenant ?

Je secouai la tête.

— Je vais attendre Kyllen.

— Mais si lord Kyllen est en retard ?

— Et bien... (L'idée de m'asseoir seule à la table du Haut Seigneur, entourée d'étrangers, me terrifiait. Mais je ne pouvais pas continuer à me cacher dans cette pièce. Malgré mes yeux bandés, je devais en découvrir plus sur mon environnement.) Bon, s'il est retardé, alors vous pourrez venir me chercher juste avant le début du dîner.

Lorsque Geltar se retira, je m'assis sur l'une des chaises de la table pour essayer de reprendre mes esprits.

Comment se préparer à affronter une foule de personnes qu'on ne pouvait pas voir ? Seraient-ils tous comme lady Igaed, à déguiser des insultes pour les faire passer pour des conseils utiles ? Avais-je la peau assez dure pour m'en sortir indemne ?

Un bruissement de feuilles et un claquement de branches me tirèrent de mes pensées confuses. Je bondis de mon siège et saisis la première chose qui pouvait me servir d'arme : la chaise sur laquelle j'étais assise.

— Qui est là ?

Le petit rire familier me parvint de la fenêtre.

— Oh, ma douce Amira, comme tu es sexy en brandissant cette chaise !

— Kyllen… (Je baissai les bras. La chaise m'échappa des doigts et heurta le sol dans un bruit sourd.) Tu es de retour.

Je fis un pas vers le son de sa voix, et il me prit dans ses bras. Il sentait la forêt et la rivière, et tout ce qui était arrivé de merveilleux dans ma vie.

Je glissai mes mains sur son torse et pris son visage entre mes paumes. Il passa ses doigts entre les miens, les enroula autour de mes poignets pour me fixer à lui tandis qu'il m'embrassait.

— Allais-tu vraiment me frapper avec cette chaise ?

Il sourit contre mes lèvres.

— Je ne savais pas que c'était toi. (Je me blottis contre lui. Un frisson de plaisir parcourut mon corps à ce contact.) Pourquoi la fenêtre ? Qu'est-ce qui ne va pas avec la porte ?

— Tu m'as manqué, et c'était plus rapide comme ça. En plus, c'était quelque chose de te voir avec cette chaise, prête à me la lancer à la figure.

Je n'avais pas la force des gorgones pour pouvoir projeter des meubles, alors je me contentai de secouer la tête à sa taquinerie.

Un pur bonheur se répandit en moi à l'idée d'avoir à nouveau ses bras autour de moi. Il m'avait manqué aussi. Tellement.

— Tu m'as fait peur, dis-je en pressant mon nez sur sa tunique, pour respirer son odeur familière.

— Je n'en avais pas l'intention. (Il embrassa mes cheveux.) Tu m'as tellement manqué ces quatre derniers jours. Je ne pouvais vraiment pas attendre une minute de plus. Me crois-tu ?

— Je te crois.

Il explosa de rire.

— Mais vois-tu, je n'arrive pas à y croire moi-même. Personne n'a jamais eu cette emprise sur moi auparavant, Amira. Je ne me souciais guère d'être loin du palais. Mais là, je ne supportais pas d'être loin de toi.

Peu de gens se souvenaient de lui dans ce monde. Kyllen et moi avions une histoire commune qui nous lierait à jamais. Mais je sentais qu'il y avait bien plus que cela. Je l'espérais en tout cas.

Je resserrai mon étreinte et me collai plus étroitement à lui. Je souhaitais entrer en contact avec chaque partie de son corps, et rester comme ça, bien au chaud, confortablement installée et en paix.

— C'est si bon de te retrouver, murmurai-je contre son torse. Où étais-tu passé ?

— Oh, c'est vrai. (Il se libéra de mes bras.) J'ai quelque chose pour toi.

Il y eut un bruissement de tissu ; il devait être en train de fouiller dans le sac de voyage qu'il avait en bandoulière.

— Qu'est-ce que c'est ? Un autre cadeau ? (L'impatience bouillonna en moi dans une chaude effervescence.) Tu sais que tu risques de trop me gâter.

— Tu as attendu trop longtemps avant de recevoir des cadeaux et te faire dorloter mon petit pois. Mais ce n'est pas une chose futile. (La fierté résonnait dans sa voix.) Je voulais te l'offrir dès notre retour à Lorsan, et c'est chose faite. Tiens.

Il plaça quelque chose sur ma tête. Cela ressemblait à un

cercle, ferme, mais suffisamment souple, pour s'adapter parfaitement à la forme de mon crâne.

— Maintenant, laisse-moi enlever ça.

Il détacha mon bandeau.

Je gardai les yeux fermés, surprise par son geste.

— Qu'est-ce qui se passe ?

Avec un doigt sous mon menton, il redressa ma tête vers le haut.

— Regarde-moi, Amira.

Il me demandait de le regarder ! Alors qu'il n'avait cessé de me recommander de garder les yeux fermés depuis notre rencontre ?

— Ne t'inquiète pas, me rassura-t-il. C'est sans danger. Je l'ai testé sur une sirène.

— Testé quoi ?

— Le voile.

Quelque chose de léger caressa mon visage et glissa sur mes épaules nues avec le souffle d'une brise.

— Regarde-moi, Amira. Laisse-moi voir tes magnifiques yeux une fois de plus.

Le désir de le voir domina ma peur. Lentement, je soulevai mes paupières.

Son visage était juste au-dessus de moi, ses yeux dorés pétillaient d'excitation, un sourire était dessiné sur ses lèvres. Mais une brume d'un blanc laiteux encadrait cette image.

Je touchai mes joues et mes doigts entrèrent en contact avec une matière délicate.

— De la soie d'araignée, expliqua Kyllen. Elle vient tout droit du Royaume du Ciel.

Le voile blanc, léger comme un nuage, tombait jusqu'à mes genoux et m'enveloppait. J'effleurai le diadème sur ma tête.

— Le cercle est de fabrication gorgone, dit-il. Il est bien fixé sur ta tête et ne risque pas de tomber ou de te gêner. Tu peux même dormir avec.

Je me retournai, pour contempler la pièce dans laquelle j'avais passé plusieurs jours, mais que je n'avais jamais vue jusqu'à présent.

— Je vois !

Les tapis d'herbe tissée au sol avaient un beau motif floral. La cascade et l'espace autour du bassin en contrebas étaient recouverts de roches de couleur jaune, vert, orange et gris. La literie de mon nid était lavande pâle. Le cadre de l'écran de soie, la porte et la balustrade de la fenêtre étaient ornés de vignes et de fleurs colorées entrelacées de tourbillons dorés.

— Je vois !

Je me tournai à nouveau vers Kyllen. Malgré toutes les splendeurs de la pièce, il était le plus beau des spectacles.

La fierté de son travail accompli brillait dans ses yeux fatigués par le long voyage. Ses *senties* bougeaient légèrement dans une excitation à peine contenue. L'éclairage de la pièce faisait ressortir les stries dorées de ses motifs vert foncé.

— Merci. (Je posai ma main sur sa joue.) Est-ce pour cela que tu es parti ? Pour chercher le voile, pour moi ?

Il hocha la tête.

— Je voulais que tu l'aies le plus vite possible. Ce n'est pas drôle d'avoir une vision en parfait état et de ne pas pouvoir l'utiliser.

Ça n'avait pas été facile, mais je savais comment les choses allaient se passer avant d'arriver ici.

— Ça ne me dérangeait pas.

— Mais ça ne veut pas dire que tu appréciais la situation, n'est-ce pas ? Dans ce monde, tu dois utiliser tous les yeux que tu peux. Je te protégerai de tous les dangers, Amira, mais tu dois aussi faire attention à toi.

— Merci. Je le ferai.

Je ne pouvais ni m'arrêter de sourire ni m'arrêter de le contempler.

Il me fixait aussi du regard.

— Oh, j'adore retrouver tes magnifiques yeux.

Il embrassa mon œil droit, puis le gauche. Le voile était si fin que je le sentais à peine entre ses lèvres et ma peau.

— J'ai une question, dis-je alors qu'il déposait ses baisers de mon visage vers mon cou.

— Laquelle ?

— Qu'est-il arrivé à la sirène sur laquelle tu as testé le voile ?

— Oh, il a survécu, lança-t-il avec désinvolture en déposant un autre baiser, cette fois sur le coin de ma bouche. C'est comme ça que j'ai su que c'était bon.

— Mais si ça n'avait pas été le cas ? Tu aurais pu tuer cette pauvre créature.

— S'il était mort, je serais retourné chez le marchand qui m'a vendu le voile et j'aurais exigé de récupérer mon épée. Ensuite, je l'aurais utilisée pour donner une leçon au vieil escroc.

Le ton de sa voix restait léger et décontracté, mais la lueur dure dans ses yeux ne laissait aucun doute, il l'aurait vraiment fait. J'étais heureuse que le voile se soit finalement avéré authentique et que la sirène et le marchand aient eu la vie sauve.

— Est-ce que tu l'as échangé contre une épée ?

— Udren m'a laissé récupérer ma collection d'armes. (Il haussa les épaules.) Non pas qu'elle lui ait été d'une quelconque utilité de toute façon, pas même quand il était plus jeune. Le maniement de l'épée n'a jamais été le truc de mon frère.

Une petite brise flottait depuis la fenêtre. La soirée était chaude et rafraîchissante. Je jetai un coup d'œil au paysage qui, jusqu'à présent, n'avait été qu'une représentation de mon imagination.

Il s'avéra que mon esprit n'avait pas rendu justice à la réalité. Le coucher de soleil doré teintait le lac et le ciel de chaudes couleurs sépia. La lumière ondulait à la surface de l'eau et lui donnait l'apparence d'or liquide.

Un groupe de grandes créatures ailées volait entre les branches de la vaste canopée du palais. Les créatures avaient beau être très haut dans le ciel, elles semblaient encore bien massives.

— Qu'est-ce que c'est ? Des dragons ? demandai-je, hypnotisée par leurs formes majestueuses.

— Des gargouilles, répondit Kyllen. Les mâles peuvent se transformer en dragons s'ils le souhaitent.

— Est-ce qu'ils viennent sur Lorsan ?

— Probablement pas. Les gargouilles ne descendent pas souvent ici, pour des raisons évidentes. Ils se transforment en pierre chaque nuit, mais n'ont aucune envie d'être définitivement réduites sous cette forme par nous. Ils sont sûrement en route vers Olathana, pour commercer avec les sirènes, ou peut-être pour les combattre. Les gargouilles aiment bien la bagarre. Ils sont souvent en guerre, entre eux, ou contre quelqu'un d'autre.

Les créatures glissaient dans le ciel, leurs mouvements étaient légers et gracieux malgré leur taille.

Kyllen enleva sa sacoche en cuir de son épaule.

— Tu es absolument magnifique dans cette robe, mon petit pois. J'ai quasiment passé les quatre derniers jours sur la planche, ou en train de patauger dans le marais. Il faut que je prenne une douche et que je me change avant le dîner.

— Ils ont apporté des vêtements pour toi.

Je fis un geste vers la pile de tissus dorés, couleur émeraude, sur la table.

— Splendide. (Il arracha sa tunique par-dessus sa tête, puis baissa son pantalon en se dirigeant vers la cascade.) Je serai rapide.

Je pouvais me détourner et lui laisser un peu d'intimité. Mais pourquoi l'aurais-je fait ? Il ne l'avait pas demandé. Maintenant que je pouvais voir de nouveau, je voulais regarder.

Il enjamba le bord de la piscine et entra dans l'eau qui lui arrivait juste au-dessus du genou. Ses muscles durs ondulaient sous sa peau. L'air frais et le soleil avaient déposé une nouvelle couche de bronzage brillant sur son dos et ses bras.

Un ruban aux motifs de peau de serpent courait le long de sa colonne vertébrale. Il s'étendait sur ses épaules, juste sous son cou. Les bords du motif se fondaient dans son épiderme, et ne se voyaient que sous un certain angle. C'était magnifique, comme si la lumière les avait sculptés. Aucune peinture ne pourrait reproduire cela.

Kyllen passa sa main sur la roche le long de la paroi près de la chute d'eau. Un embout sortit du mur et détourna une partie du courant au-dessus de sa tête, comme un pommeau de douche.

Il prit une poignée de pâte à savon dans le pot sur le rebord du bassin et la fit mousser dans ses paumes. Avec l'eau qui coulait sur lui, il étala la mousse sur son torse, ses bras et ses jambes.

Je suivis des yeux les gestes de ses mains, en observant chaque creux et courbe de son corps, découvrant du regard ce que j'avais aimé connaître par le toucher.

En penchant la tête en arrière, il déploya et étendit ses *senties*. Les vingt-quatre. Les plus longues descendaient jusqu'en dessous de sa taille à l'arrière. Celles situées à l'avant tombaient comme une boucle épaisse sur son visage. Une fois étendue au maximum, l'extrémité aux yeux perçants dorés lui arrivait sous le torse.

Chaque ligne de son corps exprimait la puissance et la grâce. Aucune partie n'était disgracieuse. J'aurais pu rester là et l'admirer toute la journée.

Mais je me forçai à regarder ailleurs pour me diriger vers le coffre près de la chute d'eau, d'où je sortis une serviette pour lui.

Après avoir replacé l'embout dans le mur, Kyllen se retourna et... je me retrouvai face à son érection, frétillant entre ses jambes.

J'essayai de détourner mes yeux, mais ce n'était pas facile. Son organe, qui était presque aussi épais et long que le gros concombre avec lequel je l'avais un jour frappé, attirait toute mon attention. Je l'avais déjà senti pressé contre moi auparavant, mais c'était la première fois que je pouvais le voir ainsi, dans toute sa splendeur.

Il tressaillit plus haut sous l'effet de mon regard, puis encore plus haut. En fait, plus je le fixais, plus il devenait épais et long, et il pointait maintenant droit sur moi.

Étais-je censée dire quelque chose ? Ou devais-je alors l'ignorer et me détourner ?

Tout ce que je voulais vraiment à ce moment-là, c'était tendre la main et le toucher.

— Une serviette ? proposai-je en la lançant sur le torse de Kyllen, arrachant finalement mon regard de cette partie fascinante de son corps.

Mes yeux croisèrent les siens, et je sus que j'avais été surprise en flagrant délit. Mon visage se réchauffa tellement, que je ne pensais pas que le voile pourrait cacher cette rougeur.

— Est-ce que tu apprécies ce que tu vois ? demanda-t-il.

Je détournai mes yeux sur le côté.

— Je ne voulais pas te regarder.

— Oh non, ma chère. (Il traversa la piscine jusqu'à moi.) S'il te plaît, regarde. Si je voulais que tu restes aveugle au monde qui t'entoure, je ne t'aurais pas offert ce voile.

— Ce voile est inestimable, murmurai-je. Je n'ai jamais été aussi reconnaissante de voir qu'en ce moment.

Il rigola, sortit du bassin et vint vers moi.

— Je ne pouvais pas te priver trop longtemps de ça.

Il fit un geste vers son corps, avec un sourire arrogant.

— Le *spectacle* est vraiment magnifique, répondis-je sans une once de flatterie, c'était simplement la vérité.

Il prit la serviette et frotta légèrement ses *senties*. L'eau qui scintillait sur son corps était lentement absorbée par sa peau.

Mes mains avancèrent vers lui, comme de leur propre chef. Du bout d'un doigt, je suivis le chemin laissé sur son buste par une goutte d'eau qui coulait vers le bas. Je le suivis jusqu'à la première dépression entre les carrés durs de son abdomen.

Son érection frémit en réponse, et je retirai ma main.

Il attrapa mon poignet puis pressa ma paume contre son ventre plat.

— Tu peux toucher, Amira. Mon corps est à toi, tu peux l'explorer et en faire ce que tu veux, tant que cela te procure du plaisir.

Je vacillai légèrement sur mes jambes lorsqu'il caressa ma joue à travers le voile.

— Quelle que soit la pensée qui t'a fait rougir comme ça, je préfère le savoir plus tard. J'aimerais que nous ayons plus de temps pour tout ça. Mais nous ne pouvons pas rater le dîner. (Il prit une profonde inspiration.) Je dois découvrir ce qui s'est passé dans cette fosse à serpents durant mon absence.

— Une fosse à serpents ?

Pensait-il vraiment ça du palais ?

Je sentais bien qu'il y avait des tensions avec le retour de Kyllen et que je n'étais pas la seule à avoir du mal à m'intégrer. Mais le fait que Kyllen décrive ainsi sa maison familiale indiquait des problèmes encore plus graves.

— Ne te préoccupe pas de tout ça pour l'instant, dit-il. Mais je veux que tu gardes les yeux bien ouverts.

Il ramassa le bas de mon voile et le drapa sur mes épaules, en le laissant tomber librement dans mon dos. Les doux plis autour de mon cou m'apportèrent une agréable sensation de confort, comme le faisait autrefois mon écharpe. J'enfouis mon menton dans la matière soyeuse.

— Est-ce que ça fait du bien ?

Et il m'embrassa à travers le voile.

— Oui, merci.

Et je fis glisser mes doigts le long du tissu à peine visible.

— Es-tu prête à affronter la Cour d'Ellohi ?

Je hochai la tête. Avec Kyllen à mes côtés, je pouvais tout affronter.

Quatre

AMIRA

L'idée d'être entourée de beaucoup de monde n'avait jamais été facile pour moi. Dès notre arrivée au dîner, Kyllen et moi avions été au centre de toute l'attention, une véritable torture. Et le fait de voir chaque détail des festivités ce soir, même si cela était important, avait encore plus compliqué les choses.

C'était la sensation chaude de la main de Kyllen dans la mienne qui m'avait empêché de paniquer complètement. Je m'étais accrochée à lui avec le désespoir d'une femme en train de se noyer qui se cramponnait à une bouée de sauvetage, mais j'avais maintenu mon regard haut et droit devant moi.

Nous entrâmes sur une grande plateforme à ciel ouvert installée très haut entre les branches de l'arbre-palais géant. Le lieu était bondé, éclairé uniquement par des bouquets de lumières douces et jaunes suspendues dans les feuillages. Les gens étaient rassemblés autour d'une longue table placée au centre. Des rangées de tables plus petites et rondes s'étendaient le long des bordures de la plateforme.

Une musique lente flottait entre les branches. Je cherchai les interprètes des yeux en vain. Ils restèrent hors de vue, donnant l'impression que l'arbre lui-même émettait la musique.

Le Haut Seigneur présidait la cérémonie et conversait avec les courtisans qui se rassemblaient autour de sa chaise à dossier surélevé.

J'avais pourtant passé quelques jours au palais, mais je ne reconnaissais personne d'autre que le Haut Seigneur. Et même lui, je ne le distinguais qu'en raison de sa position sur le trône et de toutes les attentions qu'il recevait. Je ne pouvais même pas deviner laquelle de ces dames magnifiquement habillées était Igaed. J'avais discuté avec elle, mais je ne l'avais pas *vue*.

Les gens se ruèrent vers nous, impatients de saluer Kyllen et de me dévisager. Après un salut poli et un signe de tête par-ci par-là, Kyllen nous fit magistralement traverser la foule en traçant un chemin vers la table principale.

Aussi suggestive que ma robe me parût au premier abord, les tenues des autres étaient franchement plus scandaleuses et ne dissimulaient rien des corps. Et cela s'appliquait aussi bien aux hommes qu'aux femmes.

Même Kyllen ne portait pas de chemise. À la place, il avait un large foulard drapé sur une épaule. L'extrémité avant du foulard était glissée sous une ceinture ornée de bijoux autour de ses hanches. L'autre flottait librement derrière lui comme une longue cape brodée.

— Mon frère. (Kyllen inclina la tête devant le Haut Seigneur, pour attirer son attention.) Quelle belle soirée !

— Kyllen. Tu es de retour ! s'exclama Udren en se redressant.

Il était difficile de croire qu'il s'agissait du jeune garçon que Kyllen avait sauvé des *bracks*, au péril de sa vie et de sa liberté. L'homme dans le fauteuil semblait tellement plus âgé que Kyllen.

Presque tout le corps d'Udren était dissimulé par une longue tunique, qui ne laissait que sa tête et ses mains apparentes. La couleur beige de sa peau était presque entièrement recouverte par le vert foncé. Le motif en forme de diamant s'étendait de ses *senties* à sa tête et à son visage, ne laissant que de petites taches de peau claire. Ses mains en étaient entièrement tapissées, ce qui donnait l'impression que le Haut Seigneur portait des gants en maille texturée.

Il me faisait penser aux mains de Kyllen lors de son séjour dans la caisse, lorsqu'il souffrait de déshydratation sévère. Quelque chose de similaire arrivait au Haut Seigneur. Il se desséchait, se déshydratait, même s'il était entouré d'eau et en avait sûrement suffisamment à boire.

— Où étais-tu ? demanda le Haut Seigneur à Kyllen.

— Parti faire du shopping. Après cinq siècles d'absence, il me manquait plusieurs choses. Merci de votre intérêt, *mon Seigneur*.

Kyllen inclina la tête dans une révérence que je ne pouvais m'empêcher de penser plus moqueuse que respectueuse.

Une femme, vêtue d'une robe composée de chaînes noires et argentées, de tulle et de pierres précieuses, toucha l'extrémité de mon voile.

— Oh, comme c'est joli ! s'exclama-t-elle. (Je reconnus alors la voix de lady Igaed.) Il est allé vous chercher ça, n'est-ce pas ?

— Oui, répondis-je en hochant la tête.

Le Haut Seigneur nous accorda encore un peu d'attention et s'adressa à Kyllen :

— Ils ont dit que vous n'avez pris qu'un seul homme pour vous accompagner. Pourquoi n'en avez-vous pas demandé plus ?

— En avoir plus m'aurait ralenti. (Kyllen haussa les épaules.) J'aurais été en retard pour le dîner de ce soir. Cela aurait été gênant que je ne vienne pas à ma propre fête, ne croyez-vous pas ?

— Il n'est guère sûr de voyager avec une si petite escorte, intervint Igaed.

Sa peau claire, d'un gris nacré, brillait doucement. Une partie de cette lueur était naturelle, comme celle de toutes les fae. Mais une autre était apportée par la poudre dorée qu'elle avait généreusement appliquée sur ses joues, ses clavicules et ses seins, dissimulés seulement par les chaînes d'argent et les perles noires en cascade. Hormis les rangées de bijoux et de chaînes, sa tenue consistait seulement en une longue jupe bouffante qui enveloppait ses jambes comme un nuage noir.

Kyllen inclina légèrement la tête dans sa direction.

— Je suis pleinement conscient des dangers du voyage, lady Igaed.

Il ne s'étendit pas sur ses raisons de voyager léger. Mais peut-être n'avait-il pas emmené plus de monde ni dit à quiconque où il allait — pas même à moi — car il ne faisait confiance à personne. Et peut-être était-il sage de se montrer prudent.

La famille de Kyllen semblait heureuse de le revoir après cette longue absence. Son frère avait organisé ce somptueux dîner pour fêter son retour. Mais tout n'était pas aussi lisse et joyeux qu'il paraissait en surface.

— Eh bien, prenons place. (Udren fit un geste des deux mains, pour inviter tout le monde à table.) Bherlon. (Il désigna le côté droit de son siège.) Kyllen. (Il lui montra le gauche.)

Les places à table devaient avoir une signification. Bherlon sourit d'un air suffisant, en prenant le siège à la droite de son père. La couleur du neveu de Kyllen était remarquablement similaire à celle de son oncle. Il avait également une peau bronzée ornée d'un motif vert foncé sur les *senties* et le dos. Sauf que les yeux de Bherlon étaient d'un jaune citron plus clair, comme ceux d'Udren, et non pas d'un or sombre comme ceux de Kyllen.

Kyllen contracta la mâchoire en s'asseyant à la gauche du Haut Seigneur. Igaed se dirigea avec confiance vers le siège de l'autre côté de celui de son mari.

J'hésitai, regrettant qu'il n'y ait pas de cartons d'emplacement ou de plan pour indiquer ma place. Au même moment, une femme aux motifs orange foncé sur les *senties* fit un pas vers le siège à la gauche de Kyllen.

Il allongea son bras sur le dossier de la chaise et me fit signe :

— Amira.

La femme me lança un regard furieux, mais se retira silencieusement vers une autre chaise alors que je m'asseyais à ses côtés.

Après que tout le monde ait pris place, une nuée de serveurs apparut, apportant les boissons et les plateaux chargés de mets.

L'un d'entre eux se pencha sur mon épaule, un plat dans une main et une cuillère de service dans l'autre.

— Des œufs de grenouille, madame ?

— Hum, non merci, répondis-je rapidement.

Le doux rire de Kyllen retentit à ma droite.

— Je vais en prendre, dit-il, et il fit signe au domestique de s'approcher.

Les gorgones buvaient beaucoup plus qu'ils ne mangeaient. Chaque invité avait une grande chope munie d'un long manche devant lui. Les serveurs portaient des carafes géantes sur leurs épaules et remplissaient constamment les chopes d'eau. De plus, chaque couvert comprenait un grand verre pour le vin et une large tasse à deux anses pour la soupe.

Un domestique avec une carafe en cristal remplie d'un liquide bleu foncé s'inclina alors à mes côtés.

— Du vin de fruit, madame ? Il est préparé à partir d'oranges et de myrtilles.

J'hésitai, en me demandant si l'alcool était une bonne idée dans cette situation.

— Veux-tu boire un peu, Amira ? demanda Kyllen.

Je me grattai nerveusement le nez sous le voile, en me penchant vers lui.

— Je n'en ai jamais bu.

— Jamais ? répéta-t-il en me fixant comme si je venais de lui dire que je mangeais des lézards vivants au petit déjeuner.

— Non. Il y en avait à la ménagerie, mais Madame ne m'en servait jamais.

Un sourire illumina son visage.

— Donne-moi ça. (Il prit la carafe des mains du serveur et versa un peu du liquide bleu dans mon verre.) Voilà, mon petit pois, murmura-t-il en me tendant ma coupe. J'adore te faire vivre tes *premières fois*.

Il gloussa face à mon sursaut. Je rougis en repensant à notre première nuit à Lorsan et au tout premier orgasme que Kyllen m'avait donné.

— Qu'il y en ait beaucoup d'autres ! déclara-t-il en faisant tinter son verre contre le mien en guise de toast.

À la façon dont il me regarda par-dessus le bord de son verre tout en prenant une gorgée, je sus qu'il ne parlait pas du vin. Ses pupilles s'étaient contractées. Le désir brillait dans l'or sombre de ses iris. Son regard était porteur de promesses, et un tourbillon d'envie ravagea mon bas-ventre.

Udren souleva son verre.

— À mon frère, déclara-t-il à voix haute. Remercions le Grand Serpent d'avoir ramené le Seigneur Kyllen sain et sauf.

Tout le monde à table fit de même. Et moi aussi. Le vin était doux et parfumé. Il glissait en douceur dans ma gorge.

Les lumières jaunes tamisées suspendues dans les feuilles au-dessus de nous continuaient à bouger. Quelques-unes s'approchèrent suffisamment pour que je puisse remarquer qu'il s'agissait d'insectes — des papillons de nuit et des libellules aux ailes lumineuses.

C'était un si bel endroit, là-haut, dans l'arbre géant au-dessus de la paisible baie. La soirée chaude et douce aurait été très agréable sans la tension qui planait sur la table du Haut Seigneur comme un nuage orageux.

Les courtisans m'observaient, certains furtivement, d'autres plus ouvertement. Quand je rassemblais assez de courage pour affronter leurs regards, je voyais de la curiosité et des calculs dans leurs yeux. Certains affichaient une hostilité et un ressentiment non dissimulés sur leur visage. Aucune de leurs expressions ne semblait chaleureuse ou amicale. Je baissais alors les yeux, mais leurs regards continuaient à me piquer la peau comme des aiguilles.

Je vidai rapidement mon verre de vin. Un serveur apparut à mes côtés, prêt à le remplir à nouveau, mais Kyllen le repoussa.

— C'est mieux d'espacer les verres, mon cœur, surtout que c'est la première fois que tu bois. (Il glissa une tasse de soupe de racines de roseaux vers moi à la place.) Bois ça d'abord. Tu dois avoir faim.

Le vin avait enveloppé mes pensées d'un néant brumeux. C'était plus facile ainsi de faire face à la multitude de regards qui fusaient de toutes parts. Une partie de moi souhaitait se perdre complètement dans l'indifférence effervescente de l'ivresse. Mais Kyllen avait raison, je devais rester vigilante. Je portai la tasse de soupe à mes lèvres sous le voile et sirotai le liquide chaud.

Bherlon leva son verre de vin.

— À vous, mon oncle ! annonça-t-il bruyamment avant de le vider.

L'homme assis à ma gauche gloussa doucement. Il semblait plus détendu et plus facile à vivre que les autres.

Je me risquai à lui demander :

— Qu'est-ce qui est si drôle ?

— Il l'a appelé mon « oncle », ricana-t-il. Alors qu'il est plus vieux que lord Kyllen de plusieurs siècles !

— Cela doit arriver souvent avec les fae, non ?

Avec leur longue espérance de vie et une période de fertilité presque aussi importante, les limites entre les générations devaient être floues.

L'homme haussa les épaules.

— C'est vrai. Mais dans ce cas, l'oncle est né bien avant le neveu. Donc il devrait être beaucoup plus âgé, mais ce n'est pas le cas. C'est drôle.

Il ricana, en me faisant une grimace sympathique.

Son attitude me laissa lui en demander davantage :

— Quel âge avez-vous ?

— J'ai dix-neuf ans. Pourquoi ?

Cela expliquait peut-être son attitude loufoque et son insouciance. Je cachai un sourire. C'était inattendu de trouver quelqu'un de plus jeune que moi à une table remplie de fae qui avaient vécu plusieurs siècles.

— Quel est votre nom ? demandai-je.

Il bomba le torse.

— Seigneur Qayren. Héritier du domaine de Krevai.

— Ravie de faire votre connaissance, répondis-je en inclinant la tête. Je m'appelle Amira.

Il plissa les yeux sur moi.

— J'ai entendu parler de vous.

À ce stade, tout le monde devait savoir qui j'étais, le seul être humain à table, la seule à porter un voile.

Il vida son verre de vin d'une traite.

— Savez-vous aussi pourquoi c'est si drôle ? (Il pointa du menton vers Bherlon.) Sa mère était censée être la femme de lord Kyllen.

— Oh, lord Udren a-t-il épousé lady... ? Désolée, son nom m'échappe.

— Lady Eiphed, la fille du Haut Seigneur de Prusim. Oui, elle était notre Haute Dame.

— Elle était ?

— Elle est morte de vieillesse.

— Je vois.

Je jetai un coup d'œil vers Kyllen, qui était maintenant en pleine conversation avec Udren. Ils parlaient de sa dernière chasse. Apparemment, c'était le passe-temps favori d'Udren. Il refusait d'y renoncer, même s'il passait désormais toutes ses sorties dans un fauteuil.

Kyllen savait-il qu'Udren avait épousé sa promise ? Cela avait-il de l'importance ? D'après ses confessions à la ménagerie, il n'avait pas développé de sentiments particuliers pour celle qui était censée devenir sa future femme. Cependant, connaissant sa nature possessive, je me demandais s'il n'avait pas été irrité que son frère lui prenne sa fiancée durant son absence.

Igaed se tourna vers Kyllen.

— Que comptez-vous faire maintenant que vous êtes de retour, lord Kyllen ? demanda-t-elle, en soulevant ainsi la question que se posaient beaucoup d'invités.

Kyllen lui lança un sourire étincelant.

— Faire en sorte que mon père soit fier de moi, bien sûr.

Le Haut Seigneur se pencha en avant et prononça tout bas une remarque destinée seulement à nous cinq en bout de table :

— Tentative inutile, mon frère. J'ai passé des siècles à essayer d'impressionner notre père quand il était encore en vie, et j'ai échoué. Ne perds pas ton temps à essayer de faire la même chose maintenant qu'il est mort.

Kyllen porta silencieusement son verre à ses lèvres pour boire une gorgée de vin.

Lady Igaed fit bouger ses doigts, en faisant claquer les nombreuses bagues qu'elle portait les unes contre les autres :

— La meilleure façon d'honorer vos ancêtres est de maintenir cette famille unie.

Kyllen posa son verre de vin sur la table :

— Je n'ai pas l'intention de la mettre en pièces.

Elle plissa des yeux.

— Les intentions comptent, mais ce sont vos *actes* qui auront des conséquences.

— La chose la plus sage serait que vous attendiez votre tour, lâcha Bherlon.

Par là, Bherlon entendait clairement que Kyllen se place derrière lui dans la lignée de succession au trône du Haut Seigneur.

Kyllen s'adossa à sa chaise et fit glisser avec désinvolture deux œufs de grenouille dans sa bouche.

— Mon tour, c'est maintenant, dit-il d'un air détaché.

Les yeux de Bherlon se mirent à briller, ce qui me donna froid dans le dos. Mis à part cette étincelle, l'expression du seigneur demeura froide. Calculatrice. Ce qui semblait encore plus menaçant qu'une explosion de colère l'aurait été.

— Vous ne remplacerez pas mon père, dit Bherlon avec un ton menaçant.

— Certaines choses peuvent être négociées, répondit Kyllen en haussant les épaules.

Malgré leurs bonnes manières, une tension s'était installée

entre eux comme une corde prête à rompre. L'air en crépitait comme l'électricité avant l'orage.

Udren remua d'un air mal assuré :

— Plus tard. Tout cela peut être discuté et décidé plus tard. (Il leva son verre de vin, sa main tremblait, soit à cause de l'âge, soit à cause de sa nervosité, ou les deux.) Ce soir, c'est la fête.

Cinq

AMIRA

Le sang-froid parfait de Kyllen s'était émoussé à la fin du dîner. Sans attendre que le bal soit ouvert, il remercia le Haut Seigneur pour son « accueil chaleureux », prit congé, et m'entraîna avec lui.

— Était-il sage de leur faire part de tes intentions ? demandai-je quand nous étions enfin seuls tous les deux, dans ma chambre.

Enfin, *notre* chambre. Kyllen n'avait pratiquement pas passé un seul instant dans la sienne.

— Il n'y a pas grand-chose à cacher. (Il arracha l'écharpe en soie brodée de son épaule et la jeta sur le dossier d'une des chaises.) On attend de moi que je sois à la place qui me revient. Toute autre chose serait un déshonneur.

— Comment comptes-tu t'y prendre ? Le Haut Seigneur...

— Udren peut rester à sa place. (Il se frotta la nuque et étira ses épaules.) Je ne suis pas pressé de le remplacer. Il ne lui reste plus beaucoup de temps avant que le Grand Serpent ne le rappelle et que les marais de Lorsan ne le prennent. Il a été Haut Seigneur la plus grande partie de sa vie, et il mérite de mourir en tant que tel.

— Ce n'est pas ce que tu as dit à Bherlon.

Il avait seulement fait savoir à son neveu qu'il y avait peut-être matière à négocier.

— Je suis sûr que Bherlon va me combattre. Alors je préfère avoir le plus de cartes de négociation possible en main.

— Que veux-tu dire exactement par *combattre* ?

Je ne doutais pas que Bherlon s'opposerait à la prise de pouvoir de Kyllen, mais j'espérais désespérément que cela ne se traduirait pas en une lutte physique.

Il poussa un soupir.

— Eh bien, il y a plusieurs options pour résoudre cette question honorablement. Cependant, dans tous les cas, je suis dans mon droit.

— En es-tu sûr ?

Il passa ses doigts dans ses *senties*.

— Je vais devoir trouver des preuves pour étayer mon dossier. Il y a beaucoup de livres sur les droits de succession dans les archives sous le palais. J'avais échappé à leur lecture dans ma jeunesse, mais je vais devoir les parcourir maintenant et constituer mon dossier pour le présenter au roi s'il le faut.

— Le roi peut-il trancher sur cette question ?

— Il pourrait statuer dessus, oui, ce qui serait utile. Mais il y aura probablement un tournoi, aussi.

— Un tournoi ?

L'inquiétude s'empara de moi.

— Oui. Où le plus fort gagne.

— Et qu'arrive-t-il au plus faible ?

D'après les histoires de Kyllen, je savais que ce n'étaient pas de simples compétitions sportives. Ça ne se terminait pas forcément bien pour tous les participants.

— Le perdant meurt en général, répondit-il.

Je soufflai d'un coup sec, comme si j'avais reçu un coup de poing dans l'estomac.

— Amira. (Il me prit dans ses bras.) Un tournoi est en fait le dénouement recherché dans ce genre de cas. Il se déroule en public. Ses résultats sont indiscutables. Tu sais que j'en ai suffisamment gagnés pour avoir de fortes chances de remporter celui-là aussi.

Kyllen était plus jeune que Bherlon, mais cela ne voulait pas dire qu'il était plus rapide ou plus fort. Au contraire, Bherlon avait l'avantage d'une plus longue expérience de vie.

L'âge ne signifiait pas grand-chose pour les fae. Leur jeunesse durait des siècles. Contrairement aux humains, qui non seulement avaient une longévité beaucoup plus courte, mais passaient aussi toute leur vie à vieillir.

— J'espère que ça ne se résumera pas à un tournoi, dis-je en glissant mes mains sur son torse nu. Il doit y avoir un moyen de résoudre ce problème sans s'entretuer. La décision du roi ne serait-elle pas suffisante ?

— Peut-être que oui. Peut-être que non, répondit-il avant d'expirer longuement, comme s'il essayait de chasser ses inquiétudes. Nous ne pouvons rien faire ce soir, n'est-ce pas ? Il faudra attendre jusqu'au matin. (Il appuya son front contre le mien.) Tu n'as pas à te préoccuper de ça, mon petit pois. Ce soir, j'ai juste besoin de toi... (Il inspira profondément.) Mon Dieu, tu m'as tellement manqué.

Il passa ses mains sous mon voile. Il le froissa, le remonta sur mon nez et le pressa contre mes yeux pour les maintenir fermés.

— T'embrasser me donne toujours l'impression que le monde est meilleur, murmura-t-il en approchant sa bouche de la mienne.

Mon inquiétude se dissipa quelque peu. Tous les problèmes semblaient tellement plus faciles à affronter lorsque Kyllen était à mes côtés. Demain, nous trouverions une solution. Ensemble, nous pouvions tout surmonter.

La langue fourchue de Kyllen glissa entre mes lèvres, puis s'enroula autour de la mienne dans un baiser à la fois sensuel et intime.

Ses *senties* plongèrent dans mes cheveux, puis descendirent le long de mon cou et dans le corsage de ma robe. Comme des doigts habiles, elles caressèrent ma peau et dansèrent dessus, en faisant vibrer mon corps de désir.

Il tira sur le ruban qui retenait ma robe, pour le défaire. Le tissu tomba, et mon corps se dévoila à lui. Il enroula une *sentie* autour d'un de mes seins qui se mit à le sucer et à en mordiller la pointe. Mon mamelon se durcit. L'excitation se propagea en moi et se concentra entre mes cuisses.

Maintenant que je savais exactement *ce* qu'il pouvait me faire, mon désir fut encore plus fort. Je gémis quand il toucha mon autre sein, tandis que son pouce jouait avec mon téton.

— Tu aimes ça, n'est-ce pas ? (Il posa des baisers chauds et gourmands sur mon cou.) Tu aimes quand mes mains sont sur toi.

Ses mains, ses lèvres, ses *senties*... J'adorais quand elles étaient toutes sur moi. Je voulais tout de lui.

Un grognement sourd vibra dans son torse tandis qu'il m'attirait plus près de lui. Son organe dur se pressait contre mon bas-ventre.

Il se déplaça le long de mon corps, prit un téton entre ses lèvres et le frôla avec ses dents. Je haletai, un plaisir intense se propagea dans mes veines. Mais je ne voulais pas le laisser me distraire cette fois. Je tendis la main vers le bas, entre nous, et touchai le sexe dur qui dépassait de son pantalon.

Il souffla fort, en produisant un bruit que je ne pouvais pas décrire, un mélange de rugissement et de grognement.

— Si tu mets tes mains sur moi, je ne tiendrai pas longtemps, prévint-il en détournant ses hanches de moi.

Je ne voulais pas abandonner, et cherchai à nouveau sa longueur.

— Tu m'as suffisamment fait attendre, Kyllen. Je veux le voir.

Il gémit sur mon épaule :

— Je pourrais jouir rien qu'avec ces mots, Amira.

Il ouvrit alors son pantalon pour moi, en tremblant. Je glissai immédiatement mes doigts à l'intérieur, et les enroulai autour de son sexe dur. Il était chaud, raide comme un os, mais aussi très doux.

J'essayai de descendre son pantalon plus bas.

— Laisse-moi voir.

— Tu vas me tuer, femme, marmonne-t-il en m'aidant à le déshabiller.

Son érection jaillit librement, longue, dure et épaisse. La peau soyeuse s'étendait fermement tout autour. Tout comme ses *senties*, elle était colorée d'une pointe de vert, mais sans les motifs de serpent.

— Il ressemble vraiment au concombre que je t'ai lancé, dis-je en le prenant dans mes mains.

— Un concombre ? (Il pouffa de rire.) Ça, c'est quelque chose que je n'ai encore jamais entendu.

— Jamais ? demandai-je, réellement surprise. Mais les similitudes sont si évidentes. C'est presque aussi long. Peut-être un peu plus épais par contre.

Je le tournai et le caressai dans mes mains tout en parlant, encerclant sa circonférence avec mes doigts pour la mesurer.

Il se pencha vers moi avec un gémissement et appuya sa main sur quelque chose derrière moi, c'était l'écran de soie. Celui-ci s'écrasa sur le sol dans un grand fracas, car il l'avait poussé trop fort. Il bougea et réussit à garder l'équilibre. Cependant, il semblait plutôt chancelant.

— Je ne tiens plus sur mes genoux, grinça-t-il entre ses dents. Littéralement.

— Allons vers le mur, alors, dis-je en souriant, tout en le conduisant par son érection.

Il suivit, si délicieusement obéissant, que j'en avais la tête qui tournait. Pour que cet homme fort et plein de magie me suive comme un petit chiot, il suffisait de saisir son pénis dur comme la pierre.

Comme c'était merveilleux !

J'appuyai mon dos contre le mur près de notre nid. Il me dominait, les deux mains posées sur la paroi au-dessus de ma tête.

Je fis glisser mes mains le long de son « concombre ». Il gémit, ses paupières tombèrent, sa mâchoire se relâcha. Je compris qu'il aimait ce que je lui faisais.

— Je veux te voir jouir, Kyllen. Que dois-je faire pour y arriver ?

— Oh, ma douce et innocente fille... dit-il d'une voix rauque, en pressant sa tempe contre la mienne. Tu ne te rends pas compte que tu le fais déjà.

Vraiment ? Je continuai alors à glisser mes mains de bas en haut, en pressant légèrement. Quand j'encerclai le bout, il siffla, ses yeux se révulsèrent. Je recommençai, en espérant le voir perdre complètement le contrôle.

— Amira... souffla-t-il, comme une prière, en se déhanchant dans ma main.

Les carrés ciselés de son abdomen se contractèrent, se resserrèrent. Son souffle se bloqua. Son sexe frémit entre mes doigts. Des giclées de substance crémeuse jaillirent d'un orifice dont je ne soupçonnais pas l'existence. Elles atterrirent sur ma jupe.

Je ralentis un peu, me rappelant comment il m'avait touchée la dernière fois. En relâchant ma prise sur lui, je pompai quelques fois de plus son organe, soutirant quelques jets supplémentaires de sa jouissance. Il inspira longuement dans un souffle profond et torturé, et je le lâchai.

Un bras toujours appuyé sur le mur derrière moi, il enroula l'autre autour de moi, et cacha son visage dans mon épaule.

— Amira, chuchota-t-il. Ma douce, ma précieuse chérie. Que m'as-tu fait ?

La tendresse gonfla dans mon cœur. Je passai doucement mes doigts dans ses *senties* avec un geste apaisant.

— Est-ce que ça va, chéri ? (Je réalisai que les grognements qu'il avait émis pouvaient être dus à la douleur autant qu'au plaisir. Avais-je mal interprété les choses ?) Je ne t'ai pas fait mal, n'est-ce pas ?

— Oooh, non.

Il releva la tête. Un sourire paresseux et satisfait se dessinait sur ses lèvres, ce qui me permit d'expirer de soulagement.

— C'était bon alors ? (Il avait l'air plutôt heureux, mais je n'avais aucune expérience pour comparer. J'avais besoin de l'entendre de sa bouche.) Est-ce que j'aurais pu faire mieux ?

— Je ne pense jamais avoir connu mieux, mon petit pois. (Il scruta mon visage à travers le voile.) Il n'y a pas de magie en toi, pourtant être avec toi est toujours magique, et je ne sais pas pourquoi.

Il me fixa avec étonnement, comme si j'étais une sorte de miracle ou une énigme qu'il ne pouvait expliquer. Je me sentis mal à l'aise sous son regard intense. Je baissai les yeux sur son torse et commençai à tracer des petits cercles sur sa peau avec mon doigt.

— Ce n'est certainement pas grâce à des compétences particulières de ma part, répondis-je en souriant. Tu es le seul et unique homme dont je n'ai jamais vu ou touché le... euh, « matériel masculin ».

— Ce n'est pas une question de savoir-faire, Amira. C'est *toi*. (Il embrassa mes cheveux, puis expira un doux gloussement.) Je sens que tu pourrais utiliser ma bite comme un rouleau à pâtisserie, que je prendrais quand même énormément de plaisir.

Je pouffai de rire en imaginant la scène.

Il tira ma robe sur mes hanches, et elle tomba sur le sol dans un tas de tissus bouffants.

— Tu ne ressembles à personne que j'aie rencontré auparavant. (Il me prit dans ses bras, pour me dégager de ma robe.) Être avec toi est un plaisir différent, doux et réel, comme un souffle d'air frais ou la caresse du soleil sur mon visage. C'est irremplaçable. Quand je suis privée de ta compagnie, je souffre.

J'écartai cette *sentie* têtue qui tombait sans cesse devant son visage.

— S'il te plaît, ne me laisse plus toute seule. La prochaine fois, emmène-moi. Où que tu ailles, je viendrai aussi.

Il grimpa dans le nid et m'entraîna avec lui.

— C'est dangereux là dehors dans les marécages.

— Ce n'est guère plus sûr ici dans le palais.

— C'est vrai.

Il m'allongea sur la literie douce et soyeuse, puis s'assit sur ses talons, en faisant glisser son regard sur mon corps nu.

— Je peux *voir*, maintenant, l'ai-je imploré. Tu n'auras pas à veiller sur moi à chaque étape du chemin. Je peux me débrouiller toute seule, et je peux t'aider.

— Voyager avec toi serait infiniment plus agréable, dit-il, sans rien promettre.

Il se pencha pour embrasser entre mes seins. J'essayai de m'imaginer en voyage avec lui. La destination n'avait pas d'importance. Ce serait formidable de découvrir Lorsan autrement que par les fenêtres du palais.

Mais avec la bouche de Kyllen sur moi, il m'était de plus en plus difficile de me concentrer.

Il descendit le long de mon corps, déposa ses baisers entre mes seins, au-delà de mon nombril et... plus bas.

— Qu'est-ce que tu fais ? dis-je en me relevant sur mes coudes.

Il fit passer une *sentie* entre mes jambes. Son extrémité effleura le même endroit qu'il avait frotté lorsqu'il m'avait fait l'amour la dernière fois. Je haletai et gémis face à une soudaine montée de plaisir. La *sentie* me mordilla ensuite, me renvoyant ainsi dans les coussins avec un gémissement de béatitude.

En se déplaçant plus bas encore, Kyllen couvrit l'intérieur de ma cuisse de baisers légers et vigoureux. Son souffle se glissa entre mes jambes, juste avant qu'il... ne promène sa langue entre mes sillons.

— Tu viens de me lécher ? dis-je en sursautant, le regardant avec stupeur. Là-bas ?

Il redressa la tête, ses mains retenaient mes cuisses sur ses épaules.

— C'est une autre *première fois* ?

Il me lança un sourire en coin, avec l'arcade sourcilière qui se courba gracieusement.

Était-ce normal ? Les gens se léchaient-ils ainsi ? À cet endroit ?

— Est-ce que... Mais qui fait ce genre de choses ? marmonnai-je.

— Moi, je le fais. (Il continua à sourire sans retenue.) Je suis vraiment bon pour ça également.

Il sortit sa langue et fit tourner le bout fourchu autour du petit bouton serré au sommet de mes cuisses. Mon désir grimpa en flèche, et je serrai les draps dans mes mains.

— Oh, Kyllen... soufflai-je dans un gémissement.

J'étais si bien que je ne me souciais plus de savoir si cela était « normal ».

L'une de ses *senties* entoura mon orifice, puis se fraya un chemin à l'intérieur. Elle tournoya contre mes parois intérieures, juste à l'entrée, tandis que la langue de Kyllen dansait sur la partie la plus sensible de mon corps. Je me tordis d'un plaisir qui fit vibrer mon corps par vagues successives.

La pression s'accumula dans mon bas-ventre, comme un ressort bien tendu. Après un nouveau tour de langue, elle se déroula, et m'inonda d'extase.

Kyllen maintint mes hanches, tout en continuant à me lécher et à me mordiller, pour m'arracher chaque dernier soubresaut de mon orgasme. Jusqu'à ce que je m'immobilise dans les draps. Épuisée.

Il gloussa, puis se glissa jusqu'à ma tête sur les oreillers.

— Je t'ai dit que j'étais bon, déclara-t-il avec un sourire arrogant.

Je passai un bras autour de son cou et lui donnai un baiser. Il roula sur le côté et m'emporta avec lui.

— Tu peux dire tout ce que tu veux, Kyllen, le taquinai-je. Tu es le seul et l'unique. Tu sais que je n'ai pas d'autre homme à qui te comparer.

— Et ça restera ainsi, dit-il fermement. Il n'y aura pas d'autre homme, mon petit pois. Tu es à moi. (Il prit mon menton entre ses doigts en me regardant à travers le voile.) Rien qu'à *moi*.

La chair de poule courut sur mes bras à cause de l'intensité de sa voix.

— En es-tu sûr ? La monogamie n'est pas courante à la cour du Haut Seigneur, non ?

Je tâtai le terrain pour voir où j'en étais avec lui et jusqu'où j'allais être entraînée avant qu'il ne soit trop tard.

Mais peut-être était-il déjà trop tard ? Il pouvait déjà me briser le cœur de tant de façons.

Il se dressa au-dessus de moi, appuyé sur son coude.

— Je ne te suffis pas, Amira ? Tu en veux plus ?

Aussi confiant que Kyllen semblait l'être, il avait pourtant quelques incertitudes quand cela me concernait.

Je lui caressai la joue.

— Tu es tout ce dont je pouvais rêver, Kyllen. Mais... est-ce que, moi, je *te* suffirai ? La vie est longue. Les fae ne s'ennuient-ils pas avec un seul partenaire ?

Combien d'amants avait Igaed ? Et qu'en était-il de son mari ? Elle disait qu'il en avait plusieurs aussi.

Les traits de Kyllen se détendirent quelque peu.

— Oh, c'est donc ça ? Mon petit pois n'aime pas partager non plus ?

Je gardai mon regard rivé au sien.

— Qu'est-ce que je représente pour toi, Kyllen ? Que suis-je à tes yeux, et plus tard ?

— Qu'est-ce que tu veux dire, Amira ? (Des étincelles ensoleillées dansaient encore dans ses yeux dorés, mais le reste de son visage était devenu sérieux.) Je t'ai fait une promesse. Tu seras toujours avec moi.

— Mais il n'y a pas réellement de place pour moi, pas vrai ? Il n'y a pas de statut approprié pour un humain à Lorsan.

— Alors je te *ferai* une place. (Il me saisit par les épaules et se redressa dans le nid, en m'entraînant avec lui.) Amira. Personne ne m'a forcé à te faire cette promesse. Je l'ai faite parce que je le voulais. L'accomplir n'est pas un fardeau. Je te veux dans ma vie, à mes côtés. J'ai besoin de toi...

— Mais pourquoi ? Simplement parce que je suis *différente* ? lâchai-je dans un rire dénué d'humour.

— Oh oui, tu es différente. De bien plus de façons que tu ne le crois. Avec toi, je n'ai pas l'impression de devoir surveiller mes arrières. Il n'y a qu'avec toi que je me sens entièrement moi-même, sans réserve. (Il se redressa encore comme si cette révélation venait de le frapper.) Tu es la seule personne au monde en qui j'ai l'impression de pouvoir faire confiance. Naturellement.

Il regarda au loin devant moi, avec une expression songeuse. Comme si l'idée même de confiance aveugle était si nouvelle qu'il avait besoin d'un peu de temps pour réorganiser toute sa façon de penser.

— Les fae ont des partenaires, des alliés, une famille, dit-il en se tournant à nouveau vers moi. Tu es plus que tout cela pour moi. Ce que toi et moi avons traversé ensemble, dans ton monde et le mien, nous liera pour toujours. Personne ne pourrait me comprendre aussi pleinement que toi. Personne ne pourrait tout me donner comme tu l'as fait.

« *Il est préférable pour une femme de ne jamais dépendre d'un homme.* » M'avait dit lady Igaed. Mais elle avait tort. Quand j'étais avec Kyllen, je n'avais besoin de personne d'autre.

— Je te fais confiance, Amira. Je ne peux dire cela d'aucune autre personne ici.

— Pourtant, pas assez pour me dire ta destination quand tu es parti chercher le voile, lâchai-je d'un ton déçu.

Il secoua la tête.

— Ce n'était pas à cause de *toi*, mais parce que je ne faisais pas confiance aux gens qui t'entouraient. Tu es si nouvelle dans ce monde, dans cette cour. Il y a tellement de personnes qui pourraient te tromper, voire te blesser, pour obtenir ce qu'elles veulent. Je me suis assuré que tu n'avais rien à divulguer. (Il envoya une poignée de *senties* par-dessus son épaule.) Je ne pouvais pas risquer que quelqu'un sache la direction dans laquelle je voyageais. Il aurait été si facile d'attaquer l'héritier indésirable dans les marais et de faire croire qu'il n'était jamais revenu.

L'effroi me saisit à ces derniers mots.

— Pourraient-ils vraiment faire ça ? Le feraient-ils ?

Il haussa les épaules.

— Si quelqu'un voulait se débarrasser de moi, ça aurait été le meilleur endroit et le meilleur moment pour le faire, à l'abri des regards. Les marais offrent beaucoup de bonnes cachettes pour dissimuler un cadavre. Il se serait rapidement décomposé, sans laisser de traces. La nouvelle de mon retour ne s'est pas encore bien propagée. Cela aurait été comme si je n'étais jamais revenu. C'est ce qu'auraient préféré certains, j'en suis sûr.

Je restai assise, figée d'horreur devant la facilité avec laquelle il pouvait être rayé de la carte.

— Non... (Je secouai la tête.) Ne pars plus jamais. S'il te plaît. Je sais que tu devais faire ce voyage. Je sais que tu l'as fait pour moi, et je te suis très reconnaissante pour le voile. Mais si quelque chose t'arrivait... (Ma voix se brisa. Je refusais d'imaginer le monde sans lui.) J'ai besoin de toi moi aussi, Kyllen. J'ai besoin de toi dans ma vie.

— Viens ici, ma chérie. (Il m'attira vers lui.) Je n'irai nulle part. Et sûrement pas ce soir.

Je passai mes bras autour de son cou, et il se servit de ses *senties* pour me serrer contre lui.

— Reste avec moi, murmurai-je contre ses lèvres alors qu'il m'embrassait.

— Tant que ce sera en mon pouvoir, je ne te quitterai plus jamais.

Pour l'instant, c'était suffisant. Ça devait l'être. Ce soir, tout ce que je voulais, c'était simplement être avec lui, comme ça, enlacés.

Perdue dans les caresses de Kyllen, j'entendis à peine les petits coups sur la porte.

— Lady Amira ? appela Geltar derrière la porte.

Kyllen arracha sa bouche de la mienne le temps de grogner :

— Allez-vous-en !

— Mais... insista la femme de chambre. Je dois aider lady Amira à se préparer pour la nuit.

La chaleur pulsait dans mon bas-ventre. La pression montait entre mes cuisses et réclamait les attentions de Kyllen.

Il glissa sa main entre mes jambes et gémit d'approbation en embrassant mon cou.

— Oh, elle est parfaitement prête pour ce que j'ai prévu pour elle.

— J'ai apporté sa chemise de nuit... l'implora Geltar.

Prenant pitié de la pauvre jeune femme, je m'écartai de Kyllen à contrecœur.

— Je vais la chercher. Ce ne sera pas long.

En me libérant de ses bras et de ses *senties*, je grimpai hors du nid.

— À quoi bon une chemise de nuit ? grommela Kyllen, visiblement contrarié par cette interruption. Je vais te l'enlever, de toute façon.

— Elle fait juste son travail, en appliquant les règles de la cour. L'étiquette ? Le protocole ? (Je haussai les épaules.) Quelle que soit la façon dont vous appelez ça ici.

Je lui arrachai le drap du dessus et l'enroulai autour de moi pour me couvrir. Cela laissait Kyllen complètement exposé et superbement nu.

Allongé sur les coussins, il avait son avant-bras posé sur un genou plié. Je ne pus m'empêcher de jeter un long regard sur son corps beau et fort. Son érection frétillait de désir pour moi. Ma peau tremblait d'impatience.

Attends juste... hum, reste sur cette idée, plaisantai-je en me précipitant vers la porte.

Les engrenages de la serrure complexe que Kyllen avait installée sur la partie supérieure de la porte glissèrent et se déplacèrent sous mes doigts, après leurs roulements assouplis par la magie.

— Merci, Gel...

Le nom de la femme de chambre resta coincé dans ma gorge.

Il n'y avait pas de chemise de nuit.

La tête de Geltar était renversée en arrière, ses *senties* enroulées autour du poignet de Bherlon, leurs extrémités serrées dans son poing. Ses yeux orange et chaleureux étaient grands ouverts, horrifiés. Dans son autre main, Bherlon tenait un couteau sur sa gorge. Au moins une douzaine de gardes les entouraient.

Sous le choc, je fis un bond en arrière, pour essayer de refermer la porte.

— Attrapez-la ! ordonna Bherlon.

Six

AMIRA

Un garde lança son pied en avant, pour m'empêcher de fermer la porte. D'autres soldats firent irruption dans la pièce et me bousculèrent sur le côté. L'un d'entre eux m'attrapa par la taille.

Bherlon libéra Geltar, qui s'enfuit en sanglotant.

— Kyllen ! criai-je pour le prévenir dès que je retrouvai ma voix.

Mais il était déjà debout. Les gardes lui coupèrent les fourreaux des dagues et des épées qu'il avait laissées sur la chaise près de la table.

Il frappa d'un coup de pied sur l'arme dans la main du soldat le plus proche. Il tourna sur ses talons et en poignarda un autre dans la poitrine. En se retournant, il fit face au suivant, puis... recula, surpris.

— Hapon ? Toi ?

La voix de Kyllen était pleine de déception amère. Il hésita une fraction de seconde, son épée suspendue dans l'air.

Profitant de l'occasion, un autre garde se jeta sur Kyllen par-derrière et lui taillada le dos avec une dague. La lame en ressortit dégoulinant de sang.

Kyllen se cambra en hurlant de douleur.

— Non ! criai-je en me débattant contre les mains rugueuses qui me tenaient.

Bherlon saisit une poignée de *senties* de Kyllen. Un garde frappa mon homme à l'arrière des genoux. Ils cédèrent, ce qui l'envoya à terre. Bherlon tira la tête de Kyllen en arrière, leva son couteau et le plaqua contre la gorge de ce dernier.

— Non. Je vous en prie ! criai-je avec effroi, des larmes ruisselaient sur mon visage. S'il vous plaît, ne faites pas ça.

Le garde me traîna jusqu'à la porte, mais je m'accrochai au cadre. En m'y cramponnant de toutes mes forces, je griffai le bois et me cassai les ongles.

— Kyllen ! hurlai-je.

Les soldats le maintenaient au sol. Ce n'étaient pas des humains. Leur force égalait la sienne. Et ils étaient si nombreux.

La lumière froide de la lune se reflétait sur la lame brandie dans la main de Bherlon.

— Ferme les yeux, Amira, m'ordonna Kyllen d'une voix grave malgré la poigne des hommes qui le tenaient.

Il ne voulait pas que je voie ce qu'ils étaient sur le point de lui faire.

Bherlon baissa sa main. La lame fendit l'air en direction du cou de Kyllen.

— Non ! hurlai-je.

Le garde me tira hors de la pièce. Mes doigts raclèrent le cadre inutilement, avant de lâcher prise.

— Laissez-moi ! Laissez-moi le voir. Je vous en prie, criai-je.

Je pleurai.

Je suppliai.

— Kyllen !

Une main claqua contre ma bouche.

— Ferme-la ! siffla le garde dans mon oreille.

Il me traîna le long de la branche géante de l'arbre du palais, puis dans un petit escalier qui se terminait par une échelle cachée dans le buisson au bas du tronc.

Il y avait d'autres soldats de Bherlon ici. L'un d'eux me balança par-dessus son épaule en descendant l'échelle. Il me jeta ensuite au fond d'un bateau.

— Emmenez-la à Ufaris, dit une voix dans l'obscurité tandis que plusieurs hommes sautaient dans l'embarcation avec moi. Dites-leur que c'est un cadeau du Haut Seigneur d'Ellohi au roi Zeldren. Nous savons tous que notre Haut Seigneur aura besoin que le roi ferme les yeux sur ce qui s'est passé ici ce soir.

Quelqu'un poussa le bateau loin du quai.

— Laissez-moi partir ! dis-je en me relevant d'un bond.

— Baisse-toi ! cria l'un des gardes.

— Cette femme stupide va nous renverser, avertit un autre.

L'embarcation tangua dangereusement de gauche à droite. Je me débattis contre les bras rudes et m'agrippai aux uniformes des hommes.

— Laissez-moi le voir !

Je devais être avec lui. Ma place était avec Kyllen, contre vents et marées.

— Assez !

Un coup de poing atterrit lourdement sur ma mâchoire et me fit tomber au fond du bateau. La douleur résonna dans mon crâne. Mon visage s'engourdit.

— Hé ! Ça va lui faire un bleu, siffla quelqu'un. Si tu abîmes son visage, le prix baissera.

— Quel prix ? répondit l'autre. C'est un cadeau, non ?

— Sais-tu combien elle vaut ? Ce serait stupide de *l'offrir*. Lord Kyllen n'est plus. Les autres auront du pain sur la planche, pour tout nettoyer après sa mort. Il n'y a plus personne pour nous empêcher de faire ce que nous voulons d'elle maintenant.

Les pagaies entraient dans l'eau sans presque aucune éclaboussure. L'obscurité nous enveloppait alors que le bateau glissait sur les eaux calmes de la baie de Layahi et m'éloignait des lumières dorées du palais en m'entraînant dans la nuit.

Je m'étais recroquevillée sur moi-même au fond du bateau. J'avais l'impression que ma vie s'était terminée dans notre chambre, avec Kyllen mis à genoux et anéanti. Mon cœur avait été arraché de ma poitrine, il ne restait rien d'autre qu'un trou brut et béant à la place.

Et ça faisait mal.

Tellement mal.

La souffrance de cette perte engourdissait tous les autres sentiments et émotions, y compris la douleur du coup porté à mon visage.

« Lord Kyllen n'est plus. »

Ces mots n'avaient aucun sens. Comment ce monde pouvait-il exister si Kyllen en était absent ? Qu'était cet endroit sans lui ?

Mes larmes ne coulèrent pas, mais elles me déchirèrent de l'intérieur à la place. Les ténèbres m'accablèrent, et je voulus qu'elles m'écrasent. J'aurais souhaité n'être plus qu'une ombre, comme j'avais toujours été destinée à l'être.

Sept

AMIRA

Ufaris, le palais du roi de Lorsan, n'était pas logé dans un seul arbre ou même dans plusieurs. Il occupait une forêt tout entière.

Les gigantesques arbres royaux poussaient dans les eaux placides du lac Ufaris qui s'étendait à perte de vue. Des lumières dorées illuminaient les branches et rivalisaient avec le clair de lune argenté qui inondait la nuit.

Des volutes de brouillard s'élevèrent depuis la surface quand l'un des gardes me remit debout d'un coup sec.

Je ne savais pas exactement combien de temps il nous avait fallu pour arriver ici. J'avais passé presque tout le voyage en boule au fond du bateau, sans bouger. La lumière du jour m'avait réchauffée, après les nuits qui avaient refroidi ma peau à travers le drap de lit dans lequel je m'étais enveloppée. Quelqu'un avait dû me nourrir et me donner de l'eau, car j'étais encore en vie. Mais je n'avais aucun souvenir d'avoir mangé ou bu.

Le bateau se balançait au gré des mouvements des gardes. Je peinai à rester debout. Quelqu'un marcha sur mon drap. Il glissa et tomba à mes pieds. Je n'étais couverte que par mon voile jusqu'aux genoux, mais je ne ressentais plus rien pour pouvoir m'en soucier ou même avoir honte.

— Bien. (Un garde sourit, en me jetant un regard lubrique rapide.) Elle est jolie, mais n'a rien de spécial. Je ne comprends pas les nobles. Que lui trouvent-ils ?

— Les humains sont rares, expliqua l'autre. Elle est exotique. Ça suffit à faire frétiller la bite des seigneurs, ricana-t-il. Qu'est-ce que ça peut nous foutre, du moment qu'ils paient ?

— Elle est censée réveiller l'organe ratatiné du roi ? Il est en train de mourir, paraît-il.

— Pourquoi le roi l'achèterait-il ? demanda quelqu'un d'autre à l'arrière du bateau. Le Grand Serpent est sur le point de le rappeler. Il n'a plus besoin d'elle ni de personne !

— Oh, ne t'inquiète pas. J'ai déjà trouvé un acheteur, et il est prêt à payer une fortune pour elle. Cette petite humaine vaut littéralement son poids en or. N'est-ce pas, mon trésor ? (Il m'attrapa le menton et leva mon visage vers le sien.) Ce putain de bleu est encore visible, enfoiré ! (Il donna un coup de pied au garde assis dans le bateau à nos pieds.) Si ça me coûte de l'argent, je t'arracherai tes *senties* et je les ferai bouillir dans une putain de soupe.

J'écoutai leur conversation avec un étrange détachement. Mon corps était là, mais mon âme était restée suspendue dans un autre endroit depuis mon dernier regard sur Kyllen à genoux. Je me fichais de ce qu'ils me feraient maintenant. Le pire était déjà arrivé.

Le bateau glissait doucement dans le brouillard. Nous étions entourés d'au moins une douzaine d'autres gardes sur des planches à pagaie. C'était un sacré cortège pour livrer son « cadeau » au roi.

À mesure que nous approchions, les lumières d'un arbre royal géant brillaient davantage à travers le brouillard. Son tronc était légèrement surélevé au-dessus de l'eau, soutenu par des racines épaisses et noueuses, chacune de la taille d'un arbre massif. Un labyrinthe de quais et de chemins interconnectés s'étendait de là dans toutes les directions.

Une silhouette sombre se tenait à l'extrémité du quai, cachée par les buissons et dissimulée du trafic maritime, très actif malgré l'heure tardive.

— Couvrez-la, ordonna le garde qui semblait être le responsable des deux autres dans le bateau avec nous. Que personne ne la regarde sans payer d'abord.

Les deux hommes ramassèrent le drap au fond du bateau. Le tissu, qui était à l'origine de couleur lavande pâle, était maintenant poussiéreux et boueux après quelques jours de voyage. Ils essayèrent de l'enrouler autour de moi.

Sur le quai, la grande silhouette, enveloppée d'un manteau sombre et baignée par la lumière de la lune, leva une main.

— Arrêtez, exigea la voix masculine. Je veux voir ce que j'achète.

— Faites ce qu'il dit, ordonna précipitamment le chef des gardes. Vous voyez ce sac à ses pieds ? Je parie qu'il est rempli d'or et de bijoux. Je vous ai dit qu'elle était précieuse.

Les soldats retirèrent à nouveau le drap. Le chef du groupe s'accrocha à l'un des piliers du quai et immobilisa le bateau.

— Est-elle vraiment humaine ? s'enquit l'individu sur le quai.

— Elle l'est, oui.

— Où l'avez-vous trouvée ?

Le garde dansa d'un pied sur l'autre, l'air mal à l'aise.

— Comme je l'ai dit par l'intermédiaire de la personne que j'ai envoyée au palais hier, le jeune seigneur est revenu à Ellohi depuis le royaume des humains la semaine dernière. Il l'a amenée avec lui.

— Pourquoi ?

Le garde haussa les épaules.

— Pour son plaisir.

— Pourquoi est-ce qu'il la vend maintenant ?

— Il est mort. C'est son neveu qui la vend. Lord Bherlon sait qu'une chose rare comme elle doit revenir au roi, et à personne d'autre.

L'homme en cape rejeta sa capuche en arrière. La lumière de la lune éclaira son visage pâle et ses *senties* sombres. Elle se refléta dans un éclat bleu argenté, lui donnant ainsi l'apparence d'un être éthéré.

— Soulevez son voile, ordonna-t-il.

— Si je le fais, elle va mourir, répondit le garde.

L'homme secoua la tête dans un mouvement d'exaspération.

— Je ne vous ai pas dit de la tuer. Levez-le jusqu'à son cou seulement. Le voile fait briller sa peau au clair de lune. Je veux voir son corps sans ce tissu, pour m'assurer qu'elle est humaine comme vous le prétendez.

Suivant ses ordres, les gardes relevèrent le tissu. Maintenant, il n'y avait absolument rien entre le regard inquisiteur de l'étranger et mon corps. Je n'essayai même pas de me couvrir de mes mains, je le laissai me toiser du regard. Mon âme était morte, et la honte était partie avec.

— Elle est plutôt calme, observa l'étranger en plissant les lèvres d'un air inquiet. Apathique.

— Obéissante, mon seigneur, se hâta de le rassurer le chef des gardes. Elle connaît sa place. Comme elle le doit.

L'étranger fit un geste vers le drap miteux dans les mains des gardes :

— C'est tout ce qu'elle a comme vêtements ?

— Eh bien, commença l'un d'eux à expliquer. Nous étions très pressés et...

Le chef enfonça un coude dans les côtes de son interlocuteur, ce qui lui coupa la parole.

— Oui. C'est tout ce qu'elle a, répondit-il à sa place.

L'homme à la cape m'observa en silence un moment de plus.

— Laissez-la se couvrir, alors. Je l'emmène, dit-il. Ceci est à vous, comme convenu. (Il donna un coup de pied dans le grand sac à ses pieds. Il fit un bruit sec. Il tendit ensuite sa main vers moi.) Tu viens avec moi, l'humaine.

Après avoir jeté le drap sur mes épaules, les gardes me poussèrent vers le quai. Le bateau tangua. Je m'accrochai à la main de l'étranger pour me soutenir. Il me tira vers lui et je m'avançai sur le quai, hors du bateau.

Je ne me retournai pas pour regarder les gens qui venaient de me vendre. Après des jours de voyage en leur compagnie, je ne connaissais ni leur nom ni leur visage. Ils ne m'intéressaient pas.

Rien n'avait plus d'intérêt.

L'homme à la cape sombre et au visage qui brillait comme un clair de lune me fit monter des escaliers sculptés jusqu'à l'une des branches les plus basses du château. Il ouvrit une petite porte et me poussa à l'intérieur.

— Ce soir, tu te reposes, dit-il. Demain soir, tu seras présentée au roi.

Puis il referma derrière lui.

J'étais au milieu d'une minuscule pièce ronde aux murs sculptés et lisses, avec une grille sous le plafond. Une pile de couvertures formait un petit nid en désordre. Un pot de chambre en métal se trouvait à proximité.

Dans un bruit sourd, la porte fut verrouillée derrière moi.

Je n'étais pas une invitée à Ufaris. J'étais une prisonnière.

Huit

AMIRA

Être enfermée dans une cellule n'était pas très différent d'être jetée au fond d'un bateau. Pour moi, cela ne changeait rien.

J'étais restée allongée dans ce nid de chiffons en lambeaux, à fixer le mur devant moi. À un moment donné, j'avais dû dormir. Mais il me semblait que le ciel était apparu en un clin d'œil dans la minuscule ouverture au-dessus de moi, et qu'il était maintenant clair et doré au lieu de sombre et argenté. Le jour avait remplacé la nuit.

Quelqu'un m'apporta un plateau garni de nourriture et d'eau. Je fermai les yeux, sans chercher à savoir qui cela pouvait être.

Alors que le ciel dans l'ouverture redevenait sombre, deux femmes gorgones arrivèrent.

— Il est temps de faire ta toilette, dit l'une d'elles en m'aidant à me relever.

Elles me guidèrent et me portèrent presque jusqu'à une petite plateforme entre les branches. Une chute d'eau coulait depuis les feuilles au-dessus, et s'écoulait dans un bassin taillé dans le bois.

Les femmes me débarrassèrent de mon drap sale. Tout en

remontant mon voile, elles m'emmenèrent vers le bassin d'eau tiède.

Après la chaleur humide de la journée, l'eau était rafraîchissante sur ma peau. Pour la première fois depuis que j'avais crié le nom de Kyllen, je ressentis une pointe d'émotion en m'enfonçant dans le bain.

Les femmes s'affairèrent à frotter mes bras, mon dos et mes épaules. Je les laissai faire, comme j'avais déjà laissé les choses suivre leur cours ces derniers jours.

Je m'étais réfugiée dans ma tête et j'abandonnais la vie à son cours autour de moi, sans y prendre part. Je l'avais déjà fait enfant, et plus tard également dans la ménagerie de Madame. J'avais abandonné tout contrôle et me contentais de dériver. C'était plus sûr ainsi.

— Lève le bras, dit l'une des femmes.

J'obéis tandis qu'elle me frottait le flanc.

— Maintenant, l'autre ! ordonna-t-elle.

Je m'exécutai silencieusement. Mon corps leur appartenait et elles pouvaient en faire ce qu'elles voulaient. Comme un observateur enfermé dans une pièce, je regardais ce qui m'arrivait à travers les fentes entre mes paupières.

Pourquoi prendre la peine de ressentir, de penser, d'essayer de changer quoi que ce soit si je ne contrôlais rien ?

Je n'avais pas le choix.

— Nous devons lui laver les cheveux, dit la deuxième femme en fronçant le nez. Ça pue.

La première soupira.

— Avoir des cheveux est un vrai casse-tête. C'est tellement plus difficile de les garder propres et soignés comparé aux *senties*. (Elle se pencha vers mon oreille, et déclara à voix haute, comme si elle craignait que mon ouïe soit faible) : Nous allons devoir t'enlever ton voile. Ferme les yeux.

« *Ferme les yeux, Amira.* », résonna la voix de Kyllen en moi.

Je baissai mes paupières lorsque les femmes retirèrent le

diadème de mes cheveux ébouriffés et emmêlés pour enlever le voile.

Soudain, je réalisai que j'avais le choix. J'en avais toujours eu un. Tout ce que j'avais à faire était de lever la tête et de regarder droit dans les yeux l'une ou l'autre de ces femmes, et tout cela prendrait fin. Il n'y aurait plus de douleur. Plus de sentiment atroce de deuil qui m'écraserait. L'engourdissement deviendrait absolu, et je me transformerais en pierre.

« *Ferme les yeux, Amira.* » La voix de Kyllen m'exhortait à le faire. « *Garde-les fermés.* »

Il voulait que je vive. Il souhaitait aussi que j'aie une vie bien remplie et intense. L'une des premières choses qu'il avait faites après son retour à Lorsan avait été de me procurer ce voile. Il voulait que je voie, que j'apprenne et que je sois maîtresse de mes décisions.

Il ne m'avait pas seulement amenée à Lorsan. J'avais fait le choix de venir ici de mon propre chef.

Kyllen avait dit que j'étais forte. Pouvais-je trouver un moyen de survivre un jour de plus ? Mon existence avait toujours été une question de survie. Peut-être pourrais-je rassembler la force nécessaire pour résister juste un peu plus longtemps.

Je gardai mes yeux fermés.

Les femmes me sortirent de l'eau et m'enveloppèrent dans des serviettes. Elles séchèrent et nattèrent mes cheveux en vingt-quatre tresses ornées d'un serpent métallique enroulé en spirale autour de chacune.

L'une d'entre elles s'occupa de la légère ecchymose sur ma mâchoire. Cet endroit était encore un peu douloureux quand elle le pressait. Avec une éponge, elle appliqua quelque chose pour la recouvrir. Elles remirent ensuite le diadème sur ma tête et abais-sèrent le voile sur mon visage.

Alors seulement, j'ouvris les yeux.

— Debout, maintenant, ordonna l'une d'entre elles qui me tira par le bras.

Elle n'avait pas l'air méchante, juste occupée et embêtée par tout cela.

Avec le voile rassemblé autour de mon cou, elles poudrèrent mes seins, mes hanches et mes fesses de paillettes d'or. Une lourde ceinture ornée de bijoux entoura ma taille. Une cascade de chaînes d'argent et de perles de cristal dissimulait une étroite bande de mon corps sous la ceinture.

L'une des femmes frotta mes mamelons avec de l'huile parfumée, puis plaça deux pinces souples sur chacun. De fines chaînettes en argent pendaient au bout des clochettes attachées aux pinces et les reliaient les unes aux autres. Une série supplémentaire partait depuis mes tétons pour rejoindre les larges bracelets que les servantes avaient mis autour de mes bras.

En attachant des rubans transparents de couleur rose et lavande à mes bracelets, l'une des femmes déclara :

— Tu es très jolie, tu le sais ?

— Maintenant que tu es propre et que tu sens bon, ajouta l'autre en ricanant.

Ensuite elles mirent autour de mon cou un collier avec des dizaines de rangées de cristal transparent, de quartz rose et de jade vert. Une paire de sandales aux semelles souples et aux bijoux multicolores fut enfilée à mes pieds. Des bagues, des bracelets et des anneaux de cheville, sertis de pierres précieuses et de minuscules cloches, glissèrent sur mes doigts, mes poignets et mes jambes.

— Que va-t-il m'arriver ?

Ma voix était rauque. Je ne l'avais pas utilisée depuis des jours. Je me surprenais presque à parler maintenant.

Le silence avait toujours été mon état naturel. Jusqu'à Kyllen... Il m'avait fait parler et sourire. Il m'avait appris à rire.

« *Ferme les yeux, Amira...* »

Une fois de plus, j'obéis à sa voix dans ma tête. Je fermai les yeux, mais des larmes s'échappèrent et roulèrent sur mes joues. La douleur ressurgit, acérée, et l'engourdissement de l'indifférence me manqua.

— Oh, ma chérie. Ne sois pas triste, dit l'une des femmes en caressant ma joue, ce qui étala mes larmes sur mon voile. Tu appartiens au roi maintenant, l'homme le plus puissant de Lorsan. Il prendra soin de toi.

— Tu auras de beaux vêtements à porter et beaucoup de nourriture à manger, ajouta l'autre. Tu seras en sécurité. Personne n'osera faire du mal à la protégée du roi.

La première femme me tapota la tête.

— Tu devras seulement faire en sorte qu'il t'apprécie.

Un doux bruissement venait du lointain. Il se confondait avec le murmure des feuilles dans les branches au-dessus de nous. Je ne l'aurais pas remarqué si les deux femmes ne s'étaient pas redressées pour se mettre en position.

L'homme du quai entra sur notre petite plateforme. Il ne portait plus de cape. À la place, une chemise en soie d'un blanc nacré s'étendait sur ses épaules, avec de larges manches tombant librement sur ses bras. Un pantalon sombre lui enserrait les hanches, maintenu par une ceinture en cuir dans laquelle était rangée une courte épée dans son fourreau.

— Lord Adriyel, dirent les deux femmes en inclinant leurs têtes en guise de révérence.

Il ne prit pas la peine de rendre le salut.

— Comment va la fille humaine ? demanda-t-il en me jetant un long regard inquisiteur.

Dans la lumière chaude du coucher de soleil, agrémentée de la lueur jaune des papillons de feu sous les branches, sa peau bleu clair brillait d'un reflet or pâle. Le motif en peau de serpent sur ses *senties* scintillait avec le bleu de la nuit. Même sans la lune, il semblait baigner dans sa lueur.

— Elle est prête, lord Adriyel, déclarèrent les deux femmes en même temps.

Il tourna lentement autour de moi. Je sentais presque son regard se promener sur chaque courbe de mon corps. Quand il réapparut face à moi, la fièvre brûlait dans ses yeux. Je connaissais cette expression. Cet homme me désirait de la même façon que Kyllen et plus encore.

— Charmante, dit-il avec un sourire en coin, vous avez tout ce qu'il faut pour séduire le roi. Espérons que vous y arriverez.

Il tourna sur ses talons.

— Allez ! me lancèrent les femmes pour que j'aille derrière lui.

Alors je le fis. Je suivis lord Adriyel jusqu'à un large escalier taillé dans une branche aussi épaisse qu'un grand immeuble sur Terre, puis le long d'une autre légèrement inclinée qui était aussi large qu'une route à deux voies.

Ce devait être l'un des principaux passages de cette aile du palais. Des gorgones s'y pressaient, certains chargés de plateaux ou de vêtements. D'autres semblaient simplement se promener, main dans la main avec un compagnon. Tous s'arrêtaient pour jeter des regards curieux dans ma direction.

Habillée seulement de perles et de bijoux, je me sentais exhibée à tous les yeux. Beaucoup de femmes ici ne portaient guère plus de vêtements que moi. Mais je me sentais nue et vulnérable face à l'attention soutenue de tous ces gens, alors que les autres étaient protégées par leur statut.

Lord Adriyel me conduisit à travers plusieurs portes à deux battants à l'intérieur du tronc d'arbre. Un large escalier était taillé au milieu d'un hall spacieux.

— Par là, dit-il en montant les escaliers.

Je me précipitai à sa suite en essayant d'ignorer les regards inquisiteurs. La lourde ceinture appuyait sur mes hanches et égratignait ma peau. Les pinces tiraient sur mes tétons à chacun de mes mouvements. Les chaînes se balançaient. Les petites cloches sonnaient, signalant ainsi ma présence à tous ceux qui étaient intéressés. Les courtisans me suivirent des yeux jusqu'en haut des escaliers.

Il tourna à droite dans une zone séparée du hall principal par un mur. Je poussai un soupir, heureuse de m'éloigner enfin de la foule.

L'intense curiosité de la cour et mon malaise face à celle-ci n'avaient pas échappé à Adriyel.

— Vous êtes une nouveauté, expliqua-t-il. Nous ne connaissons les humains qu'à travers les mythes et les légendes. Vous devez pardonner à notre peuple d'avoir oublié ses bonnes manières en voyant quelqu'un comme vous en chair et en os.

— Personne ne cherche à se faire pardonner, marmonnai-je.

Il me lança un long regard, mais ne discuta pas.

Il s'arrêta devant une autre rangée de doubles portes sculptées, gardées par deux gorgones en uniforme vert et or, et dit d'un ton sec :

— Lord Adriyel, héritier du Haut Seigneur de Mevon, en visite auprès du roi Zeldren.

Les gardes s'écartèrent pour nous laisser entrer.

À l'intérieur de la vaste salle aux fenêtres sans vitres, courant du sol au plafond, le roi était assis sur son trône.

Mis à part la couronne d'or aux pointes turquoise serties de pierres précieuses placées sur ses *senties*, il ressemblait à une gorgone ordinaire, les mains et le visage assombris par l'âge et la déshydratation. Le « trône » n'était qu'une grande chaise avec un haut dossier. Mais sa posture était royale. Assis de la sorte, n'importe quel siège aurait ressemblé à un trône.

— Votre Majesté, annonça Adriyel d'un ton formel. C'est la seule humaine de tout Lorsan. Et elle est à vous. Un cadeau de ma part.

AMIRA

J'avais cessé de compter le nombre de fois où j'avais été vendue, achetée ou offerte. Maintenant, apparemment, j'étais le cadeau du lord pour le roi Zeldren de Lorsan.

— Est-elle vraiment humaine ? demanda-t-il en me regardant d'un air sceptique, une coupe vide se balançant entre ses doigts.

— Oui, votre Majesté, répondit Adriyel qui prit ma main et fit glisser le voile vers le haut pour montrer mon bras nu.

Le roi se pencha en avant, pour examiner la peau de mon bras qui était terne et mate comparée à l'éclat de celle des fae.

— Intéressant, dit-il en reprenant ma main de celle d'Adriyel.

Le motif en peau de serpent sur le dos de sa main était brun foncé. Le reste de son épiderme était d'une couleur sable dorée, avec un éclat magique qui la traversait. Ma main ressemblait à un morceau d'argile pâle en comparaison, simple, terne, et plutôt *in*intéressante.

Le roi continua à tourner ma main dans la sienne, visiblement intrigué.

— C'est remarquable. Tellement... terrien. Est-il vrai que les humains sont complètement dépourvus de magie ?

Le lord semblait heureux de l'attention que le roi me portait.

— Oui, votre Majesté. Ils en sont dépourvus.

— Que sait-elle faire, alors ? réclama-t-il, comme si j'étais un curieux jouet mécanique qu'on lui présentait. Peut-elle danser ?

Adriyel me jeta un regard et je secouai la tête.

— Non, Votre Majesté, répondit-il pour moi. Elle ne danse pas.

— Chanter ?

Un autre regard du lord vers moi. Un autre mouvement de ma tête.

Adriyel plissa ses yeux gris argenté sur moi, et je me demandai s'il regrettait déjà son achat.

— Non. Elle ne sait pas chanter non plus.

— Alors, à quoi sert-elle ? demanda le roi en hochant la tête.

Lord Adriyel se plaça derrière moi et posa ses mains sur mes épaules.

— N'est-elle pas charmante, sire ? Les humains ne vivent pas longtemps. Ils vieillissent rapidement. Leur jeunesse dure des années et non pas des siècles. Elle est dans la fleur de l'âge, mais cela passera vite. C'est comme attraper la fleur de l'orchidée avant qu'elle ne se fane et ne meure. Fugace et rare. Profitez-en tant que c'est possible.

Il effleura mes bras de ses mains. Le regard du roi accompagna le geste du lord le long de mon corps exhibé sous le voile.

L'intensité dans les yeux ambrés du roi devint plus forte. Il s'arrêta sur mes seins, puis sur mes hanches.

— Laissez-nous, ordonna-t-il.

Adriyel inclina la tête en guise de révérence. Il décolla ses mains de mes bras lentement, presque à contrecœur. Avec un long regard sur moi, il partit, et referma les portes derrière lui.

— Eh bien, dit le roi d'une voix traînante. Tu dois bien être bonne à quelque chose. Voyons ce que tu peux faire. (Il poussa sa coupe vide dans ma direction.) Apporte-moi un peu plus de vin.

Je lui pris des mains. Elle était grande et lourde, incrustée de pierres précieuses colorées. La carafe en cristal qu'il désignait d'un geste se trouvait sur une petite table à quelques pas de sa chaise. Je remplis son verre, puis le lui rendis.

— Voilà.

Il leva les yeux vers moi.

— Tu n'as pas grandi dans une cour royale, n'est-ce pas ?

— Non.

— Ça se voit, se moqua-t-il en prenant une gorgée de vin. Tu ne sais pas comment t'adresser à ton roi.

Il posa la coupe sur la table et s'adossa à sa chaise, puis ouvrit sa robe rouge et or pour montrer son entrejambe recouvert de velours.

— Eh bien, puisque tu ne sais ni danser ni chanter... (Il détacha sa ceinture, puis ouvrit son pantalon de velours foncé.) Viens ici, ma douce. (Il me fit signe d'approcher.) Soulève ce voile jusqu'à ton cou. Je pourrais ainsi jouer avec tes seins pendant que tu me suces.

Je ne bougeais pas, figée sur place.

Soudain, quelque chose compta à nouveau pour moi. Et ça comptait beaucoup.

Les gens pouvaient me voir nue autant qu'ils le voulaient. Mais me toucher, c'était différent. Aucun homme n'avait caressé mon corps en dehors de Kyllen. Le souvenir de ses mains sur moi était le seul que je voulais garder. Personne ne le souillerait. Pas même le roi.

S'il souhaitait que je lève mon voile, je le ferais. Mais je le soulèverais jusqu'en haut. S'il me forçait, la pierre froide serait la seule chose qu'il pourrait toucher ce soir.

— Alors ? (Il me fixa d'un air attentif.) Qu'est-ce qu'il y a ? N'est-ce pas pour cela que tu es venue ici ? Pour faire plaisir à ton roi ?

Je n'étais pas venue ici de mon propre chef. J'avais été enlevée, traînée, et emmenée de force. Prise comme une feuille sèche dans un courant, ballottée et retournée. Et j'avais laissé tout ça m'arriver parce que rien n'avait plus d'importance. Mais maintenant, c'était différent. Je me souciais de ce qui allait m'arriver maintenant.

Le roi me fit un geste impatient, me pressant de venir à lui. Je m'approchai de son fauteuil, mais ne soulevai pas mon voile, désobéissant ainsi à son ordre. Il saisit ma main et me tira vers le bas, m'obligeant à tomber à genoux.

Je croisai mes bras sur ma poitrine, pour protéger mes seins. Mon cœur battait frénétiquement dans un espace qui n'était plus qu'un gouffre sombre et vide. La peur me secoua et me ramena à la vie.

— Alors, vas-tu utiliser ta bouche, l'humaine ? s'impatienta doucement le roi.

Puis il s'affaissa sur sa chaise, les genoux écartés, le pantalon défait. Il semblait détendu, mais il y avait un certain fléchissement dans ses épaules et son regard était terne.

Le roi était en train de mourir. En plus de l'aspect sombre et frappant de sa peau, d'autres signes le confirmaient. La rigidité paralysait son corps tout comme je l'avais vu chez Udren, le Haut Seigneur d'Ellohi, le frère vieillissant de Kyllen.

— Je peux faire beaucoup de choses avec ma bouche, dis-je d'une voix rauque.

— Si tu le dis, lança-t-il, puis il claqua des doigts et ouvrit grand son pantalon pour mieux s'exhiber. Pourtant, j'attends toujours.

Le pénis du roi était ratatiné et mou. Le motif de diamants sombres l'avait envahi, et le recouvrait entièrement. Dans sa forme flasque, le roi n'atteignait même pas le quart de la longueur de Kyllen ou la moitié de sa circonférence. Mais Kyllen n'avait jamais été mou devant moi.

— Eh bien, montre-moi ce que tu peux faire avec ta bouche sans magie, petite humaine. Peux-tu ressusciter les morts ? gloussa-t-il, mais avec un air un peu sombre.

Je toussotai, en refermant mes bras plus fort.

— Je n'ai jamais fait ce que vous me demandez.

Ses sourcils se dressèrent sous le coup de la surprise.

— Jamais ?

Je secouai la tête.

— Tu es vierge ? demanda-t-il, incrédule.

Je hochai la tête. Kyllen et moi n'étions pas allés si loin... Après avoir pris une profonde inspiration, je repoussai le sombre sentiment de deuil dans lequel le souvenir de Kyllen menaçait de me plonger à nouveau.

— Je pense que je pourrais vous être beaucoup plus utile d'une autre manière, suggérai-je.

— Comment ?

Le roi avait maintenant l'air épuisé. Et blasé.

— J'ai quelque chose de plus intéressant que mon corps à offrir. Quelque chose de plus attrayant qui vous amusera bien plus longtemps. (Ses sourcils se contractèrent. Était-il intrigué ?) Je peux vous raconter une histoire.

— Une histoire ? se moqua-t-il en prenant à nouveau sa coupe sur la table. Que pourrais-tu bien raconter qui pourrait divertir quelqu'un comme moi ? J'ai commandé les armées les plus victorieuses du monde, forcé des hommes puissants à s'incliner devant moi, connu le plaisir avec les plus belles femmes de chaque royaume de Nérifir.

Je mordillai ma lèvre inférieure en réévaluant mes possibilités. Négocier avec le roi était un pari à prendre. Mais qu'est-ce que j'avais à perdre ? Il y avait toujours le choix de mourir. Personne ne pouvait me l'enlever. Je pariais sur un jour de plus à vivre.

— L'histoire que je vais vous raconter n'est pas épique. Mais elle peut vous faire sourire. Votre esprit se reposera pendant que vous l'écouterez. Et elle pourrait vous aider à vous endormir sans avoir à vous engourdir avec du vin.

J'inclinai mon menton vers le verre qu'il tenait entre ses doigts.

Il fléchit sa main, sa bouche se serra en une ligne fine et dure. Son regard se planta sur moi et il me fixa lourdement.

J'avais repoussé le roi. Piqué son ego. Je méritais peut-être de mourir pour cela, mais je préférais attendre de voir ce qu'il allait faire.

Ses *senties* se déployèrent en un halo autour de sa tête... puis se posèrent sur ses larges épaules.

— De quoi parle-t-elle ? L'histoire que tu penses être digne de mon attention ?

Il y avait un intérêt évident dans sa voix cette fois-ci, et je me risquai à prendre une plus grande inspiration.

Le roi bougea sur son siège et tira sur sa tunique pour dissimuler son pantalon défait et son membre immobile.

Enhardie, j'attrapai la couverture tricotée orange et vert repliée sur l'un des accoudoirs du fauteuil.

— Je peux, s'il vous plaît ? Si vous ne l'utilisez pas.

Il leva le bras et fixa des yeux la couverture comme s'il la voyait pour la première fois. En fronçant les sourcils, il l'arracha de l'accoudoir, puis me la tendit.

Je m'éloignai alors un peu de lui, la dépliai, et l'enroulai rapidement autour de mon corps presque nu. À l'intérieur, je détachai discrètement les pinces ridicules sur mes tétons et rangeai la chaîne qui les accompagnait dans ma ceinture.

— Ah, dis-je en me retournant pour faire face au roi à nouveau. Je me sens beaucoup mieux.

Je lui offris un sourire en réponse à son regard curieux.

— Voyons ! murmura-t-il. Elle sait sourire.

Ses sourcils étaient froncés, mais il ne semblait pas contrarié. Il avait l'air... dans l'attente.

Je m'assis sur mes talons, tout en me blottissant dans la couverture douce.

— Je vais vous raconter l'histoire d'un petit garçon, lançai-je. (Ma voix tremblait, mais je réussis à la stabiliser.) Ce petit garçon est né et a grandi dans un palais, mais sa nature espiègle lui attirait souvent des ennuis. Elle lui faisait vivre aussi de nombreuses aventures. Ce soir, je vais vous raconter la fois où il s'est faufilé hors de sa chambre, en escaladant l'immense arbre royal du palais de son père...

— C'est impossible, l'interrompit le roi avec un grognement.

Le tronc du grand arbre est bien trop lisse et large pour être escaladé.

— Oh ! Mais le petit garçon était agile comme un singe. Il manquait souvent ses leçons en classe, au grand dam de ses parents et de ses tuteurs, mais il était intelligent dans d'autres domaines. Vous voyez, il n'était jamais d'accord avec l'heure de coucher que ses parents lui imposaient. Il avait donc mis au point un système lui permettant de s'échapper même de la plus haute pièce du palais de son père. Il le mettait en pratique toutes les nuits.

— Quel genre de système ? l'interrompit encore le roi. Car, à moins d'avoir l'équipement d'un arboriculteur, avec toutes ses cordes et ses poulies...

Je pinçai les lèvres en le fixant d'un regard furieux.

— Qui raconte l'histoire, vous ou moi ?

Il cligna des yeux, puis haussa les deux sourcils devant mon audace, j'avais osé réprimander le roi. Il pouvait ordonner ma décapitation s'il le souhaitait.

Le fait de n'avoir rien à perdre, cependant, me donnait du courage. Je soutins son regard jusqu'à ce qu'il éclate de rire en secouant la tête.

— Bon. Que s'est-il passé ensuite ?

— Et bien... continuai-je.

Les histoires que Kyllen me contait à la ménagerie, nous avaient donné du répit, à tous les deux. Pour moi, elles avaient apporté un peu de nouveauté et d'excitation à ma vie terne et pleine de travaux abrutissants. Pour lui, elles lui avaient offert un peu de distraction face au désespoir de son emprisonnement.

Maintenant, en raconter une m'aidait à survivre à cette nuit. J'avais toujours un corps en chair et en os, pas en pierre. Pour un humain à Lorsan, c'était déjà un exploit.

Le roi gloussa en secouant la tête.

— Cet enfant ! Il me ressemble quand j'étais petit. Je n'ai jamais raté la moindre aventure, moi non plus. Et si l'aventure ne me venait pas, j'en trouvais une moi-même. (Il remua avec enthousiasme sur son siège.) Alors, que s'est-il passé ensuite ? Après avoir volé les planches à pagaie sur le quai de la taverne avec ses amis ?

— Oh, c'est une autre histoire, ça. Mais il est un peu tard maintenant, vous ne trouvez pas ? Vous devriez dormir un peu.

J'avais parlé pendant près d'une heure. Mes jambes repliées s'étaient engourdies. Je ne me souvenais pas de la dernière fois où j'avais mangé ou bu quelque chose. Tout ce que je voulais vraiment, c'était m'allonger et sombrer dans l'oubli pour le reste de la nuit.

— Balivernes ! lança le roi en levant sa coupe. Dormir est une perte de temps. C'est la nuit que la vie commence vraiment.

Peut-être que c'était le cas pour lui, mais je me sentais épuisée physiquement et vidée émotionnellement.

— J'ai peur de perdre complètement ma voix si je continue à parler, argumentai-je. Et alors, que ferions-nous ? Il n'y aurait plus d'histoires du tout.

Il fit une grimace, mais se résigna.

— Bien. Je peux attendre jusqu'à demain. Après tout, la patience est une qualité royale.

— Ok.

Je me redressai devant son trône, en serrant la couverture contre ma poitrine. Le sang afflua de nouveau dans les muscles de mes jambes, ce qui me donna l'impression que des centaines d'aiguilles les transperçaient.

— *Ok* ? répéta-t-il en inclinant la tête. Qu'est-ce que cela veut dire ?

Je secouai mes jambes, l'une après l'autre, pour en chasser la douleur tenace.

— Oh. Ça veut dire « bien sûr », « je vais le faire », ou « je suis d'accord ».

— Ou « *Oui, Votre Majesté ?* » corrigea-t-il, en me fixant d'un regard perçant.

Je pâlis, embarrassée un moment par mon manque de manières. Je m'adressais au roi après tout. Cela impliquait un ensemble de règles. Une étiquette. Mais avec tous les événements récents, j'en avais oublié les formules honorifiques.

— C'est vrai, marmonnai-je. Pardonnez-moi *Votre Majesté.*

Je lui fis la révérence. Mais lorsque je me redressai pour croiser à nouveau son regard, il ne semblait pas satisfait de mes excuses ou de ma courtoisie. Il semblait apaisé, mais de nouveau blasé.

Tout ce que les gens de Lorsan avaient dit sur les humains jusqu'à présent me revenait en mémoire. Aux yeux des seigneurs fae, nous étions « exotiques », « différents ». Et c'est apparemment ce qui les attirait. Mon conformisme devait me faire paraître ennuyeuse et banale aux yeux du roi.

Eh bien, si c'était de la « différence » qu'il voulait, il en aurait...

Je levai le menton et lui lançai un regard.

— Je veux dire, « *Ok*, Votre Majesté ».

Je lui fis un léger signe de tête au lieu d'une révérence, et un sourire qui se situait quelque part entre l'insolence et la douceur.

Ce fut efficace. Il rejeta sa tête en arrière et éclata de rire, l'air ravi. Se frayer un chemin dans la cour du roi de Lorsan promettait d'être aussi facile que de tenir en équilibre sur une lame de rasoir. Cette fois, cependant, il semblerait que j'avais réussi. Pour l'instant, en tout cas.

— Apporte-moi un autre verre de vin ! ordonna le roi, en poussant sa coupe vers moi.

Je la pris et arrêtai mon regard sur sa main. Les mailles sombres du motif en peau de serpent couvraient le dessus de sa main, y compris ses doigts.

— Quel âge avez-vous ? lâchai-je.

Ses sourcils se levèrent une fois de plus en signe de stupeur. Puis une étincelle d'amusement brilla dans ses yeux orange vif.

— Quel âge penses-tu que j'ai ? répondit-il avec un sourire en coin.

— Je ne peux pas le dire. (Je secouai la tête.) Il est difficile de l'évaluer avec les gens de votre espèce.

— Mon espèce ?

— Les fae, expliquai-je. Vous atteignez la maturité aussi rapidement que les humains, mais votre apparence ne change pratiquement plus jusqu'à votre mort.

Il laissa retomber sa main sur l'accoudoir, le verre entre les doigts.

— Sais-tu combien de temps vivent les fae ?

— Cinq cents ans, m'a-t-on dit.

— Bien. (Il poussa un soupir si lourd qu'il semblait porter le poids de plusieurs vies.) J'aurai six cents ans l'année prochaine. Enfin, si je tiens encore sept mois.

— Six cents ? répétai-je en le dévisageant.

Il hocha la tête.

— Presque un siècle entier en plus. Il faudra bientôt rembourser la dette.

Il appuya ses mains sur les accoudoirs et se leva lourdement de son trône. Le roi était aussi grand que Kyllen, mais plus massif. Alors que Kyllen était agile comme un léopard et gracieux comme un serpent, le roi était solide et large tel un vieux chêne.

Le pantalon qu'il avait oublié de fermer glissa jusqu'à ses genoux et le fit trébucher. Il vacilla, perdit l'équilibre.

Je laissai tomber la coupe et la couverture, attrapai son bras pour le retenir, puis le conduisis vers le nid surélevé, rempli de coussins et de draps de couleur vert olive.

Il grogna, s'assit sur le bord et étira ses jambes devant lui. Je ramassai ma couverture sur le sol et l'enroulai à nouveau autour de moi. Il avait jeté un coup d'œil sur mes seins nus, mais son expression était moins intéressée qu'auparavant.

Après avoir ramassé le verre par terre, je traversai la pièce jusqu'à la fontaine élaborée située sur le mur en face du nid. Je le rinçai dans l'une des fontaines, puis le remplis avec l'eau propre d'une des cascades.

Le roi retroussa les lèvres de dégoût quand je lui offris le liquide.

— Ce n'est pas du vin.

— L'eau serait sans doute plus appropriée à cette heure-ci, suggérai-je.

— Es-tu en train de dire au roi ce qu'il doit faire, humaine ?

— Je n'oserais pas, Votre Majesté. (Je m'inclinai en une révérence maladroite qui le fit grogner et secouer la tête.) Si je devais faire des choix pour le roi, je lui commanderais un verre de lait chaud de la cuisine ou, mieux encore, une tasse de thé aux herbes.

Il grimaça.

— Tu parles comme mes guérisseurs. (Il tendit sa main ornée de motifs devant lui.) Cette déshydratation n'est pas due au manque d'eau, tu le sais, non ?

Il était mourant, et aucun liquide ne pouvait le guérir. En regardant sa peau sèche, je bus l'eau de la coupe. Une heure de discussion m'avait donné incroyablement soif.

Il me regarda boire sans rien dire.

Je reposai le verre sur la petite table attenante.

— Qu'est-ce qui vous apporte du réconfort, Votre Majesté ? Qu'est-ce qui vous fait vous sentir en paix ? Qu'est-ce qui vous aide à vous détendre la nuit ? Est-ce le vin ? Parce que si c'est vraiment cela, alors je vais vous en donner.

Il me fixa longuement, puis enleva sa couronne et la posa sur la table d'appoint. Puis il s'allongea dans le nid, sans un mot.

Je m'accroupis pour libérer ses pieds de son pantalon, puis l'aidai à se retourner pour mettre ses jambes dans sa couche. Alors que je bordais les luxueuses couvertures autour de lui, le roi me décocha un sourire effronté qui lui donna soudain l'air d'avoir rajeuni de plusieurs siècles.

— Une vierge, n'est-ce pas ? murmura-t-il. Ici, dans mon nid.

Je jetai un coup d'œil alarmé sur son visage et serrai ma couverture plus fort contre ma poitrine.

Il sourit d'un air rêveur.

— Si je t'avais rencontrée quelques années plus tôt, j'aurais réglé ça rapidement. Je t'aurais fait veiller toute la nuit. Quand je baise, je baise fort. Je le faisais au moins une douzaine de fois par nuit. Tu n'aurais pas pu marcher pendant des jours après ça.

Je laissai s'échapper une respiration tremblante, en adressant une prière silencieuse à la divinité qui veillait sur moi pour ne pas m'avoir fait arriver dans ce monde quelques années plus tôt.

— Tu restes ici ce soir, marmonna le roi en s'endormant et en fermant les yeux. Mais pas dans mon nid, c'est mon espace. Prends quelques oreillers et fais-toi un nid là-bas, sur la banquette de la fenêtre.

— *Ok*, Votre Majesté.

Le roi gloussa. Une minute plus tard, ses ronflements grondants résonnaient dans sa chambre. Il s'était endormi.

Dix

AMIRA

Le roi s'était rapidement endormi, mais je restais éveillée dans mon petit nid près de la fenêtre.

J'avais enfoui mon visage dans l'oreiller recouvert de soie, qui provenait de la literie du roi. Il portait son odeur, inconnue et étrange. Mais l'odeur d'un autre homme me manquait. Je voulais la présence de Kyllen à mes côtés.

La solitude ne m'était pas étrangère, mais depuis la mort de Kyllen, je m'étais aperçue que je n'avais jamais connu la véritable signification de la solitude totale et absolue. Ce vide atroce me dévastait. Les souvenirs de la nuit où il m'avait été enlevé ressurgirent, et me poignardèrent avec une douleur trop forte pour être supportée. Les larmes gonflèrent dans ma poitrine, puis éclatèrent finalement à la surface. Je me recroquevillai sur moi-même et pleurai.

Je pleurai pour Kyllen. Pour tout ce qu'il avait enduré dans mon monde entre les mains de Madame, pour finalement être tué dans sa maison, par sa propre famille.

Je pleurai pour mon amour envers lui, qui n'avait plus de

raison d'être ni de point d'ancrage, et qui me laissait à la dérive dans ce nouveau monde étrange.

Et je pleurai pour moi, incapable de trouver le moindre équilibre dans cette tornade noire de chagrin, de deuil et de douleur.

— Tu as dit que tu ne me quitterais jamais, murmurai-je dans l'oreiller. Tu avais promis...

— Un fae ne peut pas manquer à sa promesse, retentit la voix familière derrière moi qui me fit sursauter.

Ses bras s'enroulèrent autour de moi. Son corps se pressa contre mon dos.

— Kyllen... soufflai-je en me tournant dans ses bras.

Son sourire m'accueillit, ainsi que la lueur de ses yeux sombres et dorés que je connaissais si bien.

— Kyllen... Tu es là ? Tu es vivant.

Je lui touchai le visage, le torse, les épaules. Son corps semblait réel, une peau chaude et des muscles durs en dessous. D'os et de chair. Et non pas une entité éthérée.

Il était là.

— Mais comment ? demandai-je.

J'avais la tête qui tournait.

— Chut. (Il posa un doigt sur ses lèvres.) C'est la nuit, non ?

— Oui.

Je clignai des yeux, perplexe devant sa question. N'était-il pas sûr qu'il faisait nuit ? Ne pouvait-il pas le voir par lui-même ?

— Des gens dorment peut-être à cet endroit, dit-il. Ne les réveillons pas.

Je jetai un coup d'œil vers le nid du roi. Je savais qu'il était là, mais je n'arrivais pas à le distinguer dans l'obscurité qui enveloppait tout. Ses ronflements se perdaient également dans le noir. Je ne les entendais plus.

Kyllen était bien réel. Cependant, le reste du monde n'était pas tout à fait ce qu'il aurait dû être.

— Qu'est-ce qui se passe ? m'inquiétai-je en cherchant des réponses sur son visage.

Il sourit.

— Je ne suis pas tout à fait sûr de le savoir.

— Es-tu vraiment ici ? Où sommes-nous ?

— Tant de questions. (Il caressa mon visage, souleva une de mes tresses et la passa derrière mon épaule.) Tu as toujours été une petite chose si curieuse, mon petit pois.

Entendre mon surnom me serra le cœur d'un désir ardent.

— Oh, Kyllen... Je...

— Je sais. (Il couvrit mes yeux de baisers, l'un après l'autre.) Je ressens tout, ma chérie.

Ses baisers étaient plus réels que jamais.

Parce qu'il n'y avait pas de voile entre nous.

— Oh, non... soufflai-je dans un sursaut de terreur, en me touchant le visage. Comment se fait-il que je sois encore en vie ?

— Parce que tu es une survivante, Amira, dit-il, sans faire allusion au voile. Chaque jour de ton existence, tu t'es battue pour survivre à ta façon.

— Mais pour faire quoi ? Dans quel but ? (Je pris une inspiration tremblante.) Je pensais pouvoir changer les choses en me montrant courageuse. J'ai tout laissé derrière moi, espérant une vie meilleure. Et qu'est-ce que j'ai trouvé ici ? Rien n'a changé ni pour moi ni pour toi. (Mon cœur s'emplit de chagrin et se serra tant de douleur que ma respiration en devint douloureuse.) Je n'ai fait qu'empirer les choses.

Il me caressa le dos, et embrassa mes cheveux.

— Je ne pense pas pouvoir le faire, Kyllen... Je ne peux pas continuer. Je suis tellement... balbutiai-je en pleurant.

Mais ce n'était pas la même chose que de pleurer seule. Le mouvement de ses mains sur mon corps apaisait mon chagrin, séchait mes larmes. Il y avait tellement de réconfort dans ses bras forts serrés autour de moi.

— Je sais que tu as peur, dit-il après m'avoir suffisamment calmée pour l'écouter. Tu as mal et tu te sens seule. Tu cries à l'intérieur, et c'est assourdissant.

Il grimaça comme s'il souffrait lui aussi.

— Est-ce que je suis en train de crier ?

— Ce n'est pas visible de l'extérieur. Tu es silencieuse aux yeux des autres, mais je peux t'entendre. Je perçois ta douleur. Et je ne peux pas la supporter. C'est pourquoi je suis ici. Pour que tout se passe au mieux pour toi. (Il baissa la tête à la recherche de mes yeux.) Je te fais du bien, n'est-ce pas ?

— Toujours, répondis-je en reniflant.

Il me lança un sourire arrogant.

— Je le savais.

Je libérai un long souffle. Une partie de la douleur sembla s'en aller avec, en se dissipant dans l'obscurité par-delà mon nid.

— Est-ce que tu vas rester avec moi, Kyllen ?

— Bien sûr. Je n'irai nulle part.

— Mais comment es-tu arrivé jusqu'ici ?

La logique m'échappait. En même temps, je ne voulais pas trop y réfléchir, de peur que toutes ces questions ne fassent disparaitre Kyllen aussi soudainement qu'il était apparu.

Il était ici à présent. Et c'est tout ce qui comptait.

— Vois ça comme un concombre, répondit-il.

— Quoi ?

Et je souris dans la confusion la plus totale.

— Tu te souviens du concombre que tu m'as jeté dessus ? Cela ne m'a pas vraiment sauvé la vie, mais cela m'a donné la nourriture nécessaire pour penser, faire face et espérer. C'est à mon tour de te lancer une bouée de sauvetage, Amira. Je ne peux pas te laisser te noyer dans ta peine et ton chagrin.

— Est-ce que tu veux que je garde espoir ?

— Je veux que tu réfléchisses. Tu as besoin de lucidité pour survivre. Maintenant plus que jamais. Tu as été ma lumière dans l'obscurité. Laisse-moi être la tienne.

— Tu l'as été pour moi, Kyllen, et plus encore, mon point d'ancrage, mon objectif.

— Eh bien, voilà. (Il sourit joyeusement. Son torse se gonfla d'une profonde inspiration.) Tu as besoin de te reposer. Je vais te câliner pendant que tu t'endors.

Il m'attira vers lui et j'enfouis mon visage dans ses bras. Son odeur familière m'enveloppa comme une couverture réconfortante. Pour la première fois, depuis des jours, j'arrivais à respirer pleinement.

AMIRA

La lumière chaude du soleil se posa sur mon visage et me réveilla. Les ombres de la nuit avaient disparu, emportant avec elles le souvenir des bras de Kyllen autour de moi. La panique me saisit. Je ne voulais pas ouvrir les yeux. Parce que je savais très bien que j'étais seule dans mon nid.

Le ronflement du roi retentissait dans la pièce. Le bruissement du voile caressait à nouveau mon visage. C'était le monde réel. Et Kyllen n'y était pas. Il était resté dans le rêve qui s'était évanoui.

Le chagrin me serra la gorge. Des larmes menaçaient de m'étouffer à nouveau.

« *Tu es une survivante…* » Les paroles de Kyllen résonnaient encore dans ma tête.

Le rêve s'était envolé, mais ses paroles demeuraient en moi, tout comme le souvenir du réconfort que j'avais ressenti pendant la nuit.

Il avait raison, j'avais survécu. C'était ce que j'avais fait. En abordant les choses au jour le jour. Si une journée me semblait trop longue, je l'affronterais par petits bouts, heure après heure, minute par minute.

Tout ce que j'avais à faire maintenant était de tenir une minute de plus, juste quelques inspirations et expirations. Et la minute d'après...

La minute d'après, les portes de la pièce s'ouvrirent sur un groupe d'hommes.

— Bonjour, Votre Majesté ! annonça vivement celui qui était en tête.

Il portait un plateau chargé de nourriture. Les autres commencèrent à ranger la chambre. Ils étaient assez nombreux, mais je ne pouvais pas dire combien exactement. Ils bougeaient si vite que j'en perdais le décompte.

Quelqu'un ramassa le pantalon du roi jeté à terre. Un autre rinça sa coupe et la remplit d'eau. Ils redressèrent les meubles, taillèrent les vignes autour des fenêtres et les plantes près des cascades, essuyèrent le marbre des lavabos, et emplirent la pièce d'une activité frénétique.

— C'est l'heure de se réveiller, Votre Majesté, dit en chantonnant l'homme au plateau, qui le posa sur la table attenante au nid royal.

Le ronflement s'arrêta brusquement. Le roi roula sur le dos avec un fort gémissement.

— Kiris, que le Grand Serpent te bouffe.

Kiris ne semblait pas offensé par le salut grossier. Au contraire, il sourit.

— Un jour peut-être, Votre Majesté, répondit-il. Mais en attendant, vous avez droit à un petit déjeuner, un massage et une tisane préparée par le guérisseur.

Le roi grimaça dans la lumière du matin, puis se frotta les yeux.

— En y réfléchissant bien, je pense que le Grand Serpent te recracherait. Tu es impossible à digérer.

Kiris explosa de rire.

— Je suis heureux de vous voir de bonne humeur ce matin, Votre Majesté. Vous avez bien dormi ?

Il se pencha sur lui, pour l'aider à se redresser dans le lit.

— Jusqu'à ce que tu arrives, grommela le roi. (Son regard croisa le mien alors que je m'asseyais sur la banquette de la fenêtre, avec sa couverture vert orange enroulée autour de moi. Un sourire asymétrique apparut sur son visage.) J'aurais bien aimé dormir un peu plus ce matin. Après avoir été très occupé avec mon nouveau jouet la nuit dernière.

Kiris me lança un regard légèrement agacé derrière ses *senties* vertes et brunes, comme si j'avais été une nuisance, une sorte de chat indiscipliné.

— Il est important de maintenir une routine quotidienne pour votre santé et votre équilibre, dit-il au roi.

— Te jeter par cette fenêtre contribuerait à améliorer mon équilibre, murmura le roi dans son souffle tandis que Kiris plaçait le plateau sur ses genoux.

— Je doute que cela vous soit utile, rétorqua Kiris sans hésiter. Personne ne s'occuperait mieux de vous que moi. (Il souleva une large tasse à deux anses sur le plateau.) Du thé, Votre Majesté.

— Seulement si tu me laisses tranquille une fois que je l'aurai bu. (Le roi prit le verre de Kiris et le vida en quelques grandes gorgées.) Voilà. (Il poussa le pichet vide dans les mains de l'autre homme.) Maintenant, va-t'en.

Kiris donna la tasse à l'un des hommes qui nettoyaient la pièce, puis souleva les couvertures pour dégager les jambes du roi.

— Je vais vous masser les pieds pendant que vous prenez votre petit déjeuner.

Le roi ramena les couvertures sur ses jambes.

— Sors, grinça-t-il entre ses dents.

Kiris blêmit. L'humeur grincheuse du souverain ne l'avait pas affecté. Cependant, le dernier ordre avait été donné avec plus de puissance. Le ton de la voix laissait présager des conséquences désagréables en cas de désobéissance.

— Sortez tous d'ici, ajouta-t-il d'un geste dédaigneux de la main.

Kiris se courba en guise de révérence et rappela son équipe.

— Nous vous laissons profiter de votre matinée, Votre Majesté.

— Laissez-moi manger en paix, ajouta le roi, sur un ton un peu moins virulent. Et envoyez une servante avec des vêtements pour elle, ordonna-t-il en faisant un geste dans ma direction. Après le petit déjeuner.

Avec une autre courbette appuyée, Kiris s'en alla, en entraînant ses assistants avec lui.

Le roi s'adossa à une pile de coussins et ferma les yeux.

Je me demandais s'il allait se rendormir, et si je devais retirer le plateau de ses genoux avant qu'il ne se retourne et le renverse. Je ne savais pas non plus s'il préférait que je ne le dérange pas. Peut-être voulait-il que je parte aussi, comme Kiris ? Je serais bien partie si j'avais eu un endroit où aller.

— Viens ici, dit le roi qui tapota la place à côté de lui dans son nid.

Je m'exécutai, en emportant ma couverture.

Il ouvrit les yeux, pour me regarder grimper dans son nid et m'asseoir à côté de lui.

— Tu as faim ? demanda-t-il.

Je hochai la tête. Mon estomac était tellement vide que j'aurais pu y faire entrer le Grand Serpent en entier, quelle que fût sa taille.

Le roi glissa le plateau de ses genoux vers les miens.

— Mange.

— Merci.

J'attrapai un œuf de canard bouilli garni de caviar noir et l'enfonçai dans ma bouche.

Il me donna ensuite une large tasse.

— Une boisson ?

Je fis un signe de tête, et lui pris la tasse tout en me gavant d'œufs de canard, de saucisses, de lézards croustillants et de tranches d'orange bleue.

— Doucement, gloussa le roi. Je ne veux pas que tu vomisses sur mon nid.

Je bus une longue et lente gorgée de bouillon de racines de roseaux dans la tasse.

— Désolée. Je ne me souviens pas de la date de mon dernier repas.

Je m'installai plus confortablement. Je pris un petit bol de groseilles arrosées de miel de lys et les mangeai avec une cuillère d'une manière un peu plus digne. Une agréable lourdeur s'installa dans mon estomac avec la satisfaction que procurait un bon repas.

Le roi gloussa.

— Adriyel était visiblement plus soucieux de t'habiller que de te nourrir ?

En fait, de la nourriture avait été livrée dans la cellule où le lord m'avait détenue. Je n'avais tout simplement pas eu ni l'appétit ni la présence d'esprit de manger, à ce moment-là.

— Et *vous* ? demandai-je en jetant un coup d'œil alarmé au plateau presque vide, j'avais dévoré quasiment tout le petit déjeuner du roi.

Il choisit une tranche de concombre dans l'assiette de légumes découpés et la mâcha lentement.

— Mon appétit n'est plus ce qu'il était.

Je fixai du regard les tranches qui restaient dans son assiette.

« Vois ça comme un concombre... »

Les propos de Kyllen résonnèrent dans ma tête, avec sa voix légère, pleine d'humour et de vie.

Ce moment avait semblé si réel... Bien plus réaliste que n'importe quel rêve que j'avais fait.

Je jetai un coup d'œil à mon nid près de la fenêtre. Une longue terrasse longeait le tronc d'arbre situé en dessous. Elle s'étendait jusqu'à la fenêtre suivante qui servait également de porte d'accès à la terrasse.

— Qu'est-ce qui empêche quelqu'un de grimper à l'arbre depuis l'extérieur ? demandai-je au roi. Pour entrer ici ?

Il sembla confus par la nature de ma question et interrompit sa mastication.

— Il est impossible d'y grimper. (Il secoua la tête.) Personne ne va venir te kidnapper. Si c'est ce qui te préoccupe.

— Mais si cette personne est *capable* de l'escalader ?

Le roi eut un sourire en coin.

— Un peu comme le garçon de ton histoire ?

Je hochai la tête, en retenant mon souffle.

— Oui, un peu comme lui.

— Même s'il parvenait à grimper jusqu'ici, il ne pourrait pas entrer. Les gardes sur mes fenêtres ne le laisseraient pas faire. Ils éloignent toute personne qui n'est pas de sang royal. Et comme je suis le seul de ma lignée, gloussa-t-il, toi et moi sommes absolument à l'abri de toute intrusion ici.

Mon espoir faiblit et mourut. L'idée saugrenue que Kyllen avait survécu à l'attaque de Bherlon, puis s'était rendu à Ufaris, nu et désarmé, pour grimper à l'arbre et me rendre visite la nuit dernière, était tout simplement folle.

Cependant, sans l'espoir, il ne restait plus que la douleur.

Le roi bougea dans les draps, incommodé, et son visage se crispa d'une grimace.

— Avez-vous besoin de quelque chose ? demandai-je, heureuse d'être ainsi détournée de mes idées noires. Voulez-vous que je rappelle Kiris ? ajoutai-je en éloignant le plateau du petit déjeuner.

Le roi fit un geste de la main.

— Kiris sera de retour bien assez tôt.

— Il a dit quelque chose à propos de vous masser les jambes. Je peux m'en charger si cela vous fait du bien.

Je détournai le regard, sentant mon visage se réchauffer sous l'effet du rougissement. Il rigola en touchant ma joue brûlante à travers mon voile.

— Si innocente que les mots la font rougir, murmura le roi comme pour lui-même.

Je toussotai.

— Je n'ai que très peu d'expérience à offrir dans *ce* domaine, dis-je en choisissant méticuleusement mes mots. Mais j'ai travaillé pendant des années au service des autres. Je peux prendre soin des gens. Ne préféreriez-vous pas avoir une soignante compétente plutôt qu'une amante maladroite ?

— J'ai déjà un palais rempli de garde-malades, répondit-il. (Il passa ses doigts sous mon menton et leva mon visage vers le sien, puis fit glisser son pouce le long de ma lèvre inférieure.) À la fleur de l'âge… (Ses yeux étaient cachés par ses paupières dans une expression rêveuse.) Rare comme la fleur de l'orchidée de rivière. (Il poussa un soupir.) Si nos chemins s'étaient croisés un peu plus tôt, j'aurais pris plaisir à faire de toi une amante habile. J'aurais pu t'en faire, des choses ! Tu aurais imploré ma pitié, mais finalement tu m'aurais supplié pour en avoir plus encore.

Mon cœur fit un bruit sourd dans ma poitrine. S'attirer les faveurs d'un homme puissant comme le roi Zeldren pouvait faire toute la différence entre la vie et la mort pour quelqu'un comme moi, une femme humaine sans famille ni amis ou moyens de subsistance.

Je craignais cependant que cela ne me coûte un prix que je ne pouvais pas payer. Je décidai alors de le lui faire savoir clairement, même si je devais le faire au détriment de ma vie.

Le menton dans sa main, je le regardai droit dans les yeux à travers la brume laiteuse du voile qui nous séparait.

— Je ne vous laisserai pas me toucher, Votre Majesté, dis-je, d'une voix calme mais ferme. Je préfère mourir.

La stupeur brilla dans ses yeux. J'étais prête à voir sa main descendre jusqu'à ma gorge et la serrer. Fort. Mais il rejeta la tête en arrière et éclata d'un rire tonitruant en se tapant sur les cuisses.

— Des femmes étaient prêtes à mourir pour que je les baise. Et toi, tu préfères disparaître pour *éviter* cet honneur ? C'est nouveau ! (Son rire s'atténua puis se conclut par un lourd soupir.) De toute évidence, j'ai vécu trop longtemps.

— Je ne voulais pas vous offenser.

Il me fixa du regard.

— Bien sûr que non. Mais vos intentions n'ont pas d'importance. Toute offense au roi, délibérée ou non, est punie de mort.

— Je suis désolée, Votre Majesté, dis-je en baissant mon regard sur mes genoux.

— Fais attention à ce que tu dis la prochaine fois, lâcha-t-il froidement. C'était un avertissement, pas vraiment une menace. Je ne vais pas te laisser me parler ainsi, surtout si nous sommes en présence d'autres personnes. J'ai déjà tué pour moins que ça.

— Je suis désolée.

Je m'excusai pour l'insulte que mes paroles avaient apportée, mais pas pour leur sens. S'il fallait le répéter, j'étais prête à le refaire.

Il balaya mes excuses d'un geste de la main.

— Ne t'inquiète pas. Ta vertu est sauve. Je préfère garder les glorieux souvenirs de mes ruts si puissants que les parois en tremblaient, plutôt que de les remplacer par de faibles tentatives de ressusciter ce qui est maintenant clairement destiné à rester en sommeil.

Il se détourna de moi. J'avais le sentiment qu'il aurait aimé sortir de la pièce en claquant la porte assez fort pour que le bruit se répercute dans tout le palais. Mais il en était incapable. Tout ce qu'il réussit à faire fut de me regarder fixement. C'était déchirant de voir cet homme, qui aurait été capable d'écraser du granit entre ses mains, si impuissant à exprimer sa rage comme il le voulait.

Je tripotai le bord de ma couverture.

— Je peux encore vous être utile, murmurai-je. Il y a beaucoup de choses que je peux faire pour vous. Comme vous chercher de la nourriture, de l'eau ou du vin. Tenir éloignés Kiris et sa bande de domestiques quand vous avez envie de tranquillité. Ou les aider à prendre soin de vous si vous le souhaitez. Je pourrais aussi vous raconter plein d'histoires si vous avez envie de vous divertir.

Pour survivre, il me fallait une place et un rôle au château du roi. Je devais en trouver un autre que celui d'amante.

Mais j'avais également agi par compassion. Il souffrait clairement, et j'espérais que ma compagnie pourrait lui faire oublier sa douleur.

Peut-être que le soulager allait m'aider moi aussi.

Il se retourna vers moi, toujours avec le regard fixe.

— Je n'ai pas besoin d'un autre guérisseur.

— D'accord. Alors que diriez-vous d'une amie ?

Il ricana.

— Je n'ai jamais eu besoin de ça.

Les choses étaient pourtant évidentes, le roi n'avait pas l'air du genre amical.

— Il n'est jamais trop tard. J'aimerais être la vôtre, insistai-je, sans abandonner.

Il me lança un autre regard sous son front lourd.

— Ce titre doit être gagné.

— Alors donnez-moi une chance de le faire. M'accepteriez-vous pour... une période d'essai ? proposai-je avec le plus beau de mes sourires. Je pourrais vous tenir compagnie le soir, au lieu de devoir rester tout seul ici à siroter un verre de vin. Si ça ne marche pas, vous n'aurez qu'à me chasser, à n'importe quel moment.

Il remua à nouveau sous les couvertures, apparemment mal installé.

— Eh bien, je vais devoir rappeler Kiris maintenant. À moins que tu puisses me prouver que tu es vraiment aussi douée pour les massages que tu le prétends.

Avais-je affirmé être douée pour ça ? Je ne m'en souvenais pas. Mais j'avais massé Madame de temps en temps et j'avais survécu, donc je ne devais pas être trop maladroite.

Après avoir fixé ma couverture autour de ma poitrine, je retirai le plateau du petit déjeuner hors du nid.

— Les huiles sont là, dit le roi avec un geste vers la pile de fioles, de bouteilles et de bocaux qui garnissaient les étagères murales à côté des cascades.

J'examinai la collection.

— Laquelle préférez-vous ?

— Peu importe. (Il écarta les couvertures sur le côté.) Commence par les jambes.

Je pris un flacon au hasard sur l'étagère et m'assis à ses côtés.

J'étalai un peu de la substance parfumée sur mes mains. Une odeur d'amande, d'anis, et quelque chose d'autre que je n'avais perçu que dans la collection d'herbes de Madame se dégagea de la substance.

Le roi allongea ses jambes devant lui. Épaisses et musclées comme des troncs d'arbres, elles étaient mutilées par le motif à mailles épaisses et sombres. Sa peau était aussi rêche que l'écorce d'un arbre, avec les motifs en peau de serpent en relief texturé. Elle s'imprégna rapidement de l'huile, comme le sol du désert absorberait des gouttes de pluie. J'en ajoutai encore. Cette fois, je ne pris pas la peine d'en mettre sur mes mains et versai l'huile directement sur sa jambe.

Le roi me regarda l'étaler le long de son tibia avec mes mains, puis la faire pénétrer doucement dans son épiderme sec et ses muscles raides en dessous. Apparemment satisfait de ma performance, il se cala sur les coussins et me laissa poursuivre.

— Qu'est-ce que vous ressentez ?

— Vous voulez savoir ce que c'est que d'être un desséché sur pattes ?

Je voulais savoir ce qu'il pensait de ma technique de massage, mais, s'il préférait plutôt parler de ses souffrances, je n'allais pas l'en empêcher.

— Ma peau se durcit et tire à chaque mouvement. (Il ferma les yeux.) Avant, elle était fine et raide comme du papier, elle craquait à chaque fois que je me tournais. Au moins maintenant, elle est assez dure pour ne plus se fissurer. Mes muscles se dessèchent aussi. Je ne peux pas marcher, sauf pour faire quelques pas par-ci par-là. Bientôt, la sécheresse mortelle s'étendra à mes organes vitaux. Puis mon esprit s'en ira, et mon corps deviendra poussière. Le lac Ufaris absorbera ce qu'il reste. Les marais de Lorsan reprendront la magie qui était en moi, et le Grand Serpent emportera mon âme dans l'au-delà.

Je pris une longue inspiration, décontenancée par ses propos.

— Je suis désolée.

— Pourquoi ? N'aie pas pitié de moi, mon petit. Ce qui m'attend dans l'au-delà est sûrement mieux que ça, répondit-il avec un regard dédaigneux sur ses jambes.

Je passai ensuite à son autre jambe, et il reposa à nouveau sa tête sur les oreillers, en fixant le plafond.

— Je n'ai jamais pensé que je suivrais cette voie. Je me dessèche lentement dans mon nid. (Il n'avait plus l'air de me parler, il exprimait seulement ses pensées à voix haute.) J'étais destiné à périr au combat, terrassé par une épée. Quelle mort glorieuse cela aurait été ! Tu comprends, mon petit humain ? (Il tourna à nouveau son regard vers moi.) Être le vainqueur ultime ne s'est pas avéré si bien que ça en fin de compte. J'en ai tué tellement, et me voilà maintenant à envier tous ceux qui ont perdu contre moi.

Il gloussa sans aucune trace d'humour puis poursuivit :

— Tu vois cette épée ? (Il leva la main, pour désigner l'arme massive fixée sur le mur au-dessus du nid. Le métal était sombre, presque noir. De grandes taches de rouille maculaient la longue lame.) J'avais l'habitude de la manier d'une seule main, tranchant les têtes de mes ennemis comme s'il s'agissait de trognons de choux durant la récolte. Maintenant... (Son torse se souleva et s'abaissa avec un profond soupir de tristesse.) Maintenant, je ne pense pas pouvoir la décrocher du mur si j'essayais.

Le chagrin me serra le cœur à ses paroles. Je m'assis, les mains sur les genoux, après avoir fini de lui masser les jambes.

Il me regarda fixement.

— Hé ! (Il se rassit.) Pourquoi ce froncement de sourcils ? Est-ce que je t'ai peinée ? Ma jolie orchidée de rivière ? (Le doigt sous mon menton, il redressa ma tête.) Inutile d'être triste ou désolée pour moi. Ma fin de vie est sans doute pitoyable, je le concède. Mais ma vie n'a pas été tout entière ainsi. J'ai tout eu. J'ai toujours fait ce que je voulais. N'importe quel homme aurait maudit sa propre mère pour avoir un destin comme le mien. Crois-moi, il n'y a pas de quoi être triste.

Je hochai la tête, en lui offrant un sourire rassurant.

— Je ne suis pas triste.

— Parfait. (Il examina ses jambes maintenant bien huilées.) Eh bien, tu as fait du bon travail. Mais il y a autre chose. (Il ôta sa tunique en soulevant les épaules.) Aide-moi à enlever ça, s'il te plaît ?

Je fis remonter sa tunique fine de couleur crème, l'aidai à libérer ses bras des manches, puis retirai le vêtement par-dessus sa tête.

Complètement nu, il s'allongea sur le ventre au-dessus des draps.

— Espérons que tu seras aussi douée avec mon cul que tu l'as été avec mes jambes, plaisanta-t-il alors que je commençais à masser son dos, sentant sa peau rugueuse et modelée sous mes paumes. Quel est ton nom, au fait ? Lord Adriyel ne me l'a jamais dit ?

— En effet. (Adriyel ne le savait pas lui-même. Il ne me l'avait jamais demandé.) C'est Amira.

— Un joli prénom, tout comme toi. Eh bien, dis-moi, Amira, quelle est la suite de l'histoire du petit garçon ?

Mes mains s'arrêtèrent toutes seules.

— Vous voulez en savoir plus sur lui ?

— Eh bien, quand je parle, je te rends triste. Je préfère alors te laisser faire la discussion. Ça m'amuse d'écouter les aventures de ce petit garçon. Le coquin vient de voler des planches à pagaie avec ses amis, n'est-ce pas ? C'est ce que tu m'as dit la dernière fois.

— Oui, répondis-je avec un sourire, en reprenant ma tâche.

— Je n'arrive pas à croire qu'ils aient dupé le serviteur pour qu'il leur donne la clé. Est-ce qu'ils se sont fait prendre ? Au fait, est-ce que le garçon a un nom, lui aussi ?

— Il en a un. (Je retirai mes mains du dos du roi, car mes doigts commençaient à trembler. Je les serrai et fermai les yeux avant de prononcer son nom.) C'est Kyllen.

Des larmes me brûlaient derrière les paupières et je fermais les yeux plus fort, pour les retenir.

— Kyllen ? Ce nom me dit quelque chose. Est-il réel ou l'as-tu inventé ?

La voix du roi restait légère. Allongé sur le ventre, il ne

pouvait pas me voir, et n'avait aucune idée de l'effet qu'avait sur moi la prononciation de ce nom à voix haute.

— Il est réel, répondis-je en avalant la grosse boule dans ma gorge. Il l'*était*. Il n'est... plus là.

— Il est mort ?

Mort.

L'adjectif ne pouvait pas s'appliquer sur quelqu'un comme Kyllen. Il avait toujours été si plein de vie, même à la ménagerie.

— Eh bien, c'est dommage, ajouta le roi. J'aurais aimé le connaître.

Je hochai la tête, en gardant les yeux fermés.

— Je suis sûre que vous l'auriez apprécié. Kyllen était si facile à aimer.

Douze

AMIRA

Dans les semaines qui suivirent, je m'allongeai chaque nuit dans mon nid en serrant étroitement mon oreiller. Les yeux fermés, j'attendais que le sommeil me prenne, espérant secrètement rêver à nouveau de Kyllen.

Parfois, je croyais sentir ses bras m'étreindre juste avant de tomber dans un sommeil profond et réparateur. Et puis... le soleil se levait. Je dormais, mais je ne rêvais pas, ou du moins je ne m'en rappelais pas.

Le jour, le roi et moi avions établi une routine.

Kiris et ses hommes le réveillaient. Ils lui apportaient le petit déjeuner et nettoyaient la chambre.

Après le petit déjeuner, je lui faisais un massage complet. Puis je le distrayais en lui racontant des histoires ou en jouant à des jeux de société avec lui jusqu'au déjeuner, à moins qu'il n'ait une réunion du Conseil dans la matinée. Dans ce cas, le roi roulait sur son fauteuil mécanique magique jusqu'à la salle. Malgré son état, il était toujours le dirigeant du royaume et avait beaucoup de décisions à prendre.

Au cours de l'après-midi, Kiris et ses aides donnaient généralement un bain au roi, et j'étais alors libre d'explorer ma nouvelle maison.

Les courtisans s'étaient maintenant quelque peu habitués à ma présence. Au lieu de porter des chaînes, des perles et ces scandaleuses pinces à tétons, je mettais des robes ordinaires, ce qui attirait moins de regards. Au lieu de me dévisager franchement, les gens se contentaient de jeter des regards furtifs sur mon passage.

Je continuai néanmoins à me familiariser avec le plan complexe du palais, qui n'était pas simple. L'emplacement des pièces et des couloirs ne suivait pas une trame logique, mais plutôt la disposition des branches des arbres du château. De plus, les pièces étaient souvent déplacées, à l'aide de la magie et de la mécanique, pour de nouveaux usages. Des espaces et passages étaient ainsi créés continuellement, défaisant ce que j'avais préalablement mémorisé.

J'adorais admirer les magnifiques œuvres d'art qui décoraient la moindre surface à l'intérieur du palais d'Ufaris. Des peintures, des sculptures, ou un mélange des deux. Il y avait des portraits des rois précédents, des représentations de batailles épiques et des scènes de chasse avec des bêtes fantastiques.

Un jour, alors que le roi était dans sa chambre en train de prendre un bain et de se chamailler avec Kiris, je me trouvais dans le hall principal devant une des nombreuses représentations d'une bataille héroïque. Cette œuvre était une combinaison de peinture brillante et d'incrustations de bois coloré. C'était un tableau énorme, qui occupait la plus grande partie du mur large et légèrement incurvé de la salle d'un des sept arbres principaux du palais.

Une sensation de chaleur picota mon dos, remonta jusqu'à ma nuque puis descendit le long de mes bras.

— Kyllen ? murmurai-je.

Je ne dormais pas. Pourtant, je le *sentais*.

Sa présence demeurait insaisissable, comme la brume dorée au-dessus du lac au lever du soleil. Elle caressait et réchauffait mon cœur, mais me glissait entre les doigts, même si je tentais de m'y accrocher.

Je m'immobilisais, et avais peur de respirer.

— Viens à moi, Kyllen. S'il te plaît, laisse-moi revoir ton visage.

Je ne savais pas trop si je l'avais dit à voix haute ou si les mots s'étaient simplement formés dans ma tête sans franchir mes lèvres.

Un petit rire retentit derrière moi.

— Mon visage ? C'est un beau visage, dit-on. Mais je préfère de loin regarder le tien.

Un baiser se posa sur mon cou, doux comme le frôlement d'aile d'une libellule.

— Tu es là ! m'exclamai-je en me retournant tandis qu'il me caressait le cou.

Au moment où je lui fis face, ses lèvres se posèrent sur ma bouche. Il était comme dans mes souvenirs. L'illusion ne modifiait pas la sensation de ses lèvres contre les miennes et ne réduisait pas non plus la vivacité de ma réaction. Mon sang chauffa dans mes veines à la vue de son corps nu près de moi, aussi nu que la nuit où il avait été assassiné...

Je reculai d'un coup la tête, rompant le baiser.

Nous étions dans le grand hall du palais du roi à Ufaris, mais je ne voyais plus les œuvres d'art sur les murs ni les courtisans. Tout cela avait été noyé dans l'ombre. Il ne restait plus que Kyllen.

— Où étais-tu passé ? haletai-je, en reprenant le souffle que son baiser avait volé.

— Où ? Et bien ici, avec toi, répondit-il, et son regard se promena sur mon visage.

Il mourait visiblement d'envie de me voir, lui aussi, et me scrutait avec avidité.

Je secouai la tête.

— Où vas-tu quand tu n'es *pas* là, Kyllen ?

Il tressaillit :

— Je ne sais pas.

— Est-ce que tu existes en dehors de cet endroit ?

Son expression changea.

— On dirait bien que non. Je ne suis vraiment moi-même que

lorsque je suis avec toi, mon petit pois. Tu es ma seule et unique raison d'être maintenant.

Maintenant.

— Te souviens-tu de ce qui s'est passé ? demandai-je. La nuit où tu es...

Mort.

Je ne voulus pas dire ce mot à voix haute, de peur que sa gravité ne brise la magie qui l'avait ramené vers moi.

— La nuit où nous avons été séparés, dis-je à la place.

Il plaisanta, en secouant la tête :

— Personne ne peut nous séparer, Amira. Toi et moi sommes les deux parties d'un tout.

— Est-ce que tu me surveilles depuis l'au-delà ? C'est bien ça ? (Si tel était le cas, je n'allais pas le renvoyer.) Reste avec moi. Pour toujours.

— Bien sûr. (Il fit un large sourire. Tout irait tellement mieux si je pouvais voir ce sourire plus souvent.) Tu as l'air en forme. (Il prit mon visage entre ses mains.) Il y a moins de noirceur en toi. Tu ne cries plus, ta panique a disparu, et tu ne me rends plus fou. Mais tu as toujours l'air perdue.

— Ce n'est pas nouveau, soupirai-je. Je n'ai jamais réussi à trouver ma place nulle part de toute façon.

Il caressa mes cheveux, en faisant glisser ses doigts le long d'une des tresses.

— Ça ne veut pas dire que tu ne mérites pas d'avoir un tel endroit, un jour.

Un jour.

— Crois-tu encore qu'il y ait quelque chose de mieux pour moi là dehors ?

— Bien sûr que oui, dit-il avec conviction. Aucun chagrin ne peut durer éternellement. La douleur n'est pas aussi persistante que les gens le pensent. Même les nuages les plus sombres s'éloignent et disparaissent avec le temps.

— Es-tu en train de me demander d'aller de l'avant et de t'oublier ?

— Quoi ? (Il se pencha en arrière, en me regardant avec stupeur.) Pourquoi est-ce que je dirais ça ?

— N'est-ce pas ce que les gens disent habituellement ? Passe à autre chose. Laisse tomber. Oublie ça.

— C'est absurde, répondit-il d'un ton moqueur. Je voulais que tu sortes de ce puits de désespoir dans lequel tu pataugeais. Mais je ne veux pas que tu *me* lâches un jour. Pourquoi est-ce que tu penses ça ?

Il avait l'air sincèrement contrarié, voire blessé, maintenant.

— C'est ce que j'ai lu dans les livres, essayai-je d'expliquer. Ils disent que l'on doit chercher le bonheur ailleurs au lieu de se languir de quelqu'un le reste de sa vie.

Il plissa les yeux sur moi.

— Alors tu devrais probablement trouver autre chose à lire. Les archives regorgent de manuscrits. Certains sont peut-être trop ennuyeux à mon goût, mais tu as beaucoup plus de patience que moi. Je suis sûr que tu trouveras quelque chose qui, je l'espère, ne te conseillera pas de *m'oublier*.

La façon dont il fronça le nez en signe de dégoût m'amusa.

— Comment le pourrais-je, Kyllen ? lâchai-je dans un rire bref.

Il me regarda, avec un sourire sur les lèvres.

— Je craignais de ne plus jamais entendre ton rire.

Il m'avait appris à le faire. Et maintenant, il s'assurait que je ne l'oubliais pas.

— Est-ce que c'est ce tableau qui vous fait sourire ? dit une voix qui surgit de l'ombre et fit éclater la bulle de lumière qui nous entourait, Kyllen et moi.

Je clignai des yeux, et découvris lord Adriyel à mes côtés.

Il pencha la tête en me regardant avec curiosité.

— Ou bien avez-vous eu une vision ?

Kyllen était parti. La vie normale du palais reprit, avec ses bruits, ses couleurs et ses activités habituelles. J'étais éveillée, toute habillée, debout devant le même tableau que j'admirai un peu plus tôt. Kyllen avait-il été vraiment là ? Lui avais-je réellement parlé ?

Oubliant momentanément si le protocole exigeait que je m'incline légèrement ou fasse la révérence à un lord, j'effectuai les deux, ce qui sembla l'amuser.

— Que voulez-vous dire par une vision ? demandai-je.

Il secoua la tête avec un léger sourire.

— Je l'ai dit en plaisantant. Vu la tête que vous aviez, vous sembliez étourdie ou rêveuse. Seules les sorcières peuvent provoquer des visions, et nous n'en avons plus au palais depuis que le roi Zeldren a banni la dernière pour avoir osé critiquer ses agissements.

— Si une sorcière en provoquait une, pourrait-on y voir une autre personne ?

Il parut intrigué.

— Avez-vous vu quelqu'un ?

— Peu importe... répondis-je en secouant la tête.

La dernière chose que je voulais était de discuter de quelque chose d'aussi intime avec un homme que je connaissais à peine.

— Parfois, les visions permettent de communiquer avec les personnes décédées, dit-il. Les esprits peuvent être ramenés de l'au-delà pour de brèves visites.

— L'esprit des morts ?

— Oui. Pour circuler, l'esprit doit être libéré du corps, et le corps ne peut vivre sans son âme.

— Bien entendu... balbutiai-je en me retournant vers le tableau sur le mur, feignant de le contempler.

J'avais besoin d'un moment pour me réadapter à la réalité. Un fantôme qui ressemblait à l'homme que je connaissais et aimais, que mes sens percevaient et qui m'embrassait, venait de me rendre visite.

La bataille peinte sur le mur se déroulait à la jonction de deux grands cours d'eau. Les guerriers des deux camps étaient des gorgones. Certains chevauchaient des serpents géants, de couleur bleu nuit, avec des panaches de plumes ou de nageoires au sommet de leurs têtes en forme de diamant. D'autres utilisaient des planches à pagaie courtes et faciles à manœuvrer pour naviguer sur les eaux turbulentes teintées du sang des blessés et des morts.

— La bataille des Deux Rivières, indiqua lord Adriyel. Vous semblez fascinée par ce sujet. Vous aimez le tableau ?

— Honnêtement, je ne sais pas trop. L'œuvre est magistralement réalisée. Mais son réalisme est rebutant, étant donné que c'est une scène de bataille, avec des gens qui se font tuer. Les gens meurent, se noient…

— Les gorgones ne peuvent pas vraiment se noyer, souligna-t-il.

— Et celui-là, alors ?

Je désignai un guerrier avec une flèche plantée dans le cou. Sa bouche était grande ouverte dans un cri silencieux. Seuls sa tête et ses bras apparaissaient au-dessus de l'eau écumeuse alors qu'il combattait les dangereux rapides dans le sillage des queues de serpents qui l'entouraient.

— Celui-ci est blessé, expliqua-t-il en pointant du doigt vers lui. Mais ce n'est pas ça qui le tuera. Il en a une autre, juste sous sa dernière côte. Un coup d'épée. Quand il arrêtera de se débattre pour rester à flot, il coulera. Puis il se videra de son sang au fond de la rivière.

— C'est… horrible.

Je détournai mon regard du tableau et fixai plutôt la ceinture en cuir gaufré sur la poitrine du lord. Le cuir noir contrastait avec sa tunique en soie blanche.

— C'est ça la guerre, dit-il.

— Avez-vous déjà fait la guerre ?

— Plusieurs fois. La trêve que nous connaissons actuellement est due au fait que le roi n'est plus capable de diriger une armée. Et comme à son habitude, il ne fait confiance à personne d'autre pour le faire à sa place.

J'osai regarder son visage. Il était beau, magnifique dans sa lueur de minuit. Ses *senties* bleu foncé reposaient sur ses épaules, ce qui était inhabituel pour une gorgone. En temps normal, elles étaient toujours en mouvement, les yeux scrutant la pièce et les langues explorant l'air, surtout en public, entourées de monde.

Soit Adriyel se sentait parfaitement à l'aise au palais, soit il voulait que tout le monde le pense.

— Eh bien, le roi a d'autres chats à fouetter, n'est-ce pas ? (Il inclina la tête avec un léger plissement des yeux.) Quelles sont les choses qui occupent le roi en ce moment ? ajouta-t-il.

Son regard bleu argenté montrait un intérêt poli, alors je lui accordai le bénéfice du doute et répondis sincèrement :

— Notre souverain est en train de mourir. Il affronte une grande douleur tous les jours.

— Il a beaucoup à se faire pardonner.

Adriyel m'avait manifestement mal compris. Je parlais de douleur physique, mais il semblait parler d'un fardeau émotionnel.

La curiosité me piqua.

— Comme quoi ?

Il scruta mon visage un instant.

— Avez-vous de la compassion pour lui ? Si oui, ce n'est pas la peine. La vie du roi Zeldren a été longue et brutale, et a baigné dans le sang. Peut-être que regarder la mort dans les yeux maintenant l'a calmé. Mais ne vous méprenez pas, ma chère. S'il n'avait pas été handicapé par la sécheresse mortelle, vous auriez déjà été l'une de ses victimes.

Je ne pouvais pas dire le contraire. Le roi était parfois acariâtre et grincheux, mais d'après ce que j'avais pu entrevoir de sa vraie nature, il avait été probablement bien pire lors de sa jeunesse.

— Est-ce pour cela que vous m'avez *offerte* à lui ? demandai-je. Pour le regarder me détruire ?

Ses lèvres s'étirèrent en un rictus carnassier.

— Si j'avais voulu vous détruire, petite humaine, j'aurais pu le faire moi-même, répondit-il en secouant la tête. Vous êtes trop précieuse pour être brisée délibérément. Je vous ai amenée vers cet homme mourant pour le soulager de ses souffrances, et rien de plus. Cela semble fonctionner. (Il se pencha vers moi, le regard aiguisé.) Vous soulagez ses souffrances, n'est-ce pas ?

À en juger par le ton de sa voix et son expression, il suggérait que ceci était de nature sexuelle. Il me regardait fixement, dans l'attente de je ne sais quoi. Voulait-il que je lui parle des relations physiques que j'étais censée avoir avec le roi ? Ou que je lui assure que le roi ne m'avait pas touchée ?

Je ne répondis rien et reportai mon attention sur le tableau. J'espérais qu'il partirait, mais il resta debout à côté de moi.

— Savez-vous que le roi Zeldren a empalé une de ses amantes pour l'avoir trahi ? déclara soudain Adriyel. Il l'a ensuite déposée dans le Jardin des Maudits et laissée pourrir au milieu des cadavres de personnes qui n'avaient pas tenu leurs engagements, bien qu'elle n'en eût aucun avec lui et n'avait donc rien rompu.

Je lui renvoyai son regard, sous le choc.

— Mais c'est…

— Horrible ? (Il joignit ses mains.) Oui, c'est vrai. Il en a marié une autre à un lord de rang inférieur à Sarnala quand il a découvert qu'elle était enceinte de son enfant royal. La pauvre fille a eu les yeux arrachés et les *senties* coupées, avant même que le seigneur loup-garou n'accepte de l'épouser. Son bébé a été assassiné au moment où elle l'a mis au monde, tant les loups-garous étaient effrayés par le regard de ses yeux de gorgone.

J'écoutais, horrifiée, les mains jointes sur ma poitrine.

— Mais pourquoi le roi a-t-il laissé faire ça à son propre enfant ? Les grossesses ne sont-elles pas rares chez les fae ? Les bébés ne sont-ils pas toujours très précieux ?

Il inclina la tête.

— Ils le sont. À tel point que même les bâtards sont généralement accueillis dans les palais et élevés aux côtés des héritiers légitimes. Il existe de nombreux exemples où les bâtards ont succédé à leurs parents en héritant du titre quand aucun enfant légitime n'était né.

— Pourquoi le roi Zeldren ne l'a-t-il pas gardé alors ?

Il remua la mâchoire. Ses *senties* s'agitèrent, mais se calmèrent rapidement.

— Parce qu'il pense que *personne* n'est digne de sa couronne, répondit-il avec vigueur. (Il prit une longue inspiration avant de retrouver complètement son calme.) Le roi a cherché sa compagne pendant des siècles, mais ne l'a jamais trouvée, ce qui arrive assez souvent. Les vrais liens d'attachement sont très rares, encore plus rares que les bébés.

Ça, je le savais. Trouver un véritable partenaire était comme gagner à la loterie. Tout le monde le souhaitait, mais seuls quelques chanceux y parvenaient.

Le regard de lord Adriyel était encore plus intense. Ses yeux brillaient, leur couleur argentée semblait être en fusion.

— Les vrais liens d'attachement sont rares, répéta-t-il tout bas. Mais pas aussi rares que les humains.

Il passa ses doigts sur une de mes tresses tombées sur mon épaule. Il en suivit la courbe sur ma poitrine.

Je reculai d'un pas, fuyant son contact.

— Pourquoi le roi n'a-t-il pas épousé quelqu'un d'autre s'il n'a pas trouvé sa moitié ? La majorité des mariages ne sont pas basés sur un lien d'attachement de toute façon, n'est-ce pas ?

— Parce que personne d'autre qu'un vrai partenaire n'est digne de notre grand Zeldren, répondit-il avec beaucoup de sarcasme. Il ne cédera pas sa couronne à un bâtard. Mais il ne se mariera jamais non plus pour engendrer un enfant légitime. (Il inspira profondément.) Donc nous en sommes là maintenant. Avec un roi sur le point de quitter ce monde, et personne pour lui succéder.

— Que se passera-t-il alors, quand il ne sera plus là ?

Il écarta les bras, paumes ouvertes.

— Un tournoi si nous avons de la chance. Une guerre si nous suivons les mêmes méthodes que Zeldren.

— Est-ce *ainsi* qu'il est devenu roi ?

Il acquiesça d'un mouvement de la tête.

— Il a poignardé le détenteur légitime avec son épée de fer. (Il se tourna à nouveau vers le tableau.) Lors de la bataille des Deux Rivières.

— Oh ! m'exclamai-je.

Je regardai à nouveau longuement le personnage blessé qui luttait désespérément contre les eaux tumultueuses, une flèche dans le cou, les *senties* dressées et raides de peur, et la blessure mortelle de l'épée dissimulée. L'arme qui l'avait infligée devait être celle que j'avais vue accrochée au-dessus du nid du roi Zeldren.

— Vous semblez contrariée, dit-il, en me regardant au lieu d'observer le tableau. Mais n'est-il pas toujours préférable de connaître la vérité, même si les mensonges sont réconfortants ?

Les choses n'étaient pas toujours comme elles le paraissaient, je l'avais appris il y a longtemps. Mais avais-je vraiment envie d'apprendre toute l'histoire cruelle et sanglante de ces lieux pour découvrir la vérité ?

Plus j'en saurais sur ce monde et ses habitants, mieux je le comprendrais. Kyllen n'était plus là pour me procurer un statut social. Je devais me faire une place toute seule.

— Où puis-je en lire plus à ce sujet ? lui demandai-je.

Il arqua gracieusement un sourcil.

— Vous voulez lire ?

— Je suis nouvelle à Lorsan. J'ai beaucoup à apprendre. Où puis-je trouver plus d'informations ? Y a-t-il un endroit pour cela ?

Un sourire illumina une fois de plus sa bouche galbée.

— Il y en a. En fait, il est beaucoup plus proche que vous ne le pensez. Juste entre les racines de cet arbre se trouvent nos archives royales.

Archives.

Kyllen venait tout juste de me parler de cet endroit, lui aussi, dans ma vision.

— Si vous n'êtes pas pressée, je peux vous montrer le chemin tout de suite, proposa-t-il en m'offrant son bras.

— Eh bien, je... hésitai-je en jetant un coup d'œil à l'énorme horloge mécanique qui occupait tout le mur au-dessus du premier palier du grand escalier.

La façade de l'horloge était une véritable œuvre d'art. Elle représentait une carte mécanique d'Ufaris, avec les eaux du lac Ufaris et les sept grands arbres royaux qui constituaient le cœur du palais. Les finitions étaient d'une perfection incroyable, tout comme les nombreuses pièces mobiles représentant des personnes sur des planches à pagaie, des poissons dans l'eau et des oiseaux dans les branches. Même les feuilles des arbres semblaient être vivantes et bouger au gré de la brise.

D'après l'horloge, il me restait au moins trente minutes avant que le roi ne termine avec Kiris et sa toilette rituelle, peut-être plus longtemps s'il faisait une sieste par la suite.

— J'ai un peu de temps, répondis-je en posant ma main dans le creux du coude du lord. Je peux jeter un coup d'œil rapide.

Je repensai encore à Kyllen. Il m'avait conseillé de lire dans mes visions. Son souvenir me réchauffa le cœur, et un sourire se dessina sur mes lèvres.

Adriyel me conduisit le long d'un petit escalier sur le côté du hall, avant de sortir vers une branche qui s'enroulait le long du tronc principal comme un étroit sentier vers le lac. Cependant, au lieu de plonger dans l'étendue d'eau, la branche s'enroulait autour de l'une des épaisses racines qui soutenaient l'arbre royal comme de gigantesques piliers.

Le lac coulait entre les racines et sous l'arbre. Le bas du tronc était creusé en son centre et formait ainsi un dôme au-dessus des flots.

Des vignes pendaient entre les racines à l'extérieur. Des plantes aquatiques flottaient à la surface tout autour, mais il n'y en avait pas directement sous le dôme. Le soleil n'arrivait pas jusqu'ici. Cependant, son plafond brillait d'une faible lumière verte qui se reflétait dans l'eau sombre en dessous.

Au centre, sous l'arbre, un haut monticule s'élevait du lac. Ses bords étaient recouverts de grosses pierres de rivière pour éviter l'érosion. Le reste était tapissé d'herbe d'un vert si foncé, si sombre qu'elle semblait noire et absorbait toute la lumière, y compris la lueur du plafond.

— Qu'est-ce que c'est ? demandai-je à Adriyel, en désignant d'un geste la colline au milieu.

— Le tumulus funéraire, expliqua-t-il froidement. Le lieu de repos ultime des souverains de Lorsan.

— Est-ce là qu'ils sont enterrés ?

Il secoua la tête avec un petit rire.

— Non. Les gorgones ne mettent pas leurs morts en terre. Les rois sont déposés après leur décès sur le tertre. Une fois que leur corps est complètement sec, le tertre les absorbe, et leur magie rejoint à nouveau celle de Lorsan.

Je contemplai le monticule sombre, et me demandai combien de rois celui-ci avait accueillis, avec tous leurs péchés et leurs vertus.

— C'est un endroit spécial, continua-t-il. La magie du royaume réside ici. Les archives contiennent le savoir de plusieurs générations. Il est préservé dans des parchemins. La magie de cet endroit les protège. (Il me dirigea vers une porte métallique dans l'un des piliers de la racine.) L'entrée est juste là.

Il fit glisser ses doigts sur les engrenages apparents à travers les découpes dans le métal, et la lourde porte s'ouvrit sans bruit.

Des escaliers en spirale suivaient le mur à l'intérieur de la colonne racinaire et menaient vers le bas, sous terre, jusqu'à une entrée large et voûtée.

La pièce baignait dans une lueur vert pâle. Des étagères s'alignaient sur les murs, du sol recouvert de mosaïques jusqu'au plafond voûté, à perte de vue. Des rouleaux de parchemin étaient suspendus au plafond, attachés par un système de rails avec des petites étiquettes en céramique qui pendaient de chacun.

Je réalisai que les larges colonnes de soutien étaient les racines de l'arbre royal au-dessus de nous. Les archives avaient été creusées entre elles, avec de multiples pièces dérivées de la salle principale où nous nous trouvions.

— C'est incroyable ! m'exclamai-je en tournant sur moi-même.

Mais le lieu était trop vaste pour pouvoir l'envelopper d'un seul regard.

Adriyel m'observait, sourire aux lèvres.

Un bruissement subtil provint d'une des pièces adjacentes, puis un homme apparut derrière un pilier racinaire.

— Conseiller Delahon ? dit Adriyel en saluant le nouveau venu avec une légère inclinaison de la tête. J'aurais dû savoir que nous vous trouverions ici.

— C'est ici que je passe la plupart de mon temps, répondit-il en écartant les bras comme pour englober tout l'espace des archives, et ses *senties* magenta brillantes offraient un contraste saisissant avec sa peau d'onyx. Salutations, lord Adriyel, et... (Il se tourna vers moi, en marquant une pause comme un point d'interrogation.) Je vous demande pardon, nous n'avons pas été présentés.

Adriyel se retourna vers moi également. Attendant en silence. Il ne pouvait pas me présenter, car lui non plus ne connaissait pas mon nom.

— Je m'appelle Amira, lançai-je avec une révérence courtoise à Delahon. Je suis ravie de vous rencontrer.

— Amira... répéta Adriyel dans un doux murmure. Comme c'est beau.

— Un joli nom pour une jolie fille, approuva le conseiller. Qu'est-ce qui vous amène ici ?

— Amira aimerait en savoir plus sur notre histoire, répondit Adriyel à ma place.

— Pourquoi ? demanda Delahon l'air confus.

— Lorsan est mon monde maintenant, expliquai-je. Malheureusement, j'en sais très peu sur cette région.

Le conseiller se frotta le menton en réfléchissant.

— Peut-être que je pourrais vous aider. Je ne prétends pas avoir lu tous les parchemins de cette bibliothèque. Personne ne le peut. Mais je passe beaucoup de temps à lire. Guider le roi sur la façon de diriger le royaume demande beaucoup de connaissances et de réflexion. Qu'est-ce qui vous intéresse en particulier, mon enfant ?

— La bataille des Deux-Rivières, répondit lord Adriyel, encore à ma place, avant même que je n'ouvre la bouche.

— Pour commencer, ajoutai-je.

Le conseiller croisa ses mains devant lui.

— Oh, oui. La bataille qui a marqué le début de notre dynastie actuelle, une dynastie qui, semble-t-il, ne comptera qu'un seul roi.

Il toucha l'étagère la plus proche, et la pièce entière sembla se mettre en mouvement.

Avec un doux vrombissement, le système de rails au-dessus de nos têtes se mit à bouger et les parchemins suspendus se balancèrent. Les étagères se déplacèrent également, en se fondant dans des motifs toujours changeants, comme les pièces d'un kaléidoscope.

Lorsque tout s'arrêta, le conseiller leva la main vers un parchemin situé juste au-dessus de nous et consulta l'étiquette ronde en céramique qui y pendait.

— Celui-là, dit-il. Un résumé et une analyse de la bataille. Clair et concis, parfait pour un débutant. Maintenant, avez-vous l'intention de le lire ici ? Ou préférez-vous le faire dans votre... hum, dans un autre endroit du palais ?

Malgré sa taille et son emplacement, la salle d'archives était chaleureuse et douillette. Des nids rayés et compacts avaient été placés sur le sol de chaque pièce, et avaient l'air moelleux et accueillants. Le calme régnait.

Lire ici serait idéal. Mais le roi devait avoir bientôt fini son bain. Et s'il ne faisait pas de sieste cet après-midi, il s'ennuierait tout seul. Quand le roi s'ennuyait, il devenait grincheux. Et quand il était grincheux, il faisait souffrir les gens autour de lui.

— J'ai bien peur de ne pas pouvoir rester ici, répondis-je au conseiller. J'aimerais l'emporter avec moi.

Il détacha le parchemin suspendu au-dessus de nos têtes.

— Tous les parchemins originaux sont protégés contre les dommages ou le vol. Ils ne peuvent pas être sortis des archives. Mais vous pouvez en prendre une copie. (Il prit un livre relié dans un tissu brillant de l'étagère voisine.) Celui-là, vous pouvez le lire n'importe où.

— Merci, répondis-je en acceptant le livre et en le pressant contre ma poitrine.

Le conseiller me jeta un regard intrigué.

— Vous êtes la bienvenue. Vous pouvez me trouver ici presque tous les jours si vous avez des questions. Bien sûr, vous devrez d'abord apprendre comment demander. (Il gloussa.) Poser les bonnes questions fait toute la différence. Bien que cela nécessite aussi une bonne dose de connaissances.

Je remerciai le conseiller une nouvelle fois avant qu'Adriyel ne me conduise vers la sortie. En remontant les escaliers, mon livre sous le bras, il saisit ma main.

— Vous faites bien trop confiance, Amira, lâcha-t-il soudain en prononçant mon nom lentement, comme s'il testait cette nouvelle sonorité sous sa langue.

Je le regardai, sans trop savoir ce qu'il sous-entendait.

Il ne croisa pas mes yeux, mais fixa son regard droit devant lui.

— Aujourd'hui, vous m'avez suivi jusqu'aux archives, sans poser de questions.

— Je ne comprends pas. Vous avez proposé de m'emmener. Et c'est ce que vous avez fait.

— Mais j'aurais pu vous conduire n'importe où ailleurs, et vous m'auriez suivi tout aussi facilement, jusqu'à ce qu'il soit trop tard.

Des frissons parcoururent ma colonne vertébrale dans un flux glacial de peur.

Treize

AMIRA

— **P**ourquoi voudriez-vous me faire du mal, lord Adriyel ?

Je marchais plus vite, ne désirant pas rester seule avec lui.

Après être enfin arrivée dans le hall principal, j'expirai de soulagement, heureuse de voir des groupes de courtisans rassemblés ici et là et des domestiques se faufiler entre eux.

— Ce que je voulais dire, c'est que vous devriez faire attention, répondit-il en touchant l'anneau de Kyllen et la pierre de sorcière à mon doigt. Cette bague ne vous protégera pas de tous les périls de l'existence. Il y a beaucoup de gens dans ce palais et, en dehors, qui peuvent avoir de mauvaises intentions à votre égard.

Il s'arrêta au pied du grand escalier, dissimulé des regards par le pilier latéral. Je fis un pas sur le côté, moi aussi, pour mieux voir son visage dans l'ombre.

— Qui sont ces personnes ? Et pourquoi me veulent-elles du mal ?

— Les faveurs que vous accorde le roi font des jaloux.

— Il ne m'accorde rien de particulier, protestai-je.

Ma situation était à peine meilleure que celle d'un animal de compagnie. Tout serviteur du palais jouissait de plus de droits et de libertés que moi.

— Vous dormez avec le roi. Vous prenez des repas privés avec lui. Vous êtes la seule personne qui a partagé sa chambre plus d'une nuit depuis des siècles. Vous avez son attention. Des gens vont essayer de vous utiliser pour atteindre leurs objectifs. D'autres en revanche peuvent vous voir comme une menace pour le statu quo établi. Vous devez être prudente.

« *Ne fais confiance à personne* », murmurai-je en répétant les mots que j'avais entendus si souvent.

— Bien.

Il fit glisser ses mains le long de mes bras nus et me retourna, le dos au pilier. Ses paumes étaient chaudes sur ma peau glacée. Un frisson me parcourut, et je rentrai mon menton dans les plis du voile froncé autour de mon cou, comme je le faisais auparavant avec mon écharpe.

Il baissa sa tête vers la mienne, si près que nos tempes se touchaient presque.

— À Lorsan, pour être en sécurité, une femme humaine aura toujours besoin de la protection d'un homme puissant.

J'inhalai une bouffée de son parfum, un mélange doux d'agrumes et de brume fraîche, une senteur agréable, mais qui m'était étrangère. Le dos collé au pilier, je ne pouvais pas m'éloigner sans le bousculer. J'aurais aimé que ma force puisse rivaliser avec la sienne.

— J'ai déjà un homme puissant pour me protéger, répondis-je. L'homme le plus puissant du royaume, le roi.

— Mais combien de temps pourra-t-il encore vous protéger ? souffla-t-il à mon oreille. Il mourra bien avant vous. Que vous arrivera-t-il alors ?

Je fermai les yeux, effrayée à l'idée d'y réfléchir.

Pourtant il continua de parler, pour me forcer à y penser.

— Le roi va mourir sans avoir désigné aucun successeur. Une guerre va éclater. Croyez-vous vraiment qu'une femme humaine vulnérable comme vous ait une quelconque chance de survivre à une guerre entre gorgones ? Seule ?

Je n'avais pas de réponse à ça. Il m'était tellement difficile de me concentrer sur ma survie quotidienne que j'avais à peine songé à ce que me réservait le lendemain.

— Vous n'êtes rien d'autre qu'un jouet aux mains des nobles, Amira, poursuivit-il, révélant l'impitoyable vérité. Une nouveauté, un jouet curieux qui sera réutilisé par d'autres dès le départ du propriétaire actuel. La meilleure chose, la *seule* chose à faire, est de trouver un nouveau protecteur. Quelqu'un qui pourra prendre soin de vous et vous défendre contre tous les autres. (Il fit glisser sa main sur mon épaule et sous mon voile. Ses doigts touchèrent mon cou nu.) Vous avez besoin d'un homme assez fort et puissant pour devenir le prochain roi, ajouta-t-il dans un murmure chaud et rauque.

Un désir pur, brut, brillait dans ses yeux argentés et froids, un désir avide pour le pouvoir et... pour moi.

Il promena son autre main le long de mon flanc, pour saisir ma poitrine, couverte seulement par la fine soie de ma robe bleu poudré. Mon téton durcit à son contact et se pressa contre le tissu fragile. Le plaisir traversa mon corps, et ma respiration se fit tremblante et faible. J'étais avide de caresses, moi aussi, abattue de chagrin et en manque d'affection. Mais ce n'était pas lui que je voulais...

Il sourit d'un air suffisant à la réaction de mon corps, en pétrissant ma poitrine à travers ma robe. Le désir s'accentua dans ses yeux. Il me saisit par le cou et me tira vers lui.

Mon livre m'échappa des doigts et tomba par terre.

— Tu ferais perdre la tête au plus puissant des hommes, petite humaine.

Il attrapa ma bouche dans un baiser à travers mon voile.

L'étoffe n'offrait aucune protection contre son invasion audacieuse, aucune échappatoire à son parfum entêtant. Ses biceps forts me plaquèrent contre son torse, ce qui vida mes poumons de tout souffle et décolla mes pieds du sol.

Mes bras étaient coincés entre nous, je n'essayai pas de les libérer ou de lui rendre son étreinte. Mon esprit s'emballa. Mes pensées allèrent dans tous les sens. J'avais l'impression de tourner, moi aussi, prise dans un ouragan, dangereux et mortel.

Mes poumons brûlaient d'un besoin désespéré d'air. Je tremblais dans ses bras, et il eut la bonté de relâcher son emprise sur moi en rompant son baiser.

— Tu as besoin d'un *vrai* homme, Amira.

Il promena ses mains sur tout mon corps. L'une d'elles entra dans l'échancrure de ma robe, dans mon dos, pour caresser mes fesses. Avec son autre main, il poussa la bretelle de ma robe le long de mon épaule, et dévoila mon sein gauche.

Il gémit et plongea la tête pour sucer le bout de mon sein. Je soupirai brusquement lorsque ses crocs écorchèrent mon mamelon. La piqûre douloureuse fut étrangement revigorante.

— Tu as besoin d'un homme qui sait exactement quoi faire de ton corps chaud et ferme, grogna-t-il contre ma peau en faisant glisser un doigt le long de ma colonne vertébrale, puis plus bas, entre mes fesses. Un homme qui peut te donner exactement ce dont tu as besoin. Pas cette vieille chose, avec laquelle tu passes toutes tes nuits.

Je devais mettre fin à ça, peu importe comment. Je *devais* en finir.

Après avoir rassemblé toutes mes forces, je le repoussai, mais il ne bougea pas. Les muscles de ses bras étaient bloqués, et me retenaient prisonnière.

— Alléchante et délicieuse petite humaine, marmonna-t-il, insensible à mes mouvements. Un seul mot de ta part, et je serai ton protecteur.

Je parvins à me décaler sur le côté, loin du pilier derrière moi. Puis je fis un bond en arrière et me dégageai de ses bras. Il se précipita après moi, avec une expression féroce, ses *senties* ondulaient sauvagement et formaient un désordre emmêlé autour de son visage bleu lune.

—Je... je dois y aller, mon seigneur.

J'attrapai mon livre au sol et me ruai vers le grand escalier. En courant, deux marches à la fois, je réajustai ma robe.

Mon cœur tambourinait encore sauvagement à mon retour dans la chambre du roi. Il faisait la sieste. Son ronflement bruyant résonnait entre les murs.

Je fis les cent pas dans la pièce, incapable de me calmer.

De peur de le réveiller, je me faufilai dans sa penderie, adjacente à sa chambre. Là, derrière les portes fermées, je pouvais déambuler à ma guise entre les coffres sculptés remplis de linge fin et de tuniques somptueusement brodées accrochées le long des murs.

Mon esprit était en ébullition. Le désir palpitait encore dans mon corps, réveillé par ce contact non souhaité avec Adriyel. Pour la première fois, depuis Kyllen, un homme l'avait provoqué en moi. Cependant, au lieu de l'excitation, un sombre trou béant de désespoir grandissait en moi.

Lord Adriyel ne pourrait jamais combler le vide que Kyllen avait laissé derrière lui, car, avec Kyllen, ça n'avait jamais été seulement une question de désir physique. Mais tellement plus.

Pourtant, Kyllen n'était plus là, n'est-ce pas ? Tout ce qui restait était son ombre, qui venait à moi dans mes visions et mes rêves inexpliqués.

Un bras puissant m'attrapa par la taille, et je tombai dans une étreinte.

— Kyllen ? (J'avais reconnu son odeur, sa force, sa présence, qui emplissait la pièce et faisait disparaître le reste du monde. Ça ne pouvait pas être une vision ni un rêve.) Je ne suis pas en train de rêver !

— Oh non ! Tu es totalement éveillée, maintenant, murmura-t-il chaudement le long de mon visage. Tout en toi, ton âme, ton esprit, et ton corps. Tu vis à nouveau, Amira.

Seulement, ce n'était pas *lui*, qui avait réveillé mon corps. Mais un autre...

— Je ne veux pas ressentir ça. (Je levai mon regard vers le sien.) Je ne veux pas ça sans toi.

— Je suis là, dit-il en embrassant mon visage.

Il n'y avait pas de voile entre nous. *C'était* donc un rêve.

Et quel beau rêve !

Il était nu, comme à chaque fois depuis notre dernière fois ensemble. Il fit tomber ma robe, en embrassant chaque centimètre de ma peau ainsi révélée. Mon corps vibrait sous ses caresses, sans retenue.

Il dégagea mes seins et y posa les lèvres. Je l'enlaçai et enfouis mes mains dans ses *senties*.

— Prends-moi, Kyllen. Je ne veux pas que ça arrive avec un autre homme que toi.

Le feu brilla dans ses yeux.

— Il n'y en aura jamais.

En remontant mes jupes, il plaqua mon dos contre le mur et me souleva. Je passai mes jambes autour de sa taille. En me tenant d'une main sous mon postérieur, il glissa l'autre entre nous, et trouva l'endroit où j'avais le plus besoin de lui.

— Personne ne se mettra entre nous, mon petit pois. C'est toi et moi uniquement. Et personne d'autre.

Oh, comme j'aurais aimé que cela soit vrai ! Que cela soit réel !

Il poussa ses hanches contre moi. La pression de ses doigts était comme ses mots, dure et inflexible. J'avais tellement besoin de ça. Je voulais qu'il efface toute trace de cet homme, qui m'avait touchée.

— Encore... susurrai-je en chevauchant sa main, agrippée à ses épaules.

Le désir et l'envie fusionnèrent dans un mélange doux-amer de plaisir et de douleur. Je le sentais dans mon cœur, dans chaque partie de mon âme. J'avais besoin de lui à l'intérieur de mon corps également.

— Prends-moi, Kyllen. Je veux être à toi comme je suis censée l'être.

— À moi... répéta-t-il en pressant son érection contre moi.

Je retins mon souffle, attendant qu'il m'envahisse, j'en avais besoin, j'avais envie qu'il me réclame. Mais il s'arrêta et son expression déterminée vacilla avec confusion.

— Qu'y a-t-il, Kyllen ? S'il te plaît...

Je me penchai vers le bas, pour chercher son érection. Elle était là, dure comme de la pierre, palpitant dans ma main avec des tremblements de désir qui parcouraient tout son corps. Pourtant, lorsque j'essayai de le guider à l'intérieur de moi, je ne ressentis rien, et même la sensation de sa présence dans ma main disparut.

Je vis sa confusion. Mais je pensais aussi en connaître l'explication. Il y avait un point au-delà duquel Kyllen et moi ne pouvions aller. Il n'existait que dans mes souvenirs maintenant. Et je n'en avais aucun de lui en moi. Mon imagination ne pouvait pas recréer les sensations que je n'avais pas ressenties dans la vie réelle.

Mais comment cela pouvait-il être si intense si ce n'était pas réel ?

Tout ceci était une nouvelle forme de torture.

— Il y a une barrière entre nous que je ne peux pas franchir, dit-il, avec une expression découragée. Un endroit où tu ne peux pas me rejoindre.

La barrière entre la vie et la mort ?

Je laissai mes pieds retomber au sol et mes jupes se draper autour de mes jambes.

— Où es-tu, Kyllen ? Ne me dis pas que tu es ici, car ce n'est pas le cas. C'est un rêve, une illusion. De la magie ? Je ne sais pas. Mais es-tu là, quelque part ? Si oui, s'il te plaît, reviens. (Je m'accrochai à lui.) Reviens vers moi. Reste avec moi. Pour toujours, et pas seulement dans mes rêves.

— Je ne peux pas, expira-t-il en appuyant son front contre le mien. J'essaie, mais... je ne suis plus entier.

C'était la première fois qu'il reconnaissait qu'il n'était pas vraiment présent, que ce n'était qu'une partie de lui, aussi solide et réelle qu'elle ait pu paraître.

Je pris son visage dans mes mains et me penchai en arrière pour rencontrer ses yeux.

— Alors prends-moi avec toi. (Mon cœur battait fort contre

mes côtes.) Où tu iras, j'irai, tu te souviens ? Je me rendrai dans l'au-delà avec toi si c'est là que tu te trouves.

La douleur déforma ses beaux traits.

— Il n'y a que ténèbres et agonie ici, Amira. Je ne t'y amènerai pas même si je savais comment le faire. (Il saisit mon visage entre ses mains et enfonça ses doigts dans mes cheveux.) Tu mérites tellement mieux.

Je poussai un long soupir et fermai les yeux un instant.

— Tu es la seule personne au monde qui pense que je mérite quoi que ce soit.

— Oh, Amira. S'il te plaît, tu dois résister aux ténèbres. Ne les laisse pas t'emporter.

Il rapprocha sa bouche de la mienne. C'était un long et poignant baiser, chargé de nostalgie. Il me coupa le souffle, et ne s'arrêta pas à ça. Il me consuma tout entière.

Cela me déchira de mettre fin à ce baiser, mais je ne pouvais pas poursuivre ainsi. J'avais l'impression que mon être tout entier allait se dissoudre dans la tristesse et cesser d'exister si je continuais à m'accrocher à lui.

Et que je ne serais plus que chagrin.

— Maintenant, va-t'en, dis-je en appuyant mes mains sur son torse. Laisse-moi, parce que... (Je fis un pas de côté le long du mur pour me libérer de son étreinte.) Je ne peux pas continuer à vivre uniquement pour de minces lambeaux de souvenirs. Laisse-moi partir, Kyllen. Alors peut-être... peut-être trouveras-tu toi aussi la paix.

— Jamais. (En un mouvement fluide, il me fit face de nouveau. Il se pencha sur moi et appuya ses mains sur le mur derrière moi et m'emprisonna avec son corps.) Si trouver la paix signifie t'abandonner, alors je n'en veux pas. Nous sommes les deux parties d'un tout, tu te souviens ? Si je pars, ça nous déchirera tous les deux. Tu ne survivras pas.

— Mais ce n'est pas une vie non plus. Chaque fois que je rêve de toi, je reviens à la vie. Et chaque fois que je me retrouve seule une fois de plus, je meurs intérieurement, encore et encore.

— Tu crois que c'est comme ça que je voulais que ça se passe ? (Il fouilla mon visage du regard, ses *senties* ondulaient avec agitation en s'approchant de moi.) Je n'ai pas eu le choix, Amira. Je continue à venir ici parce que, sans toi, je ne trouve aucun repos. Il n'y a que ténèbres et douleur autour de moi. Ils m'éloignent de toi, et je dois te chercher encore et encore, et, chaque fois, je te retrouve. Parce que tu es tout ce que j'ai. C'est près de toi que je suis censé être.

Je lâchai un souffle frémissant. Mes forces m'avaient abandonnée. Le dos au mur, je me laissai glisser jusqu'au sol. Il s'assit à côté de moi, et je m'appuyai contre lui.

— Combien de fois dois-je te perdre avant d'apprendre à vivre sans toi ? chuchotai-je, en serrant sa main.

Il ne me donna pas de réponse. Parce qu'il n'y en avait tout simplement pas.

Le roi me retrouva endormie sur le sol de sa penderie. Entièrement habillée. Et seule.

— C'est un drôle d'endroit pour une sieste, commenta-t-il, mais il n'exigea aucune explication. (En tant qu'animal de compagnie exotique, je devais avoir le droit de me comporter de manière inhabituelle à certains moments.) Viens, j'ai trouvé un nouveau jeu.

Je suivis sa chaise mécanique jusqu'à la chambre, où il avait déjà installé la table avec tous les différents éléments. Je passai devant mon nid et rangeai rapidement sous l'oreiller le livre que j'avais rapporté des archives, puis je pris place face au roi.

Je fis de mon mieux pour jouer suffisamment bien afin que la partie soit divertissante. Mais mes pensées étaient ailleurs.

Kyllen et moi étions venus dans ce monde ensemble. Et j'avais cru que nous le resterions. Je m'étais perdue en lui, et c'était un endroit merveilleux. Mais j'étais seule à présent.

Il fallait que j'apprenne à survivre sans lui.

Les avertissements d'Adriyel étaient surtout égoïstes. J'avais vu clair dans son jeu, mais il n'avait pas tort. De toute évidence, la mort du roi allait bouleverser l'équilibre actuel des choses. Je ne pouvais pas laisser cela me prendre au dépourvu. Je devais assurer ma place dans ce monde, même si le but de mon existence n'était que la survie.

Je n'avais pas de pouvoirs magiques. Et aucune autorité. Mais j'avais une arme à ma disposition, celle de développer mes connaissances.

Après le dîner, quand le roi s'installa dans son nid pour la nuit, je pris place sur le siège de la fenêtre. Adossée aux vignes entrelacées qui encadraient la fenêtre, j'ouvris mon livre.

Les caractères complexes inscrits sur la page étaient peu familiers, mais leur signification était claire dans ma tête. De même que Kyllen pouvait parler ma langue dans mon monde, j'avais acquis la capacité de parler et de lire la sienne depuis mon arrivée à Lorsan.

Pendant trop longtemps, je m'étais fiée à ce que les autres me racontaient sur Lorsan. Il était temps d'apprendre ses lois et son histoire par moi-même, directement à la source. Alors peut-être pourrais-je trouver ma place dans ce monde et le meilleur chemin pour y parvenir.

Je devais cesser de me laisser ballotter par la volonté des autres et enfin tracer la voie que je voulais suivre.

Quatorze

AMIRA

Quelques semaines plus tard, le roi toucha avec hésitation une figurine sur le plateau de notre jeu de stratégie compliqué *Règne et Guerre*. Le roi avait gagné en moins de dix minutes notre première partie, pourtant j'avais étudié les règles durant des heures. Mais au fur et à mesure que j'apprenais les astuces et les nuances du jeu, les manches que nous faisions devenaient plus longues.

Cette fois-ci, j'avais planifié et monté une défense qui m'avait permis de contourner les attaques du roi depuis trois jours maintenant. Il n'était pas plus près de gagner qu'au début de la partie.

Il tapota une autre pièce du jeu sur le plateau, mais ne la déplaça pas. Il retira sa main et se mit à réfléchir en se tenant le menton.

— Alors, dis-moi, qu'est-ce que notre Kyllen a fait dernièrement ? demanda-t-il.

Mon cœur se serra douloureusement en entendant son prénom. Je regrettai souvent de l'avoir révélé au roi.

Depuis la dernière fois, dans la penderie, je n'avais plus revu Kyllen. Peut-être cela signifiait-il que j'étais en train de faire mon deuil, et que je n'avais plus besoin de convoquer son image pour maintenir un état mental stable. Mais je n'étais pas non plus prête à le laisser partir.

Au lieu de ses visites fulgurantes, qui avaient été à la fois une torture et un bonheur, sa présence dans mon esprit était devenue plus subtile, mais aussi plus régulière en quelque sorte. Sans même le voir ou lui parler, je ressentais souvent sa présence à mes côtés, de jour comme de nuit. Cette sensation était chaude et réconfortante, et j'espérais désespérément qu'elle dure.

Peut-être que son esprit ne pouvait vraiment pas me quitter, comme il me l'avait dit. Ou peut-être n'avais-je jamais voulu qu'il me laisse, même lorsque je l'avais supplié de le faire. Aussi douloureux que cela pût paraître, je préférais conserver une petite partie de lui plutôt que rien du tout.

Je déglutis difficilement, en attendant que le coup de poignard du chagrin s'estompe avant de demander au roi :

— Voulez-vous que je vous raconte une autre histoire ?

— Oui... (Il se frotta le menton, toute son attention portée sur le plateau.) Ou peut-être que non. J'ai entendu beaucoup d'histoires sur le petit garçon. Parle-moi de l'homme maintenant.

— L'homme ? répétai-je.

Ma respiration se fit plus rapide.

— Tu m'as dit que Kyllen était mort. Mais ce garçon a-t-il vécu assez longtemps pour devenir un homme ? Ou est-il mort jeune ? (Il gloussa.) Je ne serais pas surpris qu'il n'ait pas atteint l'âge adulte, coquin et espiègle qu'il était.

Je retirai mes mains du plateau et les serrai sur mes genoux, pour ne pas lui donner l'occasion de les voir trembler.

— Kyllen a vécu jusqu'à l'âge de soixante-dix-huit ans, dis-je d'une voix basse, mais ferme.

— Donc pas longtemps. Sais-tu comment il est mort ?

Je relevai la tête, en regardant droit devant moi.

— Il a été tué par un membre de sa famille.

Le roi hocha la tête sans se laisser impressionner, comme si ce genre de meurtre était chose courante.

— Quelle était la raison ? demanda-t-il, avant de hausser ses épaules. Y *avait-il* une raison ?

Je remuai sur mon siège, ne sachant pas combien de temps je pourrais continuer cette conversation. Chaque question me semblait être un couteau planté dans une plaie qui ne voulait pas cicatriser. Plus de deux mois s'étaient écoulés maintenant, mais la nuit du meurtre restait aussi fraîche que jamais dans ma mémoire.

— Pour la succession, répondis-je doucement. Il a été assassiné pour un titre.

— Oh, dit le roi en s'asseyant sur sa chaise. Cela arrive tout le temps. A-t-il défié le détenteur légitime du titre et perdu ? Ne serait-ce pas tout à fait le genre de ce garçon de viser une place qui n'est pas la sienne ? (Il rit de bon cœur.) Malheureusement pour lui, tout le monde ne peut pas réussir ce genre d'exploit.

Ses derniers mots avaient été prononcés avec fierté. Le roi faisait évidemment référence à la manière dont il s'était emparé de sa couronne.

— Le titre était initialement celui de Kyllen, défendis-je.

L'un des livres que j'avais rangés sous les oreillers de mon nid traitait des lois de succession à Lorsan. Bien que changeantes et souvent détournées par un pouvoir brutal, les lois étaient du côté de Kyllen. J'en étais sûre maintenant.

— Kyllen, par sa naissance, était l'héritier légitime du Haut Seigneur d'Ellohi, expliquai-je au roi. Il a été enlevé et retenu captif dans le monde des humains. Sa famille le croyait mort. Son jeune frère a hérité du trône de leur père. Au moment où Kyllen est revenu, son frère avait eu un fils, son neveu. Kyllen voulait organiser une transition pacifique. Un tournoi, si nécessaire. Il allait aussi vous demander votre soutien. Le neveu devait se douter que Kyllen allait gagner, alors il l'a attaqué en pleine nuit comme un lâche. Et...

Je baissai la tête et tentai de chasser les larmes qui menaçaient d'éclater à nouveau.

Cette fois, ma détresse n'échappa pas au roi.

— Kyllen était ton amant, n'est-ce pas ? Pas le meilleur, évidemment, puisqu'il t'a laissée vierge.

Je le regardai droit dans les yeux.

— Kyllen était *tout* pour moi. L'amour de ma vie. Mon seul et unique.

Le chagrin saisit mon cœur, gonflé à bloc au fond de ma gorge. Je l'aimais, je l'aimerais toujours, même si j'avais mis du temps à reconnaître ce sentiment.

— Est-ce qu'ils t'ont forcée à le regarder mourir ? demanda le roi avec désinvolture.

Je me demandai si c'était quelque chose que le roi aurait fait ou... avait déjà fait auparavant.

Je secouai la tête.

C'était douloureux, mais pour la première fois, depuis des mois, je me remémorai les détails de cette nuit.

— J'ai vu la lame brandie, pointée sur son cou. J'ai entendu sa chair se faire poignarder...

Il y avait aussi ce son que j'avais cherché à effacer de ma mémoire. Ce souffle étranglé, que les hommes émettaient avant que la vie leur soit arrachée. Comme ces *bracks* que Kyllen avait transformés en pierre. Comme Rourke et ses hommes. Ce son avait été présent cette nuit-là également. Le dernier que j'avais entendu dans cette pièce avant qu'ils ne m'emmènent.

— Donc tu ne l'as pas vu mourir ? affirma le roi.

— Non. J'ai été enlevée, amenée ici, et vendue.

— Es-tu sûre qu'il soit mort, alors ?

Oh, comme ce doux espoir était tentant ! Mais je secouai la tête, tout en me mordillant les lèvres.

— Si Kyllen était vivant, il serait venu me chercher.

Pas seulement dans mes rêves. Il serait là en chair et en os, je n'en doutais pas. Il ne m'aurait jamais abandonnée. À l'heure actuelle, la rumeur de la présence d'une femme humaine dans le palais du roi devait s'être répandue dans tous les recoins de Lorsan, et même au-delà. S'il avait été présent quelque part dans ce monde, il m'aurait déjà retrouvée.

— Il m'a fait une promesse, ajoutai-je.

— Ah oui ? dit le roi d'un air surpris, tout comme Igaed l'avait été.

— Celle de toujours rester à mes côtés.

Peut-être que le besoin d'accomplir cette promesse était ce qui avait ramené son esprit vers moi ?

Son âme était liée à la mienne d'une manière ou d'une autre. Le lien ne s'était pas rompu, malgré le temps qui passait. Il devenait même plus fort.

— Il serait venu, répétai-je avec conviction.

Le roi fronça les sourcils.

— Je ne me souviens d'aucun rapport à son sujet.

— Parce qu'il n'y en a pas eu. J'ai vérifié toutes les communications récentes d'Ellohi dans les archives. Toutes les lettres et les enregistrements sont signés par Udren, le Haut Seigneur, sans aucune mention de Kyllen ou de son retour. Ils se sont débarrassés de toute trace de lui, comme s'il avait péri dans mon monde et n'était jamais revenu.

Le roi demeura silencieux pendant quelques instants, puis posa son menton sur sa main.

— Udren est le Haut Seigneur d'Ellohi depuis des siècles, dit-il lentement. Je l'ai rencontré quelques fois.

— C'est le petit frère de Kyllen. Le fils d'Udren, Bherlon, est celui qui a assassiné Kyllen.

Le roi se gratta la mâchoire avec un son râpeux et rugueux, contre sa peau sèche.

— Quelque chose d'aussi important que le retour d'un héritier après une longue absence serait sans conteste une information à transmettre au roi. Sauf s'il y avait une volonté de se débarrasser de lui, bien entendu. (Il haussa les épaules.) C'est malheureux, mais pas inhabituel. La loi est peut-être du côté de Kyllen, mais, si le neveu a été élevé dans la certitude que le trône du Haut Seigneur lui revenait, c'est évident qu'il allait se battre pour le défendre.

— Se *battre* oui ! (Je serrai mes mains plus fort.) Le défendre ouvertement dans un tournoi honnête serait chose honorable. Mais tendre lâchement une embuscade à un membre de sa propre famille... (Je fermai les yeux, pour résister à la nausée qui montait dans ma gorge.) L'assassiner de sang-froid...

— C'était un crime, reconnut calmement le roi.

Je rencontrai son regard.

— Bherlon ne devrait-il pas être puni pour ce qu'il a fait ?

Il inclina la tête, en me regardant avec intérêt.

— C'est ce que tu veux, mon petit animal ? Une vengeance ?

Punir Bherlon ne ramènerait pas Kyllen à la vie. Pardonner et oublier était peut-être la chose la plus noble à faire. Cependant, tout en moi brûlait d'une soif de châtiment. Kyllen le méritait. Il méritait que justice soit faite. Et je pouvais peut-être faire en sorte que cela arrive.

Comme l'avait dit lord Adriyel, j'avais toute l'attention du roi. L'homme le plus puissant du royaume serait peut-être enclin à me faire une faveur. Je ne lui avais jamais rien demandé auparavant, mais, pour Kyllen, je voulais le faire.

— Oui, répondis-je en redressant les épaules et en relevant le menton. Je veux que lord Bherlon soit arrêté, jugé et puni pour ce meurtre.

Le souverain me fixa avec une nouvelle expression dans les yeux, comme s'il venait de me rencontrer et essayait de comprendre qui j'étais vraiment.

— Est-ce que tu seras heureuse ? demanda-t-il. Si je le faisais payer ?

— Heureuse ? Non. (Je secouai la tête avec un rire dénué d'humour. Le bonheur n'était pas possible pour moi dans ce monde sans Kyllen. Mais punir les responsables m'apporterait une certaine satisfaction.) Cela rendra justice à Kyllen. Et me concernant... Eh bien, peut-être en retirerais-je un soupçon de paix intérieure.

Il acquiesça.

— Je vais envoyer une commission à Ellohi pour mener une enquête officielle et arrêter les responsables.

— Merci.

Je pressai une main sur ma poitrine et inclinai la tête en signe de gratitude.

Il se vautra dans son fauteuil pour adopter une position plus confortable.

— En attendant, au lieu de me raconter une histoire sur le garçon aujourd'hui, pourquoi ne pas me raconter quelque chose sur la fille ?

— Quelle fille ? demandai-je en clignant des yeux, confuse.

— Celle-là, dit-il en orientant son menton vers moi.

Je m'installai confortablement aussi.

— Vous voulez que je parle de moi ?

Un léger sourire se dessina sur ses lèvres.

— Oui. Tu dors dans ma chambre depuis deux mois. Pourtant, tout ce que je sais de toi, c'est ton nom. Dis-moi, d'où viens-tu ?

J'hésitai.

— De nulle part, à vrai dire.

C'était vrai. Je n'avais pas de racines. Dans le monde où j'étais née, je n'étais personne. Tout ce que je deviendrais un jour devait commencer ici, à Lorsan.

— Je... je ne sais vraiment pas quoi vous dire, ajoutai-je en écartant les bras.

— Parle-moi de ton monde. Où es-tu née ? Où est ta famille ? Où as-tu grandi ? Comment es-tu arrivée à Nérifir exactement ? Et comment Kyllen a-t-il réussi à te séduire si intensément ?

— Oh, je...

J'étais sur le point de répéter qu'il n'y avait pas grand-chose à dire, que ma vie n'avait rien de spécial, que tout ce que j'avais fait n'intéressait pas le roi. En effet, comment mes vingt et quelques années passées à nettoyer des cages d'animaux et à brosser les cheveux de Madame pouvaient-elles être comparées aux siècles de guerres et de règne d'un roi ?

Mais je m'arrêtai, et réfléchis aux réponses à toutes les questions qu'il venait de poser.

Il y avait eu des tragédies dans ma vie, et quelques moments magnifiques, magiques. J'avais rencontré des hommes remarquables qui m'avaient aidée tout au long de mon parcours. J'avais connu l'amour, le deuil et la véritable amitié. J'étais allée contre la volonté d'une déesse et j'avais traversé la Rivière des Brumes.

Il y avait peut-être quelque chose à raconter, une histoire qui pourrait le captiver.

— Ok, Votre Majesté. (Je lui souris.) Je vais vous parler de moi, mais à une condition.

— Une condition ?

L'étincelle familière brilla dans ses yeux orange foncé. Le roi était intrigué.

— Oui. Donnant-donnant. Nous allons faire un échange. Pour chaque partie que je vous raconterai sur la fille, vous me direz quelque chose sur le roi. Marché conclu ?

Il rit de bon cœur.

— Tu veux que je parle de moi ? Fais attention à ce que tu demandes, ma fille. Je pourrais ne jamais m'arrêter. (Il se frotta les yeux en secouant la tête.) Franchement, tu peux tout savoir sur le sujet en lisant des livres. Il y a des centaines, des milliers de parchemins dans les archives, qui relatent chaque moment glorieux de ma vie. Je sais que tu y vas tous les jours. (Il fit un geste vers mon nid près de la fenêtre, les oreillers relevés avec les livres cachés dessous.) Je t'ai vue lire. Quels sujets t'intéressent ?

J'essayais de lire lorsque le roi était occupé et n'avait pas besoin de moi. Mais je n'avais pas cherché à le lui cacher non plus.

Il ne semblait pas en colère pour le moment, seulement curieux.

— L'histoire, principalement, répondis-je. Et beaucoup d'autres, sur les lois en vigueur et la gouvernance.

Ses sourcils se soulevèrent sous l'effet de la surprise.

— Pourquoi ceux-là ? Nous avons sûrement plein d'autres lectures plus légères, plus adaptées à une jeune fille comme toi.

— Je veux tout savoir sur les gorgones et leur pays.

— Pourquoi ?

— Parce que Lorsan est maintenant mon foyer à moi aussi.

Il plissa ses yeux ambrés sur moi.

— Je vois.

J'avais aussi lu quelques parchemins sur sa vie, mais je préférais l'entendre me la raconter lui-même. J'espérais surtout qu'il partage avec moi les parties peu documentées, ou qui n'avaient pas du tout été consignées.

— J'adorerais vous entendre parler de votre famille, Votre Majesté. Et sur ce qui vous a décidé à devenir roi. Vous n'êtes pas de la lignée de succession.

Il pouffa de rire

— En effet. Mais j'ai toujours su que j'étais destiné à de plus grandes choses que d'être simplement un des princes secondaires d'Ufaris. Il y a beaucoup de seigneurs dans le royaume, mais toujours un seul roi. Je n'étais pas né pour succéder au roi, mais je savais que j'étais destiné à porter la couronne un jour.

Je posai mes coudes sur le plateau de jeu et mon menton sur mes mains croisées.

— Je veux tout savoir.

— Eh bien, marché conclu, alors. Une histoire contre une autre.

Quinze

AMIRA

Un mois plus tard, le roi et moi achevions notre dîner lorsque le bruit d'un léger crépitement dans le feuillage nous parvint de l'extérieur. Je levai la tête, cherchant à connaître l'origine du bruit.

Le roi releva ses *senties* et les déploya largement. Leurs petites têtes se tournèrent vers les fenêtres et leurs langues s'agitèrent rapidement.

— La pluie ! s'exclama-t-il avec l'excitation d'un enfant. Il pleut, Amira.

Kyllen m'avait appris à quel point les gorgones appréciaient la pluie. À nouveau, j'éprouvai la sensation de sa proximité, comme s'il se tenait juste là, à mes côtés. Je savais que je ne trouverais pas Kyllen dans la pièce, même si je le cherchais. Il n'était pas dans un endroit particulier. Il était *partout*.

J'appuyai ma main contre mon cœur, là où je sentais le plus sa présence.

— Bien. (Je souris au roi.) Allons voir dehors, vous le voulez bien ?

J'abaissai le repose-pied de son fauteuil mécanique et enroulai sa couverture autour de ses jambes.

— Et voilà, lançai-je en m'écartant.

Je ne possédais aucune magie gorgone, je ne pouvais donc pas faire fonctionner le fauteuil, mais tout ce que le roi avait à faire pour le déplacer était de le toucher.

Il posa ses mains à plat sur les accoudoirs, et la chaise roula sur le sol en direction de la terrasse. J'écartai les vignes du cadre, pour le laisser passer. Il arriva à l'extérieur au moment précis où le léger clapotis des gouttes de pluie se transforma en un véritable déluge.

Il pencha la tête en arrière et tourna son visage vers les filets d'eau qui tombaient du ciel. Les yeux fermés, l'expression de félicité la plus totale apparut sur son visage usé par la sécheresse.

La pluie s'abattait avec force sur lui, trempant la couverture sur ses genoux, ruisselant sur ses *senties*. Pourtant, il semblait profondément heureux.

Le lac en contrebas se remplit rapidement de monde. À l'aide de bateaux, de planches et de tout objet flottant possible, ils pagayaient depuis les branches des grands arbres jusqu'à la surface dégagée où rien n'entravait l'écoulement de l'eau.

Beaucoup se mirent à nager. Tout en parcourant les eaux du lac, ils tournaient leur visage vers l'eau qui tombait du ciel.

— Viens, Amira, me dit le roi qui avait remarqué que je restais à l'intérieur de la pièce. Viens dehors.

Les dispositifs magiques me laisseraient sortir de la pièce grâce au roi, qui me ramènerait à l'intérieur après les avoir franchies. Mais je secouai la tête, m'appuyant sur le cadre de la fenêtre.

— Non merci. Je préfère rester au sec.

— Vraiment ? demanda-t-il, déconcerté. Les humains sont de drôles de créatures.

Je ris.

— Pourquoi ? Parce que nous n'aimons pas mouiller nos vêtements ?

Il me jeta un coup d'œil rapide et s'arrêta sur ma poitrine. L'humidité de l'air, combinée aux quelques gouttes de pluie qui avaient atterri sur mon front, laissait le tissu fragile de ma robe coller à mon corps et en soulignait chaque creux et courbe.

Il remua les sourcils.

— C'est dommage que tu n'aimes pas les vêtements mouillés, parce qu'ils te vont bien.

Je lui souris, en prenant ses propos comme un compliment. À présent, je savais que les remarques du roi n'iraient pas plus loin qu'un flirt occasionnel et inoffensif. Son regard était plus flatteur qu'inquiétant.

L'averse l'avait un peu affaibli. Il leva la main, et observa les gouttes tomber dans sa paume, qui était maintenant également recouverte de nombreux motifs. Les gouttes de pluie s'accumulèrent puis coulèrent sur les côtés entre les crêtes et les profonds sillons du dessin sur sa peau.

— Tu sais, je ne suis pas fier de tout ce que j'ai fait dans ma vie, dit-il soudain.

Abasourdie, je haussai les sourcils. C'était la première fois qu'il admettait quelque chose de ce genre.

Depuis un mois maintenant, nous échangions les histoires de nos vies. Jusqu'à présent, ses récits ne différaient pas beaucoup de ce que j'avais lu dans les archives, des descriptions pompeuses et flatteuses qui le montraient sous son meilleur jour. Cela semblait être la tendance des archives. Toute critique des rois ne pouvait être consultée qu'après leur mort.

D'après les paroles du roi, je compris qu'il analysait maintenant sa vie sous un angle légèrement différent.

En me glissant le long du cadre, je m'assis sur le rebord de la fenêtre et allongeai mes jambes devant moi.

— Avez-vous des regrets ?

Il acquiesça sans me regarder.

— Oui. Et certains sont plus enfouis que d'autres.

— Est-ce que redresser des torts aiderait à y faire face ?

Il rigola, dans un bruit puissant, mais dépourvu d'humour.

— Ceux que j'ai lésés sont devenus poussière depuis longtemps, mon petit humain. Il n'y a plus personne pour faire amende honorable. Enfin, si je voulais le faire, ajouta-t-il avec son assurance habituelle.

— Vous ne le voulez pas ?

Il pencha la tête sur le côté, et étira le cou.

— Admettre avoir des regrets, voilà tout ce que je peux dans cette vie, Amira.

C'était déjà quelque chose, je crois.

Il se déplaça sur sa chaise pour mieux me faire face.

— Raconte-moi quelque chose.

— Que voulez-vous entendre ?

— Peu importe. (Il cherchait manifestement à se distraire de ses sombres pensées, que je devinais nombreuses.) Qu'est-ce que tu lis en ce moment ?

— Le résumé des décisions les plus récentes du Conseil rédigé par Delahon.

— Oh, ce vaurien, dit le roi avec une grimace.

— Est-il vraiment un vaurien ? Je discute souvent avec lui, aux archives. Il me paraît sympathique, honnête, et juste. Même s'il est un peu figé dans ses habitudes.

Le roi remua les épaules, l'air mal à l'aise.

— Il est trop à cheval sur la loi et l'ordre. Il me donne toujours du fil à retordre quand j'essaie de faire quelque chose.

Je pouvais parfaitement l'imaginer. Le conseiller Delahon était un homme très cultivé, avec un grand respect pour l'ordre établi et les lois. Quant au roi... Eh bien, il préférait instaurer ses propres règles et faire ce qui lui plaisait.

Bien sûr, ces deux-là s'affrontaient souvent.

— C'est ça qui t'intéresse ? Les réunions du Conseil ? (Le roi grimaça encore, comme s'il venait de manger quelque chose d'aigre.) Elles sont terriblement ennuyeuses même si on y assiste en personne. Je ne peux qu'imaginer le mal de tête que provoquerait la lecture du compte-rendu du conseiller.

Je souris, mais j'étais d'accord.

— C'est une lecture assez assommante par moments.

— Pourquoi le fais-tu, alors ? Que cherches-tu à savoir ?

Plus je me renseignais, plus je réalisais à quel point j'étais ignorante.

Avec l'aide de Delahon, qui adorait tout organiser, j'avais mis au point une méthode de travail. Pourtant, beaucoup de choses restaient obscures. L'exploitation d'un territoire aussi vaste que Lorsan, morcelé par les domaines individuels des Hauts Seigneurs, était une machine complexe avec de nombreux éléments mobiles et la position du roi était le cœur de la machine.

— Tout, répondis-je. Je veux apprendre tout ce qu'il y a à savoir.

Mon objectif initial était d'acquérir des connaissances générales sur mon nouveau monde. Mais il m'avait attiré bien plus en profondeur.

— Aimerais-tu venir à la réunion du Conseil avec moi demain ? proposa-t-il. Tu pourras voir en vrai ce que tu as lu.

C'était quelque chose dont je n'avais même pas osé rêver.

— Suis-je autorisée à le faire ?

Il haussa les épaules.

— Pourquoi pas ? Si j'avais un lézard domestique, je pourrais l'emmener avec moi partout où je le voudrais. Pourquoi pas une fille humaine ? De plus, je suis le roi. Je fais ce que je veux. Ma parole a force de loi.

D'après ce que j'avais lu, ce n'était pas tout à fait vrai. La parole du roi n'était pas si effective. La loi était plus efficace lorsqu'elle s'alignait sur la volonté du peuple et bénéficiait de son soutien.

Mais je ne dis rien, bien sûr. Apparemment, mon statut actuel n'était pas plus élevé que celui d'un lézard de compagnie. Par conséquent, il fallait mieux se taire.

Mais j'avais beaucoup de questions sur la hiérarchie, l'organisation et la vie du palais en général. Toutes les réponses ne se trouvaient pas dans les livres. Le roi semblait être d'humeur indulgente et bavarde aujourd'hui, et je décidai d'en profiter.

— Pouvez-vous m'en dire plus sur vos courtisans, s'il vous plaît ? demandai-je.

Il pouffa d'un rire moqueur.

— Comment ça ?

— Lord Adriyel, par exemple. Quel est son rôle dans votre palais ?

Il poussa un petit rire méprisant.

— Ha ! Lui ? (Le roi et l'homme qui souhaitait si ardemment prendre sa place semblaient se détester cordialement.) Adriyel n'a pas de rôle. Pas dans mon palais, en tout cas. C'est l'héritier du Haut Seigneur de Mevon, près d'Ufaris. Ses terres sont si proches des miennes qu'il peut vivre pratiquement ici, en attendant que je meure pour pouvoir s'emparer de la couronne de Lorsan dès qu'elle tombera de ma tête.

— Peut-il vraiment faire ça ?

— Tout dépend si les autres ont quelque chose à dire à ce sujet, répondit-il, en se frottant les mains et une méchante étincelle d'excitation brilla dans ses yeux.

— Qui sont les autres ?

— Les vingt-trois autres Hauts Seigneurs. Ils se battent tous pour la place la plus proche du trône, et chacun attend d'y poser son cul au moment où je le quitterai.

— Pourquoi ne pas en désigner un comme successeur ?

Il sourit d'un air suffisant.

— Pourquoi me priverais-je du plaisir de les voir se disputer mon trône depuis l'au-delà ? Aucun d'entre eux n'est digne d'être le prochain roi, de toute façon. Les Hauts Seigneurs ne sont que des lâches assoiffés de pouvoir. Pourquoi remettrais-je la couronne à l'un d'entre eux ? Pourquoi leur faciliter la tâche ? Nooon, gloussa-t-il en se frottant à nouveau les mains. Après mon départ, je veux qu'ils se battent comme une meute de chacals enragés tandis que je me moquerais d'eux depuis l'au-delà. Oh, quel spectacle ce sera !

Un spectacle qui pourrait plonger le royaume dans une guerre sanglante, susceptible de provoquer des années, voire des siècles de violence et causer des milliers de morts.

— Un esprit peut-il veiller sur les vivants depuis l'au-delà ?

Il haussa les épaules.

— Je n'ai vu personne revenir pour le confirmer. Mais qui peut dire avec certitude que c'est impossible ?

La pluie avait cessé. Seules quelques grosses gouttes d'eau occasionnelles éclaboussaient encore les feuilles.

Je me levai et secouai les feuilles et les petites brindilles que le vent avait déposées sur ma jupe.

— On rentre ? Il commence à faire sombre.

— Nous avons encore le temps de faire une nouvelle partie de *Règne et Guerre*, dit le roi avec de l'espoir dans la voix.

— En effet.

— Il me faut une autre chance, puisque tu as remporté la dernière manche.

Je souris et la satisfaction me gagna. C'était une victoire durement conquise, mais indiscutable et j'en étais fière.

— Est-ce toutes ces lectures qui t'ont rendue si douée en stratégie ?

— En fait, c'est vous qui m'avez appris cette ligne particulière de défense et d'attaque.

— Moi ?

— Oui. J'ai tout basé sur vos propres mouvements. Je les ai mémorisés au fil des parties. Puis je les ai un peu ajustés, pour qu'ils me conviennent, expliquai-je en sautillant à l'intérieur de la pièce. Venez. Je vais vous montrer la combinaison que j'ai utilisée.

Il parut stupéfait et... impressionné.

— Très bien.

Il approcha son fauteuil de la table où se trouvait le plateau de jeu et observa les pions empilés sur le côté suite à ma dernière victoire.

— Tu sais quoi ? Montre-moi comment tu as gagné la dernière fois. Puis je t'expliquerais comment appliquer ma stratégie de jeu pour gagner une bataille en vrai. Marché conclu ?

Je hochai la tête avec enthousiasme.

— Marché conclu.

Seize

AMIRA

Je suivis le roi depuis la salle de réunion du Conseil jusqu'à une large branche qui nous mena au grand hall. Sa chaise ronronnait doucement, amortie par un coussinet pneumatique pour glisser sur toutes les aspérités du chemin.

— Ils sont vraiment devenus fous là-bas, marmonnai-je en pensant à ce qui venait de se passer.

Le roi gloussa.

— Tu as fait s'agiter quelques *senties*.

Cela faisait deux mois que j'assistais aux réunions du Conseil avec lui. J'avais déjà compris les procédures et les principaux sujets abordés. J'avais aussi mes propres idées et opinions, mais, en tant qu'animal de compagnie, j'avais gardé le silence. Jusqu'à ce matin.

Le Conseil s'était inquiété de l'augmentation des attaques de loups-garous le long de la frontière. La paix avec Sarnala était protégée par un accord marchand, tant que le commerce était possible. Cependant, durant la saison verte, l'inondation des routes entre les deux royaumes forçait l'arrêt des échanges, ce qui levait les restrictions du traité.

Lorsque cela se produisait, les villes frontalières gorgones souffraient de fréquents raids. Vêtus de voiles comme le mien, ou même les yeux bandés, les loups-garous détruisaient sauvagement les propriétés des gorgones et pillaient les ressources des villes. Des meurtres étaient également commis.

Les magistrats demandaient sans cesse au roi Zeldren de faire cesser ces attaques. Il avait accepté d'envoyer un ambassadeur pour négocier une éventuelle extension de la période du traité. J'avais demandé à être retenue pour le poste d'ambassadeur. Bien sûr, les conseillers ne l'avaient pas bien pris.

Lors de ma prise de parole, la stupeur sur leurs visages avait été criante. Ensuite, tout le monde s'était déchaîné. Certains avaient ri, d'autres crié, mais personne ne m'avait laissé une chance de m'expliquer.

Le roi manœuvrait sa chaise roulante pour monter le grand escalier.

— Je n'ai jamais réussi à les perturber autant que toi aujourd'hui.

Il avait l'air amusé, et même quelque peu envieux.

Je me sentis découragée.

— J'aurais mieux fait de me taire.

— Pourquoi ? (Le roi haussa les épaules et se dirigea vers le couloir menant à sa chambre.) En principe, il serait logique de t'envoyer à Sarnala. Les loups-garous se méfient toujours des gorgones. Les négociations se dérouleraient plus facilement, j'imagine, si les deux parties pouvaient se regarder directement dans les yeux.

— Pourtant, le Conseil ne l'acceptera jamais, uniquement parce que la suggestion vient de moi.

Il ne le contesta pas.

— Le poste d'ambassadeur royal est très convoité, dit-il. Il y aura de la concurrence, quoi qu'il arrive. Mais quelle que soit la décision du Conseil, je ne t'enverrais pas de toute façon.

Je me retournai pour lui faire face.

— Et pourquoi cela ?

Il haussa les épaules avec désinvolture.

— Pourquoi risquer que l'un de mes biens les plus précieux soit volé par une bande de sales loups-garous ?

Cela résumait ma position à la cour de Lorsan. J'étais le jouet préféré du roi. Un jouet précieux, peut-être, mais toujours un « objet » en sa possession.

Je me pinçai les lèvres.

— C'est dommage. Parce que j'avais aussi une idée pour améliorer le commerce avec Sarnala. En toute saison.

Puis je relevai le menton et allai droit devant.

— Quel genre d'idée ? lança-t-il depuis sa chaise derrière moi.

Je ne lui répondis pas, car les gardes étaient là, près de la porte. Après être entrée dans la chambre royale, je fermai les portes et m'appuyai contre.

Il tourna sa chaise pour me faire face.

— Explique-toi, Amira. De quoi parles-tu ?

Au moins, j'avais toujours « l'attention du roi ». Il avait l'air prêt à m'écouter.

— Le commerce avec Sarnala s'arrête à cause des inondations, n'est-ce pas ?

— Oui.

Des inondations n'empêcheraient jamais les gorgones de se déplacer, mais les loups-garous n'aimaient pas l'eau. Ils ne s'aventuraient pas loin dans Lorsan sans routes praticables.

— Sarnala a besoin de routes dégagées pour que les chariots et les chevaux des loups-garous puissent circuler, afin que le commerce puisse continuer.

— En effet, déclara le roi.

— J'ai étudié la carte de la rivière Ahonne, et je crois qu'au moins un des itinéraires pourrait être sauvé de la crue. Celui qui longe sa rive au nord.

— Sauvé ? Mais comment ? demanda-t-il, l'air intrigué.

— En construisant une digue.

Le roi souffla en secouant la tête.

— Nous ne ferons rien qui pourrait restreindre l'écoulement naturel de l'eau à Lorsan. Ce serait comme un blasphème.

— Une digue ne serait pas vraiment restrictive, elle ne ferait que rediriger l'eau. Pensez-y. Est-ce que ça ne vaudrait pas le coup ? Une route à sec tout au long de l'année faciliterait le commerce et prolongerait automatiquement le traité, ce qui sauverait les vies et les biens des gens.

Il n'avait pas l'air convaincu.

— La recommandation du Conseil est d'augmenter les patrouilles armées le long de la frontière.

— Je sais, soupirai-je. Les gorgones ont tendance à utiliser la force pour résoudre tous les conflits. Les loups-garous aussi. Mais les choses pourraient être réglées sans agressivité ni violence. Dans ce cas, du moins.

Il se frotta la nuque.

— La construction peut poser problème.

— En effet. Mais c'est là qu'une planification minutieuse est importante. Les loups-garous ont construit plusieurs digues à Sarnala. Leur terre est si plate à certains endroits, qu'ils auraient aussi des marécages, s'ils n'avaient pas contenu les inondations. Au lieu de négocier l'extension du traité, l'ambassadeur pourrait présenter l'idée aux loups-garous et obtenir leur aide. Ici.

Je saisis un livre sous mon oreiller et l'ouvris à la page que j'avais marquée d'un signet.

— Regardez. Voici la carte d'un des bras de la rivière Ahonne sur le territoire de Sarnala. La digue ici a été construite il y a tout juste soixante ans, et elle fonctionne à merveille.

Il jeta un coup d'œil au livre que je tenais dans mes mains.

— Et si cela provoque une sécheresse sur mes terres ?

— Je ne crois pas, mais nous consulterons bien sûr des experts bien meilleurs que moi. Cependant, avec l'expertise des loups-garous et la magie gorgone, beaucoup de choses peuvent être accomplies.

— Voyons voir ça, dit le roi qui fit rouler sa chaise jusqu'à la table.

Il écarta le jeu de société en cours, posa le livre ouvert sur la table et se pencha dessus pour étudier la carte.

— Et là-dedans... dis-je en plaçant un autre livre à côté du sien. C'est la carte de la zone inondable le long de la rive nord de la rivière Ahonne, et la route commerciale qui la traverse.

Il plissa les yeux sur les deux et les étudia pendant un instant.

— Cela pourrait fonctionner. Le Grand Maître et ses apprentis devront en juger, bien sûr. Il supervise tous les projets de construction de cette envergure. Tu devras le présenter au Conseil...

Je l'arrêtai, en secouant la tête.

— Ils ne le regarderont même pas s'ils savent qu'il vient de moi. Vous devrez leur dire que c'était votre idée.

— Mais s'il s'avère réalisable et utile, ne veux-tu pas que le mérite te revienne ?

— Non, soufflai-je dans un rire. La digue ne sera jamais construite s'ils savent que l'idée vient de l'animal de compagnie humain du roi. Il y a des choses plus importantes que ma fierté ou un quelconque honneur. Si elle est construite, les deux royaumes en bénéficieront. Des vies seront peut-être sauvées. Je me fiche de ne jamais avoir de reconnaissance.

Il posa son regard sur moi.

— Tu fais passer les intérêts du royaume avant les tiens. C'est admirable. Mais tu devrais penser à toi également.

Je fis un signe de la main et étouffai un soupir.

— C'est inutile. Pour les conseillers et les Hauts seigneurs, je ne suis que le jouet du roi. J'aurais aussi bien pu continuer à jouer le rôle et garder les grelots sur mes tétons.

Il explosa de rire.

— Ils étaient délicieux !

Je roulai les yeux, mais je lui souris en retour. Au fur et à mesure que la sécheresse s'emparait de son corps, les humeurs joyeuses du roi se faisaient plus rares. Cette fois encore, son rire ne dura pas longtemps. Une expression sérieuse s'installa sur son visage, maintenant complètement couvert par le motif sombre et en relief de maillage en forme de diamant.

— Tu as raison. C'est tout ce que tu représentes pour eux,

répondit-il d'un ton lugubre. Ils te mettront en pièces et te mangeront toute crue après ma mort. La meute de chacals, cracha-t-il entre ses dents.

C'était la réalité à laquelle je ferais face si je restais dans le palais après sa mort.

— Je ne peux pas rester ici sans vous, dis-je, incertaine de ma véritable place à Lorsan, je savais déjà qu'elle ne pouvait pas être à Ufaris après le départ du roi. Je vais devoir partir.

Il secoua la tête.

— Peu importe où tu iras, ils te traqueront. Tu es un trophée trop tentant pour qu'ils te lâchent, mon petit humain, un morceau savoureux à posséder et à déguster, un symbole de statut social. Ils se battront pour toi comme ils le feront pour ma couronne.

Au fond de moi, je le craignais aussi.

J'avais suffisamment d'aptitudes et de connaissances pour exercer divers emplois, de femme de chambre à précepteur, ou même apprentie auprès du gardien des archives. Si je trouvais une activité à la cour d'un lord, je pourrais gagner ma vie et subvenir à mes besoins.

Sauf que les nobles ne me laisseraient pas en paix.

Mon statut d'humaine me rendait inemployable dans tout le royaume. J'étais un bien mobilier, un objet rare. Et en tant qu'animal de compagnie du roi, les gens me connaissaient. Se cacher serait difficile, voire impossible.

— Je pense déménager à Sarnala. (J'avais lu des textes sur le territoire voisin. C'est ainsi que j'avais trouvé des informations sur les digues.) Au moins, en vivant parmi les loups-garous, je n'aurais pas besoin de porter le voile.

Le roi ne sembla pas apprécier cette idée. Il fronça les sourcils et frotta son torse à travers sa magnifique tunique de soie brodée.

— Les loups-garous ont des dents suffisamment aiguisées pour te mettre en pièces, Amira.

— C'est pourquoi j'ai pensé qu'aller à Sarnala en tant qu'ambassadeur royal serait idéal. Ce statut m'offrirait une bonne protection.

— Ce ne sera pas suffisant, répondit-il. Tu auras besoin d'un niveau de protection bien plus élevé, le plus haut possible. Je vais devoir t'épouser, ajouta-t-il de manière inattendue.

— Vous... Quoi ?

J'avais sûrement mal entendu.

Il braqua ses yeux sur moi. Ils étaient autrefois d'un ambre profond, mais leur couleur s'était ternie et avait pâli ces derniers mois. Toutefois, leur expression était toujours aussi vive.

— La seule façon pour toi d'avoir une chance de te battre après ma mort, dit le roi, est que je te transmette ma couronne. En tant qu'épouse, tu seras mon successeur.

— Wow... Attendez. Vous voulez... Ça ne marchera jamais.

Mon esprit était en ébullition à ses propos. Il ne pouvait pas être sérieux.

C'était énorme. C'était... insensé.

Je n'étais pas sa compagne.

Je n'étais même pas une gorgone.

Pourtant, le roi semblait déterminé.

— Quand je ne serai plus là, Amira, la couronne te donnera la protection que je ne pourrai plus te fournir.

— Mais comment ? Les nobles sont déjà méfiants à mon égard, soulignai-je. Ils me couperont la tête encore plus vite si vous placez la couronne de Lorsan dessus.

On ne s'en sortirait jamais avec ça.

Il tapota le cercle en or agrémenté de pointes de pierres précieuses polies nichées entre les *senties* sur sa tête.

— Le porteur de cette couronne détient le pouvoir. Si elle est transmise publiquement, il sera difficile de la contester ou de la retirer. Les Hauts Seigneurs devront te jurer fidélité en tant que successeur. Ils feront un serment, s'ils le brisent, ils seront condamnés au Jardin des Maudits. Viens ici. (Je m'agenouillai devant sa chaise, et il posa ses mains sur mes épaules.) Si tu la joues bien, mon enfant, la couronne t'aidera à garder la tête sur les épaules.

Je fermai les yeux en écoutant ses propos. Dans mon esprit, ils commençaient à faire sens. Cela pouvait être ma chance. Dans mon cœur, cependant...

— C'est tellement... inattendu.

Ce serait un mariage qui n'en aurait que le nom, mais je serais sa femme. Le seul homme qui aurait pu être mon mari était maintenant mort.

— Amira, poursuivit le roi en prenant ma main pour m'aider à me relever et il m'attira sur ses genoux. (Ses cuisses étaient si dures et solides à présent, même avec la tunique qui les recouvrait, que j'avais l'impression d'être assise sur une chaise en bois.) Si c'est un engagement antérieur qui te retient, laisse-le tomber, dit-il sévèrement.

Je laissai mon regard se poser sur mes mains croisées. Fidèle à sa parole, Kyllen ne m'avait jamais quittée. À présent, sa présence s'était si profondément installée dans mon cœur que je n'avais aucun doute sur le fait que nous étions vraiment les deux parties d'un tout. Il n'y avait pas de vie pour moi sans lui, même dans la mort.

Le roi me caressa le bras.

— Un message est arrivé de la commission que j'ai envoyée à Ellohi.

— Quand ? demandai-je.

Et mon attention revint sur lui.

— Hier. Kiris l'a apporté pendant que tu étais aux archives.

— Et vous m'en parlez seulement maintenant ?

— J'essayais de trouver la meilleure façon de te le dire. (Il se décala légèrement.) Les nouvelles ne sont pas bonnes.

J'avais essayé de ne pas laisser l'espoir germer dans mon cœur. Il s'y était pourtant infiltré. Et maintenant, il allait être anéanti une fois de plus.

— La mort de Kyllen est confirmée, annonça le roi.

Le vide à l'intérieur de moi grandit plus que jamais et y étouffa toute trace de lumière. Je fermai les yeux alors que le monde tout autour continuait à tourner de façon incontrôlée.

Combien de fois dois-je te perdre ?

Il n'y avait plus de limites. Le supplice ne s'arrêterait jamais.

Le roi caressa mon genou.

— Le rapport complet est dans les archives. Tu pourras le lire quand tu seras prête.

Ma tête fut prise de vertiges. Pendant un moment, j'en oubliai comment respirer. La douleur n'avait jamais cessé, ne s'était jamais atténuée.

Puis un besoin dévorant de vengeance remonta à la surface.

— Bherlon a-t-il été arrêté ?

Je voulais voir cet homme souffrir au moins d'une partie de la douleur que j'avais ressentie. Il devait payer pour ce qu'il avait fait.

Le roi pressa ses lèvres dans une expression étrange.

— Quoi ? demandai-je. S'il vous plaît, ne me dites pas qu'il s'est enfui.

— Lord Bherlon a également été déclaré comme mort.

— Ça n'est pas possible. Il est mort ? Mais comment ?

— Tué, apparemment. Les circonstances ne sont pas encore claires. C'est pourquoi je n'ai pas rappelé mes enquêteurs. La commission reste à Ellohi pour le moment.

Je serrai mes mains sur mes genoux. Le roi posa sa grande paume rugueuse sur mon poing.

— Dans tous les cas, tu devras oublier Kyllen, Amira. Il est ta faiblesse. Même son souvenir te bouleverse et te rend vulnérable. Un souverain ne peut pas se permettre d'avoir la moindre faiblesse.

— Un souverain... répétai-je, tout engourdie à l'intérieur. Je ne suis pas une reine.

— Tu le seras. Je vais annoncer nos fiançailles immédiatement. Nous nous marierons demain. Comme tu le sais, ma très chère épouse, il ne me reste pas beaucoup de temps pour profiter de notre mariage. Nous devons agir vite.

Était-il en train de faire une énorme erreur ? Serais-je idiote de le suivre ?

Une couronne pouvait me donner une seconde chance. Mais elle pouvait aussi causer ma perte.

Il aperçut le doute sur mon visage.

— Je le fais pour te protéger, mon enfant, pour t'offrir une arme assez forte pour t'opposer aux seigneurs et à leur pouvoir. Mais ne te méprends pas. Prendre la couronne n'est que la première étape. La garder sera le vrai défi. Je ne te la donnerais pas si je ne sentais pas que tu avais ce qu'il faut pour la garder. (Il me serra la main.) Tu as la soif de savoir. Tu as un esprit fort et un cœur noble. Tu as acquis la confiance nécessaire pour t'exprimer. La couronne sur ta tête incitera simplement les autres à être attentifs la prochaine fois que tu parleras.

Je m'appuyai contre son torse :

— Merci.

Le roi risquait de penser que j'étais reconnaissante pour la couronne. Mais je l'étais pour bien d'autres choses : celle d'avoir vu une personne en moi alors que personne à Ufaris ne le faisait, d'avoir cru en moi et de m'avoir instruite. Parce que c'était exactement ce qu'il avait fait pendant tout ce temps, en discutant de stratégies avec moi, en me parlant de son passé, en m'expliquant son processus décisionnel, le roi m'avait appris à gouverner.

Il effleura ma joue à travers mon voile.

— Je crois que tu t'en sortiras très bien, petite humaine.

Dix-Sept

AMIRA

J'avais entendu dire que les femmes rêvaient depuis leur enfance du jour de leur mariage. Pas moi. À l'époque où je travaillais à la ménagerie, je n'avais eu ni le temps ni l'énergie pour ça. De plus, personne ne pouvait correspondre, même de loin, à un éventuel futur mari.

Même Kyllen, je n'avais pas rêvé l'épouser. Tout ce que j'avais souhaité était simplement d'*être* avec lui.

La veille de mon union avec le roi, je ne réussis pas à trouver le sommeil. Tandis que ses ronflements emplissaient la pièce, je sortis hors de mon nid pour m'asseoir à la fenêtre. Les jambes blotties contre mon corps, je regardai les quelques planches à pagaie qui défilaient sur le lac sombre, loin en dessous.

Kyllen n'avait jamais demandé ma main. Pourtant, mon mariage avec le roi me semblait toujours être une trahison. S'il y avait vraiment une vie après la mort pour les gorgones, alors Kyllen devait savoir ce que je ressentais, même dans l'au-delà. Il avait été toujours si attentif à mes émotions de son vivant.

J'aurais aimé pouvoir lui parler à nouveau, voir son visage une fois de plus. J'avais rêvé de lui presque toutes les nuits. Mais ça n'avait été que des rêves ordinaires, et non pas les visions si réelles du début.

Je fermai les yeux et pris une longue inspiration. Je le *sentais*. Le lien entre nous était si fort que même la mort ne pouvait le briser. Je percevais son affection, je la saisis et la laissai me remplir de chaleur.

Je n'avais pas besoin d'apprendre à vivre sans Kyllen après tout, parce qu'il n'était jamais vraiment parti. Il n'avait jamais été plus loin qu'à une pensée de moi.

Je plaçai ma main contre moi et j'entortillai mes doigts. Il ne fallut que quelques battements de cœur avant que je ne ressente la sensation de ses doigts tièdes et forts entrelacés avec les miens. Cela ne durait jamais bien longtemps, juste une seconde ou deux, avant que la sensation ne disparaisse et que la chaleur ne glisse entre mes doigts comme la brume du matin.

— Quoi qu'il arrive, je serai toujours à toi, chuchotai-je. Ne me laisse pas partir. Ne me laisse jamais partir.

Je pouvais épouser un autre homme demain, mais il n'y aurait jamais de place pour quelqu'un d'autre dans mon cœur. Où qu'il fût, j'avais envie de croire que Kyllen le ressentait aussi.

Je restai assise à écouter les sons familiers de la nuit d'Ufaris.

Dans quelques heures, j'allais épouser Zeldren et devenir la reine de Lorsan, un rôle que je n'avais jamais rêvé d'endosser, je me sentais comme un imposteur en l'acceptant.

En temps normal, les gens avaient toute leur vie pour se préparer à quelque chose comme ça.

Moi, je disposais seulement de quelques heures.

Il y aurait des courtisans, des lords et des conseillers à qui parler. Chacun me jugerait et m'évaluerait. En tant qu'animal de compagnie du roi, je n'étais pas censée parler. Mon silence m'avait aidée à mieux observer et analyser. À présent, je connaissais ces gens bien mieux qu'ils n'en savaient sur moi. Cela pourrait me conférer un avantage si je l'utilisais correctement.

Zeldren avait dit que la couronne n'était qu'une arme. Mais c'était une arme puissante. Je devais apprendre à manier le pouvoir qu'elle me conférerait. Alors je pouvais espérer garder ma tête et vivre un jour de plus.

Les feuilles de l'arbre bougeaient doucement avec la brise. Les racines absorbaient l'eau du lac, puis la déversaient le long de ses branches en cascades. Une partie avait été détournée pour remplir les pièces d'eau dans les nombreuses chambres des courtisans. D'autres coulaient librement. Le bruit du ruissellement de l'eau ajoutait une note apaisante à la nuit calme.

Les lumières douces des insectes lumineux des arbres se reflétaient sur le lac lisse en contrebas. La musique des tavernes au loin se propageait à sa surface. Quelque part à proximité, la vie débordait d'énergie. Mais de ce côté de l'arbre, tout était silencieux.

Je restai éveillée des heures durant, à apprécier la nuit, jusqu'à ce que le ciel se grise avec le lever du soleil, et que les étoiles vacillent et pâlissent.

À la place de la musique, des voix lointaines retentirent à la surface de l'eau. Les planches à pagaies des marchands glissèrent sur le lac, chargées de paniers de pain ou de fruits et légumes.

Des équipes d'arboriculteurs apparurent sur les arbres. Grâce à des systèmes complexes de cordes et de poulies, ils pouvaient atteindre n'importe quelle branche, tailler et façonner les rameaux ou réparer les fissures dans l'écorce.

La vie animée d'Ufaris m'était devenue familière. Ses sonorités réconfortantes.

C'était le plus long séjour que j'avais jamais fait au même endroit, et j'adorais ce lieu. Chaque petite chose banale me faisait me sentir chez moi. J'aimais avoir plus d'un vêtement de rechange et assez d'espace pour les ranger. J'aimais savoir où serait mon prochain repas et où je dormirais chaque nuit.

Je ne l'avais pas forcément prévu, mais Ufaris était devenu mon foyer, et je ne voulais plus le quitter.

J'étais prête à me battre pour le garder.

Alors que le ciel s'éclaircissait, je retournai dans mon nid et dormis une heure ou deux avant que Kiris et sa petite armée de domestiques n'apparaissent.

Juste après le petit déjeuner, un groupe tout aussi énergique de servantes et de dames d'honneur arriva pour m'emmener dans les quartiers adjacents destinés à la reine.

Ces chambres avaient rarement été occupées durant le règne de Zeldren. Il n'y avait jamais eu de reine auparavant. J'avais lu que d'importants dignitaires avaient séjourné ici à quelques occasions. En dehors de cela, ces pièces étaient restées vides.

Jusqu'à aujourd'hui.

En une nuit, l'appartement avait été nettoyé et dépoussiéré. Des draps frais, rose bonbon, ornaient le luxueux nid. De nouveaux tapis d'herbe recouvraient les sols.

Les servantes me baignèrent et me brossèrent les cheveux. Les dames d'honneur — les épouses et les filles des seigneurs et des courtisans qui m'avaient rarement parlé dans le passé — discutaient avec animation. Elles voltigeaient dans la pièce et remplissaient l'espace d'activité sans être particulièrement utiles.

J'étais habillée d'une tunique vert pomme. En raison des contraintes de temps, le maître de la garde-robe royale et son équipe de tailleurs et de couturières avaient simplement utilisé l'un de mes anciens vêtements. Ils y avaient fixé la plus longue et la plus luxueuse pièce de dentelle qu'ils avaient pu trouver pour la traîne, puis avaient ajouté des manches assorties, presque aussi longues. Puis les couturières y avaient cousu le plus de perles d'eau douce et de fil d'or possible.

Le résultat était à couper le souffle. Je n'avais jamais porté quelque chose d'aussi élégant. L'or et les perles brillaient à la lumière du jour. La dentelle délicate des manches épousait le haut de mes bras et s'évasait des coudes jusqu'au sol.

Les servantes laissèrent mes cheveux détachés pour cette journée. Dans l'air humide de Lorsan, ils se bouclèrent immédiatement dans leurs épaisses ondulations naturelles. En guise de couronne, elles fixèrent des nénuphars jaunes au cercle qui maintenait le voile sur ma tête.

Les dames d'honneur sortirent des dizaines de coffres remplis de colliers, bagues, bracelets et anneaux de cheville inestimables.

Une fois terminé, j'avais l'impression de porter tout le trésor du roi sur mon corps. Mes bras étaient lourds, avec les bracelets en or en forme de serpents qui s'enroulaient en spirale depuis mes poignets jusqu'aux coudes. J'avais au moins une bague à chaque doigt. Mes jambes étaient décorées de mes orteils à mes cuisses. Et un collier à plusieurs étages pesait lourdement sur ma poitrine, avec des fils de perles, de cristaux et d'or qui tombaient en cascade jusqu'à mes seins.

— Vous êtes magnifique, roucoulèrent les dames d'honneur.

« *Finissons-en avec ça* » me tournait dans la tête. Avec tout ce poids sur moi, je me demandais combien de temps je tiendrais.

Sortir de la pièce était déconcertant. Le couloir et le hall attenant étaient bondés de gens qui me dévisageaient. L'envie de fuir et de me cacher dans un petit recoin sombre me démangeait. Mais je pris une profonde inspiration et levai le menton.

J'étais sur le point de devenir leur reine, et une reine ne fuyait pas. Elle relevait tous les défis et y faisait face. Elle gérait l'attention des autres avec grâce.

Avec un grand sourire sur le visage, je gardai la tête haute et bravai leurs regards au lieu de les éviter. Ils s'inclinèrent devant moi en retour.

Zeldren m'attendait en haut du grand escalier de la salle principale. Sa chaise avait été ajustée pour être à ma hauteur, épaule contre épaule.

— Tu es un magnifique spectacle, ma fiancée, me salua-t-il.

— Merci, répondis-je avec un sourire. Vous êtes également très élégant.

La longue tunique vert chasseur du roi, brodée d'or et de pierres précieuses, rehaussait sa prestance royale. Le riche tissu enveloppait la chaise et la dissimulait en grande partie.

Mon souffle se bloqua dans ma gorge lorsque je me retournai pour faire face à la foule rassemblée en bas des escaliers. Le hall principal que j'avais souvent parcouru, en admirant les œuvres d'art sur les murs, était maintenant noir de monde. Le parquet n'était plus visible sous les pieds des nombreux courtisans et les traînes des robes des dames.

Tous les regards s'étaient immédiatement tournés vers nous. L'impact de tous ces yeux fixés sur moi était presque physique. Je haletai doucement.

Le roi gloussa.

— Ils sont venus ici pour te voir, Amira. Salue-les.

Ils étaient là pour voir leur souverain mourant qui, selon eux, avait perdu la tête en épousant son « animal exotique ». Mais je fis ce qu'il me demandait. Je souris et agitai ma main en guise de salutation, comme une reine le ferait.

Quelque chose cliqueta à côté de nous. Le palier supérieur bougea légèrement, puis avança doucement, pour nous faire traverser le hall.

Je m'agrippai à la balustrade latérale tandis que l'escalier se redessinait, il se plia d'abord en une colonne verticale droite, puis se déplia à nouveau en escaliers, qui conduisaient maintenant dans la direction opposée. La plateforme supérieure communiquait avec le large balcon en face de l'immense horloge.

La grande prêtresse et le conseiller Delahon nous y attendaient.

Le roi prit ma main dans la sienne, sa peau rêche était rugueuse et sèche, ses doigts se raidirent en se fermant sur les miens, mais son sourire était toujours aussi grand. Il m'emmena au bord du balcon, jusqu'à la balustrade aux branches d'arbres entrelacées.

Des milliers d'acclamations fusèrent du lac en contrebas. Elles se fondirent en une explosion de bruit, qui s'éleva des flots jusqu'aux plus hautes branches des arbres.

Ce spectacle de la foule me coupa le souffle. On ne pouvait pas voir la moindre surface d'eau. Chaque centimètre carré du lac était occupé par des bateaux, des planches à pagaie ou simplement des personnes qui flottaient sur l'eau. Les mains en l'air, ils criaient, applaudissaient et m'acclamaient.

Il ne pouvait pas s'agir uniquement des habitants d'Ufaris. La nouvelle du mariage n'avait pas mis beaucoup de temps à circuler. Certaines gorgones des territoires voisins avaient dû venir durant la nuit.

Je levai la main pour les saluer, et la foule répondit par une nouvelle éruption de bruit. Ils n'étaient pas tous heureux que j'épouse leur roi, c'était certain. Mais un mariage était une occasion de faire la fête. La plupart des gens étaient de bonne humeur.

Quelle signification ce mariage avait-il pour eux ? Les seigneurs de Lorsan aimaient la guerre et les conflits, mais les gorgones ordinaires chérissaient la période de paix et de prospérité qui avait marqué les dernières années du règne de Zeldren. Avec moi, désormais, aux côtés du roi, il y avait l'espoir d'une transition en douceur, sans qu'une nouvelle guerre n'éclate entre les Hauts Seigneurs.

Une succession sans heurts, l'espoir d'une stabilité future et la paix, autant de bonnes raisons de se réjouir.

La grande prêtresse leva les bras. La brise du lac saisit les manches de sa longue robe dorée et les gonfla comme deux ailes dans les airs. Elle commença la cérémonie.

Sa voix puissante se propagea au-dessus du lac et couvrit facilement le bruit de la foule en contrebas. Deux gros appareils, placés de chaque côté du balcon, captaient et amplifiaient le son de sa voix, elle pouvait ainsi être entendue par tout le monde à Ufaris.

Quand arriva le tour du roi pour prononcer ses vœux de mariage, il serra ma main un peu plus fort.

— Amira, je te promets ma confiance et ma loyauté jusqu'au jour où le Grand Serpent me reprendra.

Une vague de magie tournoya autour de nous pour sceller ses paroles. Elle était accompagnée par les cris d'émerveillement et d'étonnement de la foule, stupéfaite par ces propos.

Comme toute promesse, briser un vœu de mariage entraînait la damnation et la mort à Lorsan. L'amour n'était pas quelque chose de facile à contrôler. C'est pourquoi les gorgones ne juraient jamais de s'aimer. Ils s'engageaient plutôt sur ce qu'ils pouvaient réellement donner.

La confiance inconditionnelle du roi et sa loyauté étaient des cadeaux précieux que personne dans le royaume ne possédait, sauf moi, à présent.

Les promesses humaines n'avaient pas le même poids que celles des fae. Je ne risquais pas les mêmes conséquences si je rompais mon serment. Mais je le ressentis au plus profond de mon cœur quand je déclarai :

— Vous aurez également ma confiance et ma loyauté, Votre Majesté. Je me tiendrai à vos côtés aussi longtemps que vous serez avec moi. Et je vous garderai dans mes plus beaux souvenirs jusqu'au jour où je m'en irai, moi aussi.

Ce n'était pas seulement un mariage, mais également un adieu, en quelque sorte. Mes yeux s'emplirent de larmes et je les clignai rapidement pour essayer de m'en débarrasser.

Zeldren sembla ému par mes paroles. Il prit mes deux mains dans les siennes, puis déposa un baiser sur mes lèvres à travers mon voile. C'était le seul baiser que nous n'avions jamais partagé.

La foule applaudit.

Je venais peut-être d'épouser le roi de Lorsan, mais mon engagement pour la vie était envers eux, le peuple du royaume. C'était à eux que je devais promettre ma loyauté, et il me faudrait travailler dur pour gagner la leur en retour.

L'envie de mettre des mots sur tout cela était grande. Pourtant, face aux milliers de visages tournés vers moi, je restai figée. Les mots m'avaient abandonnée. Tout ce que je pus faire était un geste pour les saluer, et sourire à nouveau.

Le conseiller Delahon scella notre acte de mariage pour le joindre aux autres documents d'unions royales dans les archives. Puis tout le monde monta sur la terrasse extérieure, lovée entre les branches principales de l'arbre.

J'étais officiellement sacrée reine de Lorsan. La tresse de nénuphars jaunes fut retirée de ma tête et une copie identique de la couronne de Zeldren fut fixée au cercle de mon voile.

Elle n'était pas magique comme celle du souverain, mais le seul fait de la porter conférait un certain pouvoir. Je n'étais plus le jouet de Zeldren, un objet que l'on pouvait offrir, voler ou renvoyer. J'étais la reine, et je ressentis tout le poids de la couronne sur ma tête dès qu'elle y fut placée.

— Sa Majesté la reine va-t-elle s'adresser à la cour maintenant ? demanda le conseiller Delahon à Zeldren, qui se tourna vers moi.

— Je ne sais pas. Nous devons consulter *Sa Majesté* elle-même.

C'était moi. Ils s'adressaient à moi en tant que reine. Il était de mon devoir d'agir en conséquence, même si mon cœur se tordait d'appréhension à l'idée de parler aux milliers de personnes qui se pressaient sur la terrasse.

Dressée sur une estrade au-dessus d'eux, je balayai des yeux la place. Les visages des courtisans me rencontrèrent, tant de visages encadrés par des *senties* colorées, richement décorées. Les yeux de certains brillaient d'une hostilité mal déguisée. D'autres paraissaient amicaux. La plupart semblaient attendre.

Ils voulaient que je parle, et quelques-uns espéraient que j'échoue.

J'inspirai une grande bouffée d'air.

— Peuple de Lorsan...

Ma voix se brisa, et je toussotai.

Les courtisans ne représentaient pas vraiment le peuple de Lorsan.

Je me tournai vers le conseiller Delahon.

— Je dois les voir tous, expliquai-je en faisant un grand geste, au-delà de la terrasse et de l'arbre royal du palais.

Je froissai la soie de ma jupe entre mes mains, soulevai l'ourlet et quittai la plateforme du trône. Je franchis la terrasse, les courtisans s'écartèrent, la foule se divisa en deux pour moi comme la mer. Je m'approchai de la balustrade pour voir les gens sur le lac en contrebas.

Les lieux semblaient encore plus bondés maintenant. Des rangées de radeaux chargés de nourriture et de boissons s'étendaient entre les arbres. Des marchands sur des planches à pagaie se faufilaient à travers la multitude de bateaux et de personnes, pour vendre des rafraîchissements à la foule qui ne voulait pas se disperser. Les gens s'étaient rassemblés ici pour faire la fête, et c'est ce qu'ils faisaient.

Certains me remarquèrent près de la balustrade.

— La reine ! crièrent-ils en faisant des gestes vers le haut.

Des milliers d'autres acclamations et de cris suivirent, tandis que certaines personnes inclinaient la tête et me dévisageaient.

Je fis un mouvement pour que les haut-parleurs soient déplacés de l'estrade à la balustrade. Quand cela fut prêt, je pris la parole.

— Peuple de Lorsan. J'ai promis ma loyauté à votre roi, mais je veux aussi vous faire un serment.

Une clameur déferla sur le lac en guise de réponse, et résonna avec la stupéfaction de la foule. C'était sans précédent qu'un souverain fasse une promesse à l'ensemble du royaume. Il était impossible pour une gorgone de tenir un tel engagement en raison des nombreuses opinions et interprétations différentes.

En tant qu'humaine, je voulais simplement parler du fond du cœur et je croyais en chaque mot que je prononçais :

— Je promets de diriger ce royaume dans le respect de vos intérêts. Je m'efforcerai toujours d'améliorer la vie de chacun à Lorsan. Je promets d'être équitable, juste et attentionnée. De saisir chaque occasion d'apprendre comment devenir la reine que vous méritez. *Votre* reine.

De tels propos n'avaient jamais été avancés par aucun des souverains de Lorsan. Le public semblait stupéfait. Seul un grondement silencieux s'élevait au-dessus de la surface du lac.

Tout le monde savait que les promesses humaines étaient faciles à donner et à retirer. Cependant, en m'adressant à une foule de milliers de personnes, j'avais ainsi un grand nombre de témoins qui pouvaient me demander des comptes. Je pensais vraiment ce que j'avais dit, et j'étais prête à tenir mes promesses.

Le sens de cette phrase s'installa lentement dans l'esprit des gorgones, puis... tous se mirent à applaudir, à agiter leurs bras, leurs *senties* et leurs pagaies dans les airs, en se tenant en équilibre sur leurs planches. Ils grimpèrent sur les radeaux des marchands et s'accrochèrent aux branches basses des arbres voisins.

Les acclamations ne m'étaient pas seulement destinées. D'autres étaient pour le roi. Certains criaient leurs félicitations pour le mariage. Mais peu importe ce qu'ils scandaient, ils me souhaitaient tous bonne chance.

Je ris, en agitant énergiquement les deux mains.

Le conseiller Delahon surgit à mes côtés.

— Très bien, Votre Majesté. Retournons maintenant sur votre trône.

— J'aimerais être là-bas, sur le lac, répondis-je en continuant à faire signe aux gens rassemblés sous les arbres royaux.

— C'est impossible. Et dangereux. Votre place est à côté de votre mari.

Il me saisit par le coude et me ramena doucement, mais fermement vers le trône sur l'estrade.

Zeldren me tapota la main quand je pris place à ses côtés.

— Tout comme la couronne, le soutien du peuple est plus facile à gagner qu'à conserver, prévint-il. Mais pour l'instant... Bien joué, ma reine.

Le retour dans nos chambres respectives ne se fit que tard dans la soirée.

Mes nouvelles servantes et dames d'honneur me débarrassèrent de ma robe, me donnèrent un autre bain, tressèrent mes cheveux et m'habillèrent pour ma première nuit avec mon nouvel époux.

Elles riaient et se taquinaient avec bonne humeur tout en me frottant d'huiles parfumées, puis décorèrent mon corps de fleurs et de colliers de perles, comme si une nuit de passion m'attendait vraiment.

Une fois les portes de la chambre du roi ouvertes, j'entrai et les refermai immédiatement derrière moi. Puis je me débarrassai rapidement de tous les ornements et décorations qui me faisaient ressembler à un sapin de Noël.

Le roi était déjà au lit. Je me dirigeai tranquillement vers mon petit nid près de la fenêtre et enfilai ma chemise de nuit toute simple.

— Ce soir, tu devras passer la nuit avec moi, râla-t-il dans l'obscurité. C'est une tradition. Ils s'attendent à te trouver là au petit matin.

Je m'approchai de lui et me glissai sous les couvertures. Je savais qu'il détestait partager son espace intime, alors je restai loin de lui, juste au bord de son nid spacieux.

— Fatiguée ? demanda-t-il, d'une voix rauque d'épuisement.

En temps normal, la célébration d'un mariage royal s'étendait sur une longue période. Le couronnement constituait un autre grand événement qui avait lieu des jours, voire des semaines plus tard. Mais le roi n'avait plus beaucoup de temps. Il ne lui restait peut-être même plus quelques jours. Tout devait être très rapide.

Je soupirai :

— C'était une journée follement chargée.

Il pouffa de rire.

— Je ne pensais jamais me marier !

Je me tournai sur le côté pour lui faire face.

— Regrettez-vous de l'avoir fait, finalement ?

Il releva une tresse qui se trouvait le long de mon visage et la fit passer par-dessus mon épaule.

— Non, mon orchidée de rivière. Aucun regret à ce sujet. Je le referais, ne serait-ce que pour revoir les regards furieux des Hauts Seigneurs, alors que la couronne qu'ils désiraient tant leur échappait, dit-il en ricanant.

— Ils vont se battre contre moi.

— Oh, je sais qu'ils le feront. Mais j'ai aussi la conviction que tu t'en sortiras.

Je ne me sentais pas aussi confiante qu'il en avait l'air, mais la détermination têtue de garder la couronne qu'on m'avait donnée s'était déjà bien ancrée en moi.

— Je m'en sortirai, répondis-je fermement.

Il me caressa la joue, sa peau rugueuse égratigna la mienne même à travers le voile.

— J'ai quelques regrets, cependant, dit-il sombrement. Je pense sans cesse à des choses qui se sont passées bien avant ta naissance, Amira.

Il s'adressait à moi, mais on aurait dit qu'il parlait surtout à lui-même, sans exiger de réponse, alors je ne dis rien et le laissai parler.

— Je regrette certaines choses que j'ai faites quand j'étais plus jeune. Je n'arrête pas de penser aux personnes à qui j'ai fait du tort.

Sa vie avait été longue et mouvementée et, ces derniers temps, il avait eu tout le loisir de l'analyser.

— On dit qu'il n'est jamais trop tard pour se racheter, suggérai-je doucement.

— Oh, pour moi si, mon enfant. Vraiment. Plus personne n'est là aujourd'hui. Je m'en suis assuré, ajouta-t-il avec un rire amer.

— Eh bien, peut-être que vous les rencontrerez dans l'au-delà, alors ?

— Et je vais devoir espérer qu'ils ne me cracheront pas au visage quand ils me verront ? se moqua-t-il.

— Peut-être qu'ils ne le feront pas. Peut-être qu'ils vous laisseront une chance de vous racheter. Que serait l'intérêt d'une vie après la mort si on ne donnait pas aux gens une chance de réparer les torts qu'ils ont commis de leur vivant ?

Il ne répondit pas, mais ses traits sévères se détendirent quelque peu. Il glissa son bras sous les couvertures, trouva ma main et la prit dans la sienne.

— Tu me réconfortes, petite humaine, depuis toujours, dit-il, les paupières baissées alors que le sommeil s'abattait sur lui. J'aurais aimé te connaître plus tôt, à l'époque où j'aurais encore pu être un bon mari pour toi.

Cela n'aurait jamais pu arriver. Si nous nous étions rencontrés plus tôt, il m'aurait brisée et anéantie dès la première nuit, et je l'aurais détesté pour le reste de mes jours, si je lui avais survécu.

Mais je ne lui dis rien de tout ça. Pour l'instant, le roi croyait qu'à un moment de sa vie orageuse et violente, il aurait pu être un bon mari et j'avais décidé de ne pas le contredire.

Je gardai simplement sa main dans la mienne tandis qu'il s'endormait.

Dix-Huit

AMIRA

— Votre Majesté, dit Delahon à l'attention du roi lorsque nous prîmes place à la table ronde dans la salle de réunion du Conseil.

Dix jours s'étaient écoulés depuis notre mariage. En tant que reine, j'assistais désormais à toutes les réunions et fonctions officielles du roi. Je n'étais plus assise sur un coussin à ses pieds, mais j'avais mon propre siège à sa droite.

— Nous avons reçu un message de Sarnala, annonça Delahon. Les loups-garous ont accepté votre proposition pour la digue.

— Ils offrent également leur aide pour la conception et la construction, ajouta le conseiller Zivras en ajustant les larges manches de sa tunique violette.

Je n'étais pas vraiment surprise que les loups-garous acceptent notre proposition. La prospérité de leurs communautés voisines dépendait largement du commerce avec les gorgones. Le désespoir était souvent la raison derrière leurs raids et leurs attaques lorsque le commerce était contraint de s'arrêter.

— C'est une excellente nouvelle ! m'exclamai-je en souriant, ravie.

Delahon salua mon enthousiasme en s'inclinant légèrement.

— Ils demandent nos cartes de la région et envoient des cadeaux au roi pour célébrer le début de cette collaboration.

— Construire la digue est une sage décision, acquiesça le conseiller Zivras. C'est une nouveauté pour Lorsan, mais qui s'avère nécessaire dans ce cas de figure.

— Une solution ingénieuse, observa le conseiller Oharen.

Ses propos furent accueillis par un murmure d'approbation autour de la table.

Zeldren eut un sourire narquois.

— Dites-leur d'envoyer des cadeaux adaptés à la reine alors.

— La reine ! s'exclamèrent les douze conseillers en se tournant vers moi, et je redressai le dos sous leurs regards.

Depuis que j'étais devenue leur souveraine, les conseillers n'osaient plus repousser mes propositions, mais ils n'exprimaient que rarement leur approbation. Sans l'aval du roi, même la couronne sur ma tête ne conférait pas encore beaucoup de poids à mes paroles.

Maintenant, ils marmonnaient confusément, en me jetant des regards interrogateurs.

— Vous êtes des imbéciles ! aboya Zeldren. Cette digue était l'idée de la reine Amira depuis le début. C'est elle qui l'a eue. Elle savait qu'il valait mieux ne pas le dire, car vous auriez eu beaucoup plus de mal à l'accepter. Mais c'est à elle que revient tout le mérite. (Il promena son regard lourd tout autour de la table.) Si vous ne pouvez pas évaluer la valeur d'une idée, quelle que soit son origine, alors vous êtes des idiots.

Les conseillers remuèrent sur leurs sièges. Certains avaient la tête baissée, mais ceux qui croisèrent mon regard avaient un nouveau respect dans leur attitude.

Je lançai un coup d'œil reconnaissant au roi. Il me faudrait du temps, de la patience et beaucoup d'autres décisions judicieuses pour convaincre le Conseil de m'accepter pleinement. Mais cela semblait être un premier pas dans la bonne direction.

Lorsque je grimpai dans son nid ce soir-là, le roi trouva tout de suite ma main. Depuis notre nuit de noces, il ne m'avait pas renvoyée dans mon nid près de la fenêtre ou dans les quartiers de la reine. Chaque nuit, je dormais avec lui, en lui tenant la main et en écoutant le grondement profond de ses ronflements.

— Merci, lui dis-je. Merci d'avoir pris ma défense aujourd'hui.

— Espérons que je n'aurai plus jamais à le faire, répondit-il. Les conseillers sont vieux et figés dans leurs habitudes, mais ils doivent comprendre que tu as ta propre vision des choses et des opinions qui valent la peine d'être écoutées.

Le lendemain matin, le onzième jour de notre mariage, je me réveillai dans un calme inhabituel. Il n'y avait que le ruissellement apaisant de l'eau dans les cascades, le doux bruissement du vent dans les branches à l'extérieur, et le crépitement feutré des ailes des insectes lumineux.

Le ronflement avait disparu.

Et je savais. Je savais que le roi n'était plus.

Je m'assis dans le lit. Je posai sa tête sur mes genoux, ses *senties* étaient raides et immobiles, et je pleurai.

Les choses s'étaient déroulées ainsi entre nous, pour une raison bien précise. Je savais que le roi n'aurait jamais pris le temps de me connaître ou de s'attacher à moi si je l'avais rencontré plus jeune. Il m'aurait irrémédiablement fait du mal, et aurait ruiné toute chance pour nous de devenir de vrais amants ou amis. Mais j'aurais quand même souhaité qu'il vive plus longtemps. Même si je m'étais préparée à le perdre, je ne me sentais pas vraiment prête. Je pleurai amèrement et commençai à porter son deuil.

Mais j'espérais aussi que l'esprit turbulent du roi soit emporté par le Grand Serpent dans l'au-delà auquel il croyait.

Zeldren avait peut-être été un véritable monstre la plus grande partie de sa vie, mais j'avais eu la chance de découvrir son côté le plus doux et le plus gentil. J'avais entrevu ses remords, et j'avais souhaité qu'il trouve la paix et le pardon dans le monde où il était parti.

C'est ainsi que Kiris et ses aides nous trouvèrent ce matin-là, le roi mort et moi qui le pleurais avec sa tête sur mes genoux.

— Au revoir, murmurai-je en embrassant le front de Zeldren, sa peau était froide et rugueuse comme l'écorce d'un vieil arbre. Merci d'avoir été mon ami au moment où j'en avais tant besoin.

Les funérailles commencèrent l'après-midi. Ils le vêtirent d'une tunique gris-brun, couleur du déclin et du deuil à Lorsan, et me mirent une robe de la même teinte.

Le corps de Zeldren fut déposé sur le tertre funéraire, sous le grand arbre royal, où tous les rois précédents avaient été enterrés.

La cérémonie officielle terminée, je restai longtemps sous l'arbre, après que tous les sceaux adéquats aient été apposés sur les registres et la plupart des gens partis.

Le soleil touchait l'horizon, sa lueur rougeâtre et dorée mettait en relief les ondulations à la surface du lac. Il faisait plus sombre sous le dôme. Même les personnes les plus loyales envers le roi ou les plus curieuses d'observer la reine humaine de plus près s'étaient déjà retirées.

Les gardes assignés à ma protection se tenaient à l'écart de cette crypte aquatique. Ils préféraient manifestement les rayons dorés et pourpres du soleil couchant à la pénombre verte et sinistre qui régnait sous l'arbre.

Il était temps pour moi de partir aussi, mais je m'attardai encore.

Le roi Zeldren n'avait jamais eu besoin de personne. Au contraire, il avait farouchement protégé son espace personnel. Pourtant, à la fin de sa vie, il n'avait plus supporté la solitude. Je me demandai si ce n'était pas la raison pour laquelle il m'avait gardée depuis le début. Pour combler ce besoin de compagnie et éloigner les fantômes du passé.

Il ne restait plus la moindre personne près du tumulus funéraire maintenant, et je ne pouvais pas me résoudre à le laisser complètement seul ici.

Assise sur l'un des gros rochers de la rivière qui entouraient le tumulus funéraire, je réajustai la bordure de la tunique de soie sur son torse.

— Que diriez-vous d'une dernière histoire pour la nuit, Votre

Majesté ? Je ne crois pas vous avoir déjà raconté comment Kyllen a appris à tirer à l'arc, non ? C'est une anecdote amusante.

Mes yeux étaient encore douloureux et gonflés par les pleurs, mais je souriais, en me remémorant les histoires que nous avions partagées, le rire sec du roi et la façon dont il se frottait les mains avec impatience.

Le chagrin envahit mon cœur. Ma poitrine se serra.

Le roi Zeldren avait été un ami et un mentor. Je m'étais sincèrement attachée à lui. Et maintenant... je l'avais perdu. Tout comme j'avais perdu Radax. Et Kyllen... Était-ce mon destin de perdre tous ceux que j'aimais ? Étais-je condamnée à affronter la vie toute seule ? Sans amis ni famille ?

— J'adorerais entendre une histoire drôle, lança une voix masculine qui résonna jusqu'au plafond et se répercuta sous le dôme.

Je reconnus la voix et l'homme qui était debout sur une planche à pagaie dérivant lentement vers moi.

— Lord Adriyel, dis-je en levant une main en signe de salutation.

En tant que reine, je n'étais plus obligée de m'incliner devant un lord, donc je ne le fis pas.

Sa longue tunique était de la même couleur endeuillée que ma robe. Mais au lieu d'être garnie de nénuphars brodés au fil d'argent comme sur l'ourlet de mon habit, la sienne était ornée de rubans en ailes de libellules dorées cousues ensemble.

— Salutations, ma reine, répondit-il en inclinant la tête avec une déférence qui n'existait pas avant que je reçoive la couronne. Si vous avez une histoire drôle à raconter, je l'écouterai, ajouta-t-il avec un sourire qui apparut sur son visage pâle.

J'essuyai discrètement mes larmes et esquissai un sourire en retour.

— Je suis vraiment désolée, mon seigneur, mais je crains d'avoir surestimé mes capacités en faisant cette proposition. Je ne pense pas pouvoir faire de l'humour ce soir.

— Je comprends. On peut aisément surestimer ses capacités.

(Il tenait une pagaie dans ses mains. Après l'avoir plongée dans l'eau, il avança la planche vers moi.) Les défis semblent souvent moins grands de loin. Puis quand ils se rapprochent, on réalise que nous aurions besoin d'aide.

Il était évident qu'il ne parlait plus de l'histoire drôle.

Avec un autre coup de pagaie, il aligna la planche avec le rocher sur lequel j'étais assise, puis se mit à genoux, pour se mettre au niveau de mes yeux.

— Cela me tue de vous voir si bouleversée, ma reine. (Il inséra la pagaie dans la rainure creusée à cet effet sur le bord de la planche.) Y a-t-il quelque chose que je peux faire pour soulager votre deuil ?

— Merci, lord Adriyel. Votre gentillesse me touche beaucoup, répondis-je sincèrement.

Peut-être que l'une des raisons pour lesquelles je ne voulais pas bouger d'ici était que, maintenant Zeldren parti, je me retrouverais totalement seule dans les quartiers royaux ce soir.

Comme s'il avait senti ma vulnérabilité, il se rapprocha de moi, mais s'arrêta avant de me toucher. Une lumière vert pâle se mit à briller de manière inattendue autour de son épaule la plus proche, puis se répandit en ondes concentriques entre nous.

Il fit un bond en arrière.

— Qu'est-ce que c'était ? m'inquiétai-je en regardant fixement autour de lui.

Mais la lueur se dissipa rapidement.

— Les gardes. (Il grimaça en se frottant l'épaule.) Il y en a assez ici pour illuminer tout le plafond, ajouta-t-il en pointant du doigt vers le dôme au-dessus de nous.

— Qu'est-ce qu'ils protègent ? Le roi ? demandai-je en touchant le coude de Zeldren.

Les gardes ne m'avaient pas empêchée, *moi*, de l'approcher ou de rester là pendant des heures.

— Les gardiens protègent le tumulus funéraire et tout ce qui y est déposé. Une fois placé ici, le corps appartient à la terre de

Lorsan. Personne ne peut le toucher, l'enlever ou le souiller d'une quelconque manière.

— C'est bien, murmurai-je en caressant la main du roi. (Ses bras étaient étendus le long de son corps. Sa peau ne semblait pas très différente de celle du rocher sur lequel j'étais assise, dur et froid.) Mais comment se fait-il que je puisse le toucher ?

— La couronne de Lorsan, dit Adriyel qui fixait avec envie le diadème en or orné de délicates pointes turquoise sur ma tête, la couronne du roi, qui avait remplacé la copie que je portais juste après avoir déposé la dépouille de Zeldren sur le tertre. Elle renferme la magie des marais de Lorsan. Grâce à cette couronne, vous en faites partie également.

Pour une fois, j'avais vraiment l'impression de me rattacher à quelque chose. J'appartenais à cet endroit, et j'aimais ce sentiment. La terre m'avait acceptée.

Adriyel changea de position, et sa planche vacilla. Il se stabilisa en appuyant sa main sur un rocher, qu'il pouvait toucher, celui qui devait se trouver à l'extérieur du cercle de surveillance.

— Je suis là pour vous, Amira, dit-il avec passion. Je le pense vraiment. Tout ce que vous voulez.

Une parole aimable était exactement ce dont j'avais besoin en ce moment. Je franchis la barrière de protection et posai ma main sur la sienne.

Il retourna rapidement sa main pour attraper la mienne et la serra fort.

— Diriger un royaume n'est pas une tâche facile, dit-il avec ferveur. Vous aurez des ennemis qui surveilleront chacun de vos mouvements, dans l'attente d'une erreur de votre part. Et *quand* vous en ferez une, et cela arrivera Amira, ils frapperont. Serez-vous capable de contrecarrer l'attaque ? Toute seule ?

— Oh, je sais que de nombreux périls m'attendent, lord Adriyel. Je ne m'attends pas à ce que ce soit facile, mais je suis prête.

Il secoua la tête avec un regard sceptique dans ses yeux bleu argenté.

— Il faut des années de préparation pour porter cette couronne, des siècles. Vous êtes une femme intelligente. Vous avez appris, paraît-il. Mais vous êtes encore si jeune, si inexpérimentée, et si vulnérable. (Il porta ma main à ses lèvres, et déposa un doux baiser sur l'intérieur de ma paume. Son souffle chaud me chatouilla la peau.) Vous avez besoin d'un homme pour vous aider, quelqu'un sur qui vous pouvez compter pour prendre des décisions difficiles.

— Pas nécessairement. (Je refermai ma paume.) Des femmes ont déjà régné avec succès sur Lorsan, sans aucun homme à leurs côtés.

La société gorgone était largement patriarcale. La plupart de ses dirigeants avaient été des mâles. Mais j'avais appris qu'aux moins deux femmes avaient réussi toutes seules. Leur situation avait été semblable à la mienne. Toutes les deux veuves, elles avaient hérité de la couronne de leurs maris.

— Les reines Exear et Utiya... poursuivis-je.

Il me coupa la parole et ne me laissa pas achever ma phrase.

— Toutes deux étaient des gorgones. Elles étaient issues de grandes familles qui les avaient préparées à devenir un jour l'épouse d'un noble. Vous n'avez pas eu ça. (Il tira sur mon bras, me fit glisser jusqu'au bord de mon rocher et franchir la barrière. Il prit mon visage entre ses mains à travers mon voile.) Amira, Lorsan n'a jamais eu de reine humaine auparavant.

— Eh bien, il y a une première fois pour tout, répliquai-je en essayant de me rasseoir sur mon rocher, mais il m'attira encore plus près, sans me laisser m'éloigner.

— Le peuple de Lorsan n'acceptera jamais une reine humaine, dit-il fermement. Vous êtes trop différente de nous.

— Je croyais que vous aimiez tout ce qui est *différent* ? rétorquai-je.

— Les nobles peut-être. Mais les gens ordinaires préfèrent la stabilité et la constance de ce qui a fait ses preuves. Le risque de troubles est trop élevé avec un monarque humain sur le trône.

— Comment ça ?

— Vous n'avez pas de pouvoirs magiques, et par conséquent vous êtes plus faibles que les fae. Cela fait de Lorsan une cible tentante à attaquer. Même si vous êtes jeune, vous ne vivrez que quelques décennies encore, ce qui n'est pas une très longue période de stabilité pour notre peuple.

Il avait raison, bien sûr. Entièrement raison. Mais ses motivations étaient claires : lord Adriyel se voyait comme le prochain roi. Le rebondissement inattendu de la couronne posée sur ma tête avait chamboulé ses plans.

— Merci pour vos préoccupations, dis-je après avoir retiré ma main. Mais je vais me débrouiller, mon seigneur.

Avec un profond soupir, il se réinstalla sur sa planche.

— Je suis désolé, Amira. Je ne voulais pas vous effrayer ni mettre en doute vos capacités. Et je ne cherche absolument pas à vous sous-estimer. Vous êtes une femme forte et une combattante confirmée. On ne peut que vous admirer.

— Merci, répétai-je froidement.

— Je ne voulais pas vous contrarier. Surtout aujourd'hui. (Il me fit une révérence polie. Je ne pouvais pas lui reprocher d'avoir dit la vérité, même si son timing n'était pas des plus heureux.) Peut-être que ceci pourrait vous remonter le moral ?

Il plongea la main dans sa tunique, puis tendit la main vers moi. Lorsqu'il écarta ses doigts, une barrette en forme de libellule bleue et verte apparut sur sa paume. Le scintillement de ses ailes délicates se mêlait au faible chatoiement de sa peau et à la lueur verte de la lumière magique au-dessus de nous.

Cette vision me foudroya comme un éclair.

— Comment ? bafouillai-je, alors que mes paroles se bloquaient douloureusement dans ma gorge. Où avez-vous... trouvé ça ?

Je glissai mes doigts sur la barrette, redoutant que celle-ci ne disparaisse si je la touchais, comme tout ce qui m'était cher.

— Vous avez envoyé une commission à Ellohi.

— C'est le roi qui l'a envoyée, pour me faire une faveur, répondis-je d'une voix tremblante.

— Ils sont revenus ce matin.

— Et vous les avez interceptés ?

— Il n'y avait personne d'autre pour les recevoir. Le roi était mort, et vous étiez en deuil. (Il me tendit la barrette.) Une servante du palais d'Ellohi leur a donné ça. Elle a insisté sur le fait qu'elle était à vous et que vous voudriez la récupérer.

Geltar. Elle ne m'avait pas oubliée.

— Oui. C'est à moi. Merci.

Je fermai mes doigts sur la libellule. La retrouver était comme une bouffée d'air du passé, emplie de souvenirs à la fois douloureux et réconfortants.

— De toute évidence, elle a été fabriquée par une gorgone, mais pas par l'un de nos meilleurs maîtres... dit-il en laissant la fin de la phrase en suspens, comme s'il m'invitait à m'expliquer.

Je serrai la barrette contre ma poitrine et ne prononçai aucun mot.

— Cet objet représente-t-il quelque chose pour vous ? insista-t-il.

Il représentait énormément de choses. Pour la majorité des gens, ce n'était peut-être qu'une babiole, trop grossièrement fabriquée pour un esprit sophistiqué. Mais à mes yeux, cette libellule était un cadeau exceptionnel, la seule chose que je gardais de mon passé, et un souvenir de Kyllen.

En fixant la barrette à ma tresse, mes doigts tremblèrent. Cela ne lui échappa point.

— Y a-t-il quelqu'un à Ellohi, qui compte pour vous ? demanda-t-il.

Je secouai la tête.

— Non.

Plus maintenant.

— Le Haut Seigneur d'Ellohi vous a *vendue*, me rappela-t-il.

Je cherchai son regard.

— Et vous m'avez *offerte* en cadeau. Pouvez-vous m'expliquer la différence ?

Il se hérissa d'indignation.

— Je vous ai remise au roi de Lorsan. Et regardez où cela vous a menée. *J'ai* fait de vous une reine.

— Vous... bafouillai-je.

Son audace me laissa sans voix.

— Amira... (Il caressa le bord de mon visage.) Vous êtes jeune. Si belle. Vous avez toute la vie devant vous, mais vous avez besoin d'un homme à vos côtés. Quelqu'un qui peut vous protéger. (Il descendit sa main sous mon voile, et glissa ses doigts le long de la peau sensible de mon cou.) Quelqu'un qui pourrait être un vrai mari pour vous, dans tous les sens du terme.

Son contact fit frémir ma peau, mais c'était de la peur, et non du plaisir. L'adrénaline courut dans mes veines, et envoya un frisson dans mes épaules.

Mais il comprit autre chose.

— Regardez comment votre corps réagit à mon contact, murmura-t-il en posant ses lèvres sur les miennes. Vous tremblez de désir, et je peux m'en charger. Je peux m'occuper de vous, Amira.

Je savais qu'Adriyel me désirait dès le premier regard, mais il convoitait encore plus ma couronne. C'est la raison pour laquelle il m'avait offerte au roi, pour gagner ses faveurs, pour se rapprocher un peu plus de ce qu'il voulait vraiment, le trône.

Il attrapa mes hanches à travers les épaisseurs de mes jupes.

— Épousez-moi, Amira. Faites de moi votre roi. Et ensemble, nous serons invincibles.

Son autre main glissa le long de mon épaule. Il enfonça un doigt dans mon décolleté pour caresser le haut de mon sein.

Je reculai.

— Vous n'avez pas fait de moi la reine, mon seigneur. C'est l'œuvre de Zeldren, parce qu'il croyait en moi. J'ai gagné sa confiance. Il a vu son successeur en moi. *Vous* n'avez rien à voir avec ça. Et non, je n'ai pas besoin d'un homme pour me prouver que je suis digne de cette couronne, certainement pas d'un homme qui me considère comme une propriété que l'on peut acheter et offrir.

Je poussai fort contre son torse, pour qu'il me libère. La planche fit un mouvement brusque. Lord Adriyel perdit l'équilibre. Il bascula en arrière, en agitant les bras dans les airs. Puis il tomba dans le lac avec fracas.

Je ne m'attardai pas pour le voir remonter. Je devinais qu'il aurait alors moins de dignité et serait bien plus furieux.

En sautant de rocher en rocher, je me précipitai de l'autre côté du tertre funéraire, puis je fis signe aux gardes flottant sur leurs planches près des racines des arbres de venir me chercher.

De gros jurons et des éclaboussures fusaient de l'endroit où j'avais fait tomber Adriyel dans le lac, mais je ne me retournai pas. Une chose était claire, en refusant le lord comme allié, j'en avais fait un ennemi.

Dix-Neuf

AMIRA

Le soir même, je rencontrai les émissaires du roi de retour d'Ellohi. Notre entretien eut lieu dans la salle de réunion du Conseil, car c'était l'une des rares salles publiques du palais avec un vrai plafond, ce qui assurait une certaine intimité.

Il était tard. Les pauvres hommes semblaient épuisés par leur long voyage. Je me sentais fatiguée et vidée également. Mais j'avais besoin de leur parler.

— Comment est mort lord Bherlon ? demandai-je.

— Lord Kyllen l'a tué.

— Ça n'a pas de sens, répliquai-je. Comment ont-ils pu se donner la mort tous les deux ?

Un autre émissaire intervint.

— Il y a eu un duel...

— La dispute a commencé à cause de la succession au trône du Haut Seigneur, expliqua le responsable de la commission. Cela s'est transformé en combat. Lord Kyllen a été blessé dans le dos. Avant que lord Bherlon ne porte le coup final, Kyllen l'a poignardé à la poitrine avec une arme empoisonnée. Bherlon est mort le lendemain des effets du poison.

— Un duel ? répétai-je d'un ton moqueur. (Un duel aurait été une manière bien plus digne de résoudre le conflit que ce qui s'était réellement passé.) Qui vous a dit ça ? Udren ?

— Oui.

Bien sûr, le père avait voulu défendre la mémoire de son fils, même si cela nécessitait de déformer les choses en sa faveur.

— Lord Udren était-il présent lors de l'attaque ?

— Son récit a été soutenu par de nombreux témoins oculaires, insista l'émissaire.

J'étais un témoin oculaire, moi aussi. J'avais vu Kyllen se faire attaquer. Était-il possible qu'il soit parvenu à poignarder Bherlon avant d'être tué ?

Cela aurait très bien pu arriver. Udren avait menti sur le début de l'attaque, mais le résultat n'en était pas moins le même.

Si c'était le cas, Kyllen avait réussi à venger sa mort tout seul.

Mon sommeil fut agité cette nuit-là. Avec le poing serré contre ma poitrine, tous mes rêves furent courts et troublants ; une succession d'images sombres, éclairées par une étrange lumière verte et des monstres tapis dans l'ombre.

Même la présence normalement réconfortante de Kyllen n'avait pas pu les tenir à distance. Au contraire, elle m'avait inquiétée. Je l'avais cherché dans l'ombre, mais il m'avait échappé chaque fois. Si proche, mais toujours hors de portée.

Lourd et fragmenté, mon sommeil me retint au lit bien après le lever du soleil. Pour une fois, personne ne franchit les portes avec des plateaux et des serviettes ce matin-là. Le roi était parti. Et ils avaient eu la bonté de me laisser me reposer.

Je m'assis dans le nid et desserrai mon poing. Les ailes froissées de la libellule mécanique s'ouvrirent, tremblant sous la lumière du soleil. Les rayons se brisèrent dans les multiples facettes des perles que Kyllen avait utilisées pour fabriquer la barrette, éclatant en une myriade d'étincelles sur ma paume.

Écrasée et froissée, elle n'était pas cassée.

Et je ne l'étais pas non plus.

J'inspirai longuement, puis je fixai la barrette dans mes cheveux. Ensuite, je pris la couronne que j'avais laissée sur la table d'appoint la veille au soir et l'enfilai, par-dessus le voile sur ma tête. Puis je descendis de mon nid et me plaçai devant la fenêtre.

La reine.

C'était *mon* royaume, dehors. *Mon* peuple. Je leur avais promis ma loyauté, et je m'étais juré de gagner leur amour en retour. Pour une fois, ma vie avait un véritable objectif, et je me sentais prête à l'atteindre ou à mourir en essayant de le faire.

Ce ne serait pas facile. Tout ce qu'Adriyel m'avait dit la veille était vrai. J'étais une étrangère, une humaine, une espèce considérée comme inférieure aux fae.

Mais bon sang, je ferais tout mon possible pour y arriver. Là où je manquerais de force et de magie, je compenserais par ma détermination.

Sans attendre les servantes, je quittai ma chemise de nuit pour une autre robe gris-brun. La tradition n'obligeait pas la veuve à porter les couleurs du deuil après les funérailles, mais certaines le faisaient.

Pour ma part, je ne me sentais pas encore prête pour les couleurs vives. Ou peut-être était-ce ce sentiment de sécurité que me procuraient les vêtements de deuil. En tant que veuve du roi, j'avais plus de droits et de pouvoir que je n'en avais jamais eus auparavant.

J'ouvris les portes de la chambre et laissai entrer le bruit de la vie du palais.

— Je suis prête, annonçai-je aux sentinelles qui montaient la garde devant l'appartement royal. Veuillez envoyer une servante avec mon petit déjeuner. Une seule femme de chambre. Uzyni, précisai-je en donnant le nom de la plus discrète d'entre elles, car je ne pouvais pas supporter de bavardages futiles aujourd'hui. Faites savoir à Delahon que les réunions du Conseil se dérouleront comme prévu. Je les verrai dans une heure.

J'étais la reine. Et j'avais un royaume à diriger.

— Jamais une femme n'a gouverné seule ! lança le conseiller Oharen avec ses *senties* déployées en un halo d'exaspération.

— En fait, répondis-je fermement, il y a eu au moins deux reines dans l'histoire de Lorsan.

— Exear et Utiya, indiqua Delahon pour nous aider.

J'étais assise à la place du roi, autour de la table ronde, avec douze conseillers de part et d'autre, six de chaque côté. La table avait la forme d'un beignet dans lequel on aurait croqué du côté opposé au mien. Celui qui soumettait une proposition se tenait généralement à l'intérieur de la cavité du « beignet » au centre, de sorte qu'il pouvait pivoter et faire face à toute personne assise, s'il le souhaitait.

L'espace au milieu était vide pour le moment. La réunion s'était déroulée sans encombre, tous les points à l'ordre du jour avaient été discutés et traités. Les protestations commencèrent lorsque quelqu'un évoqua le tournoi.

Suivant la tradition, si un roi mourait sans successeur, le Conseil en organisait un. Les Hauts Seigneurs s'affrontaient et la couronne revenait au vainqueur. En théorie, du moins, c'est ainsi que cela fonctionnait. Historiquement, cependant, certains avaient dégénéré en véritables guerres.

— Nous n'avons pas besoin de tournoi, dis-je fermement. Le trône de Lorsan n'est pas vacant et sa couronne m'appartient déjà.

— La force du royaume réside dans sa stabilité politique. Mais vous êtes une femme. Et une humaine, souligna le conseiller Oharen.

— Voulez-vous dire que je ne peux pas assurer la stabilité à mon peuple ? demandai-je en le regardant fixement.

Delahon leva les mains dans un geste d'apaisement.

— Personne ne conteste votre droit d'être la reine, Votre Majesté.

— Oh, vraiment ? dis-je irritée. Parce qu'il a clairement été sous-entendu que je ne convenais pas pour ce rôle.

Un homme à ma gauche, le conseiller Azorin, secoua la tête.

— Toute femme a besoin d'un mari.

— Et en votre qualité d'humaine, intervint un autre, vous n'avez pas vraiment le temps d'en choisir un, Votre Majesté. Votre vie est courte. Plus tôt vous vous marierez, mieux ce sera.

— Mais qu'est-ce que vous racontez ? m'écriai-je en tapant des deux mains sur la table. Mon époux est décédé hier. Son corps n'a même pas encore été absorbé par la terre, et vous essayez déjà de me trouver quelqu'un d'autre ?

Le conseiller Delahon tira nerveusement sur l'une de ses *senties* rose vif tout en se mordillant les lèvres.

— Un mariage rapide serait dans l'intérêt du royaume, Votre Majesté.

— Vous êtes la reine. Le roi Zeldren vous a choisie, et vous resterez la reine, dit le conseiller Azorin d'une voix apaisante.

— Mais pour le bien de Lorsan ! rugit Oharen. Épousez un Haut Seigneur et donnez un roi au royaume.

— Un homme gorgone. Un vrai souverain, dit quelqu'un si doucement que je ne pus déterminer son identité, alors je lançai un regard tout le long de la table, mais ils évitèrent tous mes yeux.

La colère monta dans ma poitrine, accéléra mon rythme cardiaque et rougit mon visage. Elle était intense parce qu'au fond de moi, je savais qu'ils avaient raison. Adriyel me l'avait déjà dit. Et j'étais certaine que tout le monde pensait de même.

Pour eux, je n'étais qu'une faible fille humaine qui avait réussi à tromper leur roi mourant pour obtenir la couronne. À leurs yeux, je représentais un risque énorme pour la stabilité du royaume.

Je me sentais peut-être à la hauteur, mais ils ne me donnaient même pas la chance de faire mes preuves.

En joignant les mains, le conseiller Delahon se pencha sur la table vers moi.

— Ce serait vraiment plus facile, Votre Majesté, si vous laissiez un Haut Seigneur prendre la tête de Lorsan.

Le dos raide, je serrai mes mains sous la table, pour résister à leurs attaques.

Oharen tapa du poing.

— Les habitants de Lorsan attendent leur tournoi. Les Hauts Seigneurs et leurs champions sont arrivés durant toute la nuit la matinée. Laissez-les s'affronter.

Le conseiller Zivras empoigna les accoudoirs de sa chaise. Ses *senties*, aux couleurs de la terre cuite, étaient agitées.

— Que la Couronne de Lorsan et votre main en mariage soient la récompense du vainqueur !

— Que le plus fort gagne ! Cette couronne est trop lourde pour la tête d'une femme humaine, lança, le conseiller Azorin, les mains en l'air en signe de frustration.

— Reine consort est une position honorable avec moins de responsabilités, proposa un autre.

— Exactement ! Vous ne renoncez pas vraiment à quelque chose, ajouta Azorin en haussant les épaules.

Si je permettais la tenue du tournoi, quelqu'un de fort et d'agile gagnerait. Un mâle. Un Haut Seigneur, issu d'une noble lignée de gorgones. Un mariage avec un tel homme apaiserait le Conseil. Cela tuerait dans l'œuf toute compétition ou spéculation pour me trouver un mari convenable dans le futur.

Lorsan aurait le roi qu'il voulait au lieu de la reine imposée.

Où cela me mènerait-il ?

Reine consort.

C'était un rôle de soutien qui pourrait me convenir mieux que le rôle principal que j'avais si audacieusement endossé. Peut-être que cela ne me déplairait pas d'être un soutien. Je pouvais être une très bonne partenaire, dans une relation basée sur le respect mutuel. Mais ce n'était pas ainsi que mon futur mari me verrait.

Il m'importait peu de savoir lequel des vingt-quatre Hauts Seigneurs finirait par gagner. En tant qu'épouse, ils me verraient tous comme lord Adriyel — une couronne à prendre, un corps à utiliser, un esprit à ignorer.

« Ne fais confiance à personne. »

J'avais souvent entendu ces mots. Des mots sages. Mais ils n'étaient pas entièrement vrais. Il y avait une personne en qui je devais absolument avoir confiance. Toujours. C'était moi. Je devais avoir confiance en *moi*.

Je serrai mes mains en poings et me levai lentement de mon siège.

Les conseillers cessèrent leurs chamailleries et me fixèrent. Le silence régna sur la table.

— Il n'y aura pas de tournoi, annonçai-je, la voix ferme, le ton inflexible. La couronne ne sera pas contestée. Lorsan a déjà un souverain. Moi. (Je promenai mon regard tout autour de la table, d'un visage à l'autre, le temps de laisser mes paroles faire effet.) Le royaume a déjà une reine. Il n'y aura pas de roi.

Un murmure de protestations parcourut la pièce, mais je n'avais pas encore fini. Je levai la main, pour exiger le silence.

— Au lieu d'un tournoi, je veux une cérémonie où chaque Haut Seigneur me prêtera un serment de fidélité, publiquement.

Tout au long de l'histoire de Lorsan, les seigneurs avaient juré fidélité à leur souverain. Je pouvais aussi bien en faire une célébration.

Le conseiller Oharen me dévisagea.

— Vous exigez que nos vingt-quatre Hauts Seigneurs viennent tous à Ufaris ? Maintenant ?

J'inclinai la tête, et croisai mes bras sur ma poitrine.

— Ils viennent déjà, n'est-ce pas ? Autant faire en sorte que leur voyage serve à quelque chose.

Il cligna des yeux, sans rien dire.

— Quand voulez-vous que la cérémonie ait lieu ? demanda le conseiller Azorin.

— Dès que possible, déclarai-je avant de tourner les talons vers la porte.

La séance était terminée.

— Votre Majesté, dit le conseiller Delahon en se précipitant après moi. Une célébration joyeuse après des funérailles douloureuses a toujours été la meilleure façon de se séparer des morts et de se réjouir de la vie. La foule attend du divertissement. Le tournoi était censé offrir cela...

Je m'arrêtai sur le seuil.

— Nous allons les divertir. Faisons la fête et un festin. Organisons des jeux et des spectacles. Mais il n'y aura ni tournoi, ni récompense, ni vainqueur.

Une fois de retour dans la chambre du roi, je fis les cent pas dans la pièce. Il avait été essentiel que je m'impose aujourd'hui, mais ma position deviendrait de plus en plus difficile à défendre avec le temps. Ceci n'était que le début. La pression pour me marier n'allait pas disparaître. Avec tous les Hauts Seigneurs rassemblés à Ufaris aujourd'hui, elle ne ferait qu'augmenter.

La raison pour laquelle ils affluaient au palais du roi était de tenter d'obtenir la couronne. Je venais tout juste de leur arracher cette possibilité.

Mais ils n'abandonneraient pas si facilement.

Quand Uzyni m'apporta mon déjeuner, je me rendis dans la penderie du roi. Rien n'avait changé, je n'avais pas encore ordonné de la vider. Il me semblait qu'il était encore trop tôt. Se débarrasser de ses vêtements et de ses autres affaires revenait à chasser son esprit des pièces, qui avaient été les siennes pendant si longtemps.

Je pris une des tenues officielles de Zeldren dans une malle.

— Apporte ça au maître-costumier, ordonnai-je à la femme de chambre en lui remettant le vêtement. Demande-lui de me faire une robe pour la cérémonie. La meilleure qu'il n'ait jamais cousue. Digne d'une reine.

Zeldren avait porté cette tunique vert émeraude brodée de serpents noirs et or lors de plusieurs cérémonies officielles avant sa mort. Je pouvais la porter telle quelle, pour rappeler à la foule qui je remplaçais. Mais je voulais la modifier.

Je voulais envoyer un message avec ma tenue, montrer aux

Hauts Seigneurs que même si mon pouvoir m'avait été conféré par leur roi, j'avais l'intention de l'adapter à mon style. Mon règne sur le royaume serait totalement nouveau.

C'était une excellente manière de me débarrasser des vêtements de veuve et de faire la transition vers mon autre statut, qui n'était pas seulement celui de veuve du roi, mais reine à part entière.

Vingt

AMIRA

La robe se révéla être exactement comme je l'avais imaginée.

Un corsage serré, de type bustier, dissimulait entièrement ma poitrine, et exposait mon cou et mes épaules. Une longue traîne de soie émeraude brodée de serpents noirs et or surmontait une jupe vaporeuse. Mais le plus beau était ce grand col raide, qui s'ouvrait comme un éventail sur mes épaules. Il encadrait mon cou et servait de fond en arrière-plan de mon visage, surmonté de la couronne.

Rassemblé autour de mon cou, mon voile faisait office d'écharpe. Mais pour une fois, il me dérangeait plus qu'il ne me réconfortait. C'était une contrainte dont je souhaitais me débarrasser.

Une fois prête, je regardai mon reflet dans le miroir qui courait du sol au plafond dans la salle des costumes du roi.

Je reconnus à peine la femme qui me fixait à travers le voile. Ce n'était plus la fille timide et maltraitée de la ménagerie. La seule chose qui restait d'elle était la barrette en forme de libellule que j'avais attachée à l'une de mes tresses.

Comparée aux bijoux royaux inestimables qui ornaient mes

bras, mes jambes et ma poitrine, la libellule était plutôt modeste. Mais elle était plus précieuse pour moi que tous les trésors du monde.

— C'est mignon, dit l'une des femmes de chambre qui me coiffait. Mais pensez-vous que cela convienne à votre tenue d'aujourd'hui, Votre Majesté ? C'est plutôt simple.

— L'homme qui l'a fabriquée a tant enduré, si vous le saviez vous comprendriez pourquoi c'est un véritable chef-d'œuvre, répondis-je en gardant la barrette.

C'était tout ce qu'il me restait de Kyllen. Il avait peut-être disparu de ce monde, mais il n'avait jamais quitté mon cœur. Je sentais son soutien, son affection... Non, c'était plus fort que cela. Ce que je ressentais, c'était son amour éternel pour moi. Et cela me donnait des forces.

Je pris une longue inspiration et redressai mes épaules.

La femme couronnée dans le miroir, vêtue de cette robe royale, ressemblait en tous points à la personne que je souhaitais être : Amira, la reine de Lorsan.

— Allons-y, chuchotai-je à la reine dans le miroir, et elle me répondit par un signe de tête en guise de soutien et d'encouragement.

Pour cette cérémonie, j'avais commandé une plateforme flottante construite directement sur le lac. Entourée des sept arbres du palais, c'était l'endroit idéal pour que le plus grand nombre possible d'habitants d'Ufaris puisse participer. Et beaucoup étaient déjà présents lorsque le cortège de bateaux m'emmena de l'arbre royal à la plateforme.

Domestiques, marchands, soldats, artisans — citoyens d'Ufaris ou visiteurs de toute la région de Lorsan — tous étaient rassemblés sur leurs planches à pagaie, leurs radeaux de commerce ou leurs bateaux de pêche. Les mains levées en l'air, leurs *senties* vibraient d'excitation, ils criaient mon nom et m'acclamaient.

Je libérai mes mains de mes longues manches pour saluer mon peuple avec un grand sourire.

— Vive la reine ! cria quelqu'un.

La foule reprit l'ovation. Les gens levèrent leurs verres et leurs chopes remplies de boissons offertes par la couronne.

C'était mon souhait, être ici, sur un pied d'égalité avec tous les autres, être au milieu du public. Le sentiment d'appartenance m'envahit.

C'était mon peuple.

Mon foyer.

La foule s'écarta, pour laisser passer mon bateau, suivi d'une flottille de gardes sur des planches à pagaie. Plusieurs d'entre eux transportaient la longue traîne de ma robe sur l'eau derrière moi.

La foule de courtisans sur la plateforme me salua en inclinant la tête. Je montai sur l'estrade jusqu'au trône royal érigé en mon honneur. Une fois assises, les dames d'honneur arrangèrent la traîne de ma robe autour de la tribune. D'un vert éclatant, elle brillait de ses broderies noires et or et ressemblait à la queue d'un serpent rampant qui dévalait les escaliers et entourait mon trône.

Les gardes royaux entouraient l'estrade et formaient un cercle. Néanmoins, je repérai le conseiller Delahon dans le groupe voisin et lui fis signe d'approcher. J'appréciais cet homme pour les qualités que Zeldren avait l'habitude de lui reprocher : sa connaissance approfondie de la loi et son strict respect de cette dernière.

Delahon était intransigeant sur le respect des règles. Il en savait également beaucoup sur les Hauts Seigneurs que je devais saluer et accueillir aujourd'hui et qui devaient me promettre leur loyauté.

— Pourriez-vous rester ici, s'il vous plaît ? demandai-je au conseiller, en désignant la place située à droite de mon trône. J'aurai peut-être besoin de votre aide.

Il prit place à mes côtés.

— Bien sûr, Votre Majesté.

L'éclat magenta intense de ses *senties* déteignit sur ses joues noires comme de l'encre en un rougissement. Il était visiblement flatté que je le choisisse.

Cela avait pris quelques jours, mais tous les Hauts Seigneurs étaient enfin arrivés à Ufaris. Peut-être espéraient-ils encore un changement de pouvoir en leur faveur, mais aujourd'hui, ils m'avaient prouvé leur fidélité.

Une musique magnifique flottait parmi la foule. Des musiciens, installés dans les arbres voisins, jouaient sur des instruments magiques.

Au lieu des tables habituelles, de grands stands avec de la nourriture et des boissons jalonnaient la plateforme. Les gens mangeaient debout, ce qui leur permettait non seulement de se côtoyer plus librement, mais aussi d'avoir plus de place sur cet espace flottant. Celle-ci était presque aussi grande que la terrasse principale de l'arbre royal, mais elle devait accueillir encore plus de monde aujourd'hui.

La surface du lac était couverte de bateaux, de planches et de monde, jusqu'à l'horizon. La plateforme royale n'était qu'une petite partie de cet océan infini de gens.

Un ruisseau la traversait. Une flottille de bateaux et de planches se dirigeait vers nous. Lorsque le premier atteignit la plateforme, le courtisan en charge de la cérémonie annonça à haute voix :

— Le Haut Seigneur d'Osim, sa Dame, et leur héritier, lord Eforn.

Je me penchai vers Delahon.

— J'ai une question. Par pure curiosité. Comment le seigneur d'Osim, par exemple, pourrait-il concourir pour ma main dans un tournoi s'il est déjà marié ?

— C'est son héritier qui participera à la compétition.

— Et s'il n'avait pas eu de fils ?

— À moins qu'ils aient un vrai lien d'attachement qui les unit, la loi permet à un seigneur de mettre de côté sa conjointe pour un mariage plus avantageux. La reine est considérée comme une épouse bien plus recherchée que n'importe quelle autre dame du royaume.

Mettre de côté son épouse actuelle, comme un objet hors d'usage.

— C'est terrible, murmurai-je, avant de redresser mon dos et d'afficher un sourire sur mon visage pour accueillir le Haut Seigneur et sa famille. Bienvenue à Ufaris !

Il faisait partie des personnalités qui avaient sollicité un entretien avec moi avant la cérémonie. J'avais passé la majeure partie de la journée d'hier à recevoir quelques Hauts Seigneurs en tête-à-tête, et à répondre à leurs questions pour tenter d'apaiser leurs doutes quant à ma qualité de souveraine.

Maintenant, je retenais mon souffle en attendant de voir sa réaction.

— Salutations, Votre Majesté, dit-il en posant son genou sur un coussin de soie placé à son attention sur les marches de mon estrade.

Il inclina la tête et récita les paroles du serment d'allégeance. Un léger souffle magique traversa la plateforme, scellant sa promesse.

J'expirai de soulagement.

Le Haut Seigneur d'Osim avait encore de nombreuses possibilités pour me trahir s'il le souhaitait. D'abord, son fils, en tant qu'héritier, n'avait aucun engagement qui le liait à moi. Cependant, la volonté du seigneur de venir ici et de déclarer publiquement sa loyauté à la reine humaine était déjà un signe de bonne volonté.

Après lui, d'autres seigneurs arrivèrent, l'un après l'autre. Des bateaux les avaient déposés sur la plateforme. Je les saluai, ainsi que leurs familles. Ils me dévisageaient avec étonnement, curiosité et appréciation, puis me félicitaient pour mon couronnement, ou exprimaient leurs condoléances pour le décès de mon royal époux, parfois les deux. Les Hauts Seigneurs s'agenouillaient ensuite pour réciter le serment avant de se mêler aux courtisans autour des tables chargées de nourriture et de boissons.

— Le Haut Seigneur d'Ellohi, annonça-t-on ensuite.

Mon cœur fit un bond dans un bruit sourd en entendant le nom de famille de Kyllen.

Je me doutais bien qu'Udren n'allait pas faire tout le chemin jusqu'ici. Bherlon mort, il allait probablement se contenter d'envoyer un courtisan à sa place pour représenter ses terres. Dans ce cas, le serment de loyauté devrait être prononcé plus tard, par celui qui deviendrait le Haut Seigneur après la mort d'Udren.

Ma prédiction s'avéra exacte. L'homme qui bondit du bateau sur la plateforme avait l'agilité que le Seigneur Udren avait perdue depuis longtemps en raison de sa vieillesse. Le délégué semblait venir d'arriver à Ufaris. Il portait encore sa capuche de voyage.

Il approcha de mon estrade et s'agenouilla.

— Que le Grand Serpent veille sur la glorieuse reine de Lorsan !

Cette voix !

Avec cette note taquine très familière.

Les battements de mon cœur accélérèrent. Le sang se précipita dans mes veines, avec un bruit sourd dans mes oreilles. Le brouhaha de la foule s'estompa. J'agrippai les accoudoirs de mon trône, de peur de m'évanouir.

Il releva la tête et fit glisser sa capuche. Le bronze et le vert de ses *senties* s'étendaient largement. Le visage que je n'avais vu que dans mes rêves pendant tant de nuits était maintenant devant moi.

— En tant que Haut Seigneur d'Ellohi, je vous promets ma loyauté aussi longtemps que vous resterez la reine de Lorsan, dit-il en récitant les paroles du serment. C'est la promesse que je vous fais, et que je périsse dans le Jardin des Maudits si je la romps.

Ses yeux dorés demeurèrent pensifs alors qu'il examinait mon visage, dans une attente anxieuse. Il les promena de haut en bas, jusqu'à ma bouche, puis mes mains et mes jambes, comme s'il voulait me saisir entièrement d'un seul coup. Puis son regard scrutateur remonta, et s'arrêta sur la barrette en forme de libellule dans ma tresse sur mon épaule.

Ses yeux revinrent vers les miens, et un large sourire illumina son visage, si douloureusement familier, avec la pointe d'un croc effronté qui dépassait.

Je n'avais pas osé espérer revoir ce sourire un jour.

Tout en moi céda.

— Kyllen...

Le conseiller Delahon saisit ma main.

— Votre Majesté ? Est-ce que vous allez bien ? murmura-t-il en se penchant plus près.

Avec une révérence polie, Kyllen se glissa à nouveau dans la foule.

Mais je ne pouvais pas le laisser partir.

— Attendez... ! lançai-je en me levant.

La musique s'arrêta brusquement. Le courtisan en charge de la cérémonie trébucha sur le nom du prochain Haut Seigneur qui arpentait déjà l'estrade. Celui-ci fronça les sourcils. La foule me regarda avec confusion.

J'enfreignais le protocole, et personne ne savait pourquoi.

— Certains Hauts Seigneurs n'ont pas encore été reçus, Votre Majesté, me rappela avec insistance le conseiller.

Je fis un geste pour descendre les escaliers. La longue et lourde traîne de ma robe, enroulée autour de l'estrade du trône, me retenait sur place plus solidement que n'importe quel impératif.

— Votre Majesté ? dit le conseiller avec une pointe de panique dans la voix. Vous allez bien ?

Je l'entendis à peine, cherchant désespérément dans la foule les *senties* de couleur vert et bronze. Il y en avait ici et là, mais elles n'appartenaient pas à l'homme que je désirais retrouver.

À la place, mon regard croisa celui d'Adriyel. Il m'observait avec attention, posté près de la balustrade de la plateforme. En tant qu'héritier d'un Haut Seigneur, il n'était pas tenu de me promettre sa loyauté. Vêtu d'une tunique bleu céleste, il me faisait penser à une belle vipère mortelle, à la recherche du moindre point faible pour frapper.

Le Haut Seigneur suivant s'approcha et s'agenouilla devant mon estrade.

— Salutations de Dejahr, Reine Amira.

Je réussis à esquisser un sourire en retour et je me forçai à m'asseoir sur le trône, avant d'accepter son serment de loyauté.

La cérémonie se poursuivit, comme si Kyllen n'était pas revenu d'entre les morts.

Peut-être que rien ne s'était passé ?

Ce n'était peut-être qu'une autre vision, plus saisissante que les précédentes, mais toujours aussi irréelle.

Étais-je la seule à l'avoir vu ?

Je me penchai vers Delahon.

— Je veux que le Haut Seigneur d'Ellohi soit amené devant moi immédiatement.

Il fit signe à l'un des gardes de se présenter, puis lui transmit mon ordre.

— Est-ce que quelque chose ne va pas, ma reine ? demanda le conseiller, l'air inquiet.

— Avez-vous reconnu le Haut Seigneur d'Ellohi ?

— Ce n'était pas lord Udren. (Il secoua la tête.) Le vieux gentilhomme est sûrement trop affaibli pour entreprendre ce voyage maintenant. Cela devait être son héritier, lord Bherlon.

Delahon n'avait manifestement pas encore lu le rapport sur la mort de Bherlon. Kyllen et Bherlon avaient été déclarés comme morts tous les deux. Mais si cela avait été une ruse ?

— C'était Bherlon ? Vous êtes sûr ?

Je n'aurais jamais confondu Kyllen avec quelqu'un d'autre. J'aurais reconnu Bherlon.

Le conseiller fronça les sourcils avec incertitude.

Eh bien, je n'ai rencontré lord Bherlon qu'une ou deux fois. Il y a longtemps.

L'apparition soudaine de Kyllen semblait impossible. Fantastique. Magique... Trop beau pour être vrai ?

La façon dont il avait disparu, si rapidement, était encore plus suspecte.

J'avais rêvé de lui si souvent. Ce ne serait pas la première fois que mon esprit invoquait des images de lui, même éveillée.

Ou quelqu'un d'autre les faisait-il apparaître pour moi ?

— Les sorts d'illusion sont-ils courants ? demandai-je.

Bherlon avait un air de famille avec Kyllen. Tous deux avaient les mêmes couleurs, la même taille et une carrure semblable. Quelqu'un pouvait-il renforcer cette ressemblance grâce à la magie pour tromper mon esprit en deuil ?

Je fis pivoter la bague de Kyllen sur mon doigt.

« Elle ne vous protégera pas de tous les périls de l'existence », m'avait averti Adriyel.

Le conseiller Delahon se mordilla la lèvre, l'air inquiet.

— Les sorts d'illusion ne sont pas faciles à concevoir. Seule une sorcière qualifiée et puissante peut le faire de manière assez convaincante. Mais je présume que c'est possible. Qu'est-ce qui vous inquiète, Votre Majesté ? Pensez-vous que quelqu'un pourrait vous jouer des tours ?

Je secouai la tête, ne sachant pas encore si je devais exprimer mes soupçons.

Le garde que le conseiller avait envoyé à la recherche de Kyllen revint, mais bredouille.

— Le Haut Seigneur d'Ellohi a dû quitter la plateforme royale, ma reine, annonça-t-il avant de s'incliner.

Les derniers seigneurs continuèrent à se présenter. Je souris et acceptai machinalement leurs salutations et leurs vœux.

L'image du visage de Kyllen restait gravée dans ma tête.

Ce sourire et ces yeux pouvaient-ils être faux ? Tout en moi souhaitait désespérément que le miracle se soit réalisé, mais j'avais déjà été déçue par le passé. Et une partie de moi était morte en même temps.

J'avais peur. Tellement peur d'espérer à nouveau.

KYLLEN

Cinq mois et demi plus tôt.

— Kyllen ! lança la voix d'Amira qui était empreinte d'une angoisse qui lui transperça le cœur comme un couteau.

Les gardes de son frère la traînèrent hors de la chambre et loin de lui. Quelque chose dans son cœur se cassa, comme si une partie de lui s'était brisée.

— Laissez-la partir, grogna-t-il entre ses dents.

Quatre gardes le maintinrent à genoux. Tous étaient aussi forts que lui. Avec sa blessure au dos, il n'avait aucune chance face à ces quatre-là.

Bherlon lui saisit une poignée de ses *senties* et tira sa tête en arrière pour exposer sa gorge.

— Le sort de cette humaine ne te concerne plus, siffla son neveu. (Il brandit sa dague et la dirigea vers le cou de Kyllen.) Menteur et imposteur. Tu aurais dû rester dans le monde répugnant des humains...

Bherlon étouffa brusquement avec un gargouillement. L'arme lui échappa des doigts, rebondit inoffensivement sur l'épaule de Kyllen et atterrit sur le sol au niveau de sa cuisse.

Kyllen ne perdit pas de temps à chercher à comprendre comment cela s'était produit. Les mains qui le retenaient se relâchèrent un instant, et il s'élança sur le côté. En libérant une main, il attrapa la dague de Bherlon, puis poignarda le garde le plus proche qui le retenait.

L'homme hurla de douleur.

Kyllen se retourna pour tuer celui de l'autre côté également.

Des cris et des chocs métalliques venaient d'une autre direction. Quelqu'un combattait avec lui.

Bherlon gémit, une épée lui transperça la poitrine.

Kyllen repoussa un garde et se leva d'un bond. Son dos brûlait à cause de sa blessure. L'arme qui l'avait infligée était en fer. Mais ce n'était pas du fer ordinaire. La douleur empirait et se propageait, embrasant ses nerfs et paralysant ses muscles. S'il voulait survivre à la nuit, il avait besoin de savoir exactement qui étaient ses ennemis et qui étaient ses alliés.

— Hapon !

L'homme était debout devant lui, une épée ensanglantée brandie bien haut dans ses mains. Il se pencha en arrière et planta la lame dans le garde qui s'avançait vers eux.

Deux des gardes se détachèrent du groupe, et se faufilèrent jusqu'à la porte pour sortir. Ils allaient amener du renfort, sans aucun doute.

Hapon dut le penser lui aussi.

— Mon seigneur. (Il offrit son bras à Kyllen.) Nous devons quitter le palais. Par ici. (Il le tira vers la fenêtre.) Pouvez-vous descendre la paroi ?

La pièce tanguait autour de lui. Sa blessure le brûlait. L'arme qui l'avait infligée devait être empoisonnée. La substance mortelle lui montait à la tête et lui faisait perdre l'équilibre.

Hapon le traîna jusqu'à la fenêtre.

— Non. Je veux retrouver Amira, répondit Kyllen en secouant la tête, pour repousser le brouillard qui obscurcissait sa vision et son esprit.

Quelqu'un leva une épée, il lui trancha alors la gorge. Sa précision était bonne pour l'instant, mais il perdait peu à peu ses forces.

— Ici, mon seigneur, dit Hapon, en le tirant par la fenêtre. Allez-y !

Il s'accrocha aux branches de la fenêtre tandis que Hapon faisait passer ses jambes par-dessus le rebord. Un autre garde se jeta sur lui, mais Hapon le poignarda à la poitrine avant de le jeter hors de la pièce. Le corps du garde voltigea devant lui, puis s'écrasa dans la baie de Layahi, en contrebas.

Il le suivit du regard, et observa les anneaux concentriques des ondulations qui se propagèrent à la surface de l'eau éclairée par la lune.

Sa vision s'embrouilla à nouveau. Il retrouva son équilibre en s'accrochant à l'arbre. Le principe était de se coller le plus près possible du tronc, pour ne faire qu'un avec l'arbre. Habituellement, il appuyait son ventre sur l'écorce, s'aplatissait contre et utilisait ses *senties* pour trouver une rainure ou une protubérance dans le tronc lisse à laquelle s'accrocher.

Mais le poison lui avait volé toute coordination. Il essaya de descendre, mais son cœur le forçait à remonter, à la recherche d'Amira.

Ses muscles tremblaient, et ses *senties* aussi. Ses doigts glissèrent sur l'écorce lisse. Ses pieds perdirent leur appui...

Et il tomba.

Il plongea dans l'abîme sombre et ne se souvint pas d'avoir touché l'eau.

Quatre mois plus tard.

Il faisait chaud. Et moite. Tout comme l'intérieur du ventre du Grand Serpent devait l'être.

Était-il mort ?

Alors pourquoi son corps tout entier était-il atrocement

douloureux ? L'au-delà n'était-il pas censé être exempt de souffrances ?

Un gémissement lui parvint. Puis il réalisa que c'était le sien. Sa gorge était sèche, comme jamais depuis… eh bien, depuis qu'il avait été enfermé dans la caisse de Ghata.

Était-il à nouveau dedans ?

Cette pensée le saisit de panique. Avec un effort gigantesque, il ouvrit les yeux.

Des chevrons en bois apparurent. Il se trouvait sous un toit en branches de saule tressées. La lumière filtrait à travers les minuscules fentes entre les tresses. Ce n'était pas une caisse.

Où était-il ?

Il referma les yeux, pour tenter de se souvenir.

La mémoire lui revint par bribes.

Il était allongé sur une planche à pagaie mobile, dont chaque mouvement lui causait une douleur atroce dans le dos…

Le visage inquiet de Hapon se penchait sur lui.

— Buvez ceci, mon seigneur.

Et une tasse était pressée contre ses lèvres avec quelque chose de terriblement amer à l'intérieur…

Une femme au visage si marqué par les rides que sa peau ressemblait au tronc d'un vieux chêne…

Et avant cela ?

Le palais de son père. La trahison de Bherlon.

Amira…

Elle avait été tout près. Quelque part…

— Amira, gémit-il, en l'appelant.

Mais elle n'était plus là.

Il devait partir. Il devait la trouver.

Il contracta les muscles de sa mâchoire au point de faire grincer ses dents l'une contre l'autre et se releva. La douleur parcourut tout son corps. Il se retourna et roula hors de sa paillasse.

Il n'était pas couché dans un nid. Même si l'on ne pouvait pas vraiment appeler ça un lit non plus. Cela ressemblait à un banc, un lit de camp en bois, recouvert d'un tapis tissé à la main et de couvertures en lin.

Il gémit à nouveau, en se repliant sur lui-même pour lutter contre la douleur.

Un gloussement sec retentit à proximité.

— Trop impatient pour assurer ton propre rétablissement, n'est-ce pas ? le réprimanda une voix rauque.

— Je dois partir...

Sa gorge brûlait de soif.

— Pas avant un mois ou deux, mon joli seigneur, répondit la voix.

Il ouvrit à nouveau les yeux, en plissant les yeux à la lumière du feu dans l'âtre métallique près du mur. Une silhouette sombre était assise près de la cheminée. Il était impossible de dire, par son timbre ou son apparence, si c'était un homme, ou une femme. Ou quelque chose d'autre.

Une porte s'ouvrit avec un grincement de charnières rouillées, et un homme entra.

— Tout va bien, Grand-mère ? lança une voix que Kyllen identifia comme celle de Hapon. J'ai entendu du bruit.

— Ton lord a de la fièvre, gloussa la silhouette près du feu. Et pas la moindre patience. (Elle tendit une grosse tasse à deux poignées à Hapon.) Donne-lui ça. Il doit tout boire s'il veut se remettre sur pied un jour.

— Mon seigneur ! s'exclama Hapon en se précipitant vers lui, puis il l'aida à remonter sur le lit de camp.

— Dis à ta grand-mère que je n'ai pas un mois ou deux à perdre à rester allongé, râla-t-il. Je dois guérir plus vite.

Hapon blêmit.

— Ce n'est pas ma grand-mère. C'est la sorcière du village, qui possède des talents de guérisseuse. Nous sommes à nouveau chez moi, mon seigneur. Pardonnez-moi, mais je ne savais pas où aller.

Kyllen écarta ses excuses d'un geste de la main. L'homme n'avait pas à se justifier. De plus, le souvenir de l'attaque de

Bherlon lui revenait en mémoire maintenant, dans toute son horreur.

— Tu m'as sauvé la vie, dit-il d'une voix rauque, parler lui faisait mal.

Hapon s'accroupit sur son lit de camp avec la tasse de la boisson de la sorcière entre les mains.

— Ma loyauté a été mise à l'épreuve cette nuit-là. Et j'ai fait mon choix. Je suis de votre côté, mon seigneur.

Kyllen prit la tasse et but quelques grandes lampées. Le liquide était tiède, mais il lui brûlait la gorge sans dégager de chaleur. La magie de la sorcière. Elle était assez puissante pour calmer la douleur tout en adoucissant sa gorge.

Les sorcières disposaient des pouvoirs magiques les plus puissants de Nérifir. Mais elles devaient pour cela sacrifier leur beauté et leur jeunesse. Celle présente dans la pièce était peut-être plus jeune que Kyllen, et vivrait probablement plus longtemps que lui, mais elle avait déjà l'air sur le point de retrouver le Grand Serpent. Ses mains sombres aux motifs variés tenaient une canne en bois noueux. La capuche de voyage — totalement inutile dans cette pièce où seules des gorgones étaient présentes — était rabattue sur son visage.

— Pourquoi as-tu tué pour moi, Hapon ? demanda-t-il.

— Vous êtes le fils de votre père. Le trône d'Ellohi vous revient de droit. C'est un honneur de vous servir comme mon père a servi le vôtre, mon seigneur.

Kyllen jeta un coup d'œil à l'intérieur de la tasse qu'il tenait dans ses mains. Le liquide sombre qu'elle contenait brillait et scintillait comme un morceau de ciel nocturne saupoudré d'étoiles.

— L'honneur est une chose encombrante qui peut attirer des ennuis.

— C'est déjà fait, répondit Hapon avec un sourire dénué d'humour. J'ai tué Bherlon. Les hommes du Haut Seigneur parcourent tout Ellohi, à ma recherche.

— Pourquoi ne sont-ils pas venus ici ? Ton village natal devrait être le premier endroit où chercher.

— En effet, dit-il en souriant encore. Si le Seigneur Udren avait pris la peine de demander d'où je venais.

Kyllen pouffa d'un rire qui retentit avec une onde de douleur dans son corps. Il s'affaissa sur le lit de camp. Juste encore un peu de repos. Et il se lèverait.

— Où est Amira ?

Elle avait été proche de lui. Il l'avait vue dans les ténèbres de son délire. Il lui avait parlé. Mais il ne se souvenait pas de ses propos.

Il l'avait *sentie*.

Hapon détourna les yeux et remua, mal à l'aise.

Kyllen se souleva sur un coude, malgré une autre douleur ardente dans le dos.

— Où est-elle ?

La sorcière gloussa.

— Tu devrais arrêter de malmener ainsi ton corps si tu veux retrouver ton amie.

— Elle était là, grogna-t-il contre la femme. Qu'est-ce que tu lui as fait ?

— Moi ? (La sorcière secoua la tête en faisant onduler sa capuche autour de son visage.) Est-ce là toute la gratitude que je reçois pour t'avoir sauvé du poison d'herbe d'*ébène* ?

Il pâlit et refréna son impatience. Être considéré comme ingrat pouvait avoir de graves conséquences.

— Pardonne-moi. Je ne voulais pas te manquer de respect. S'il te plaît, dis-moi ? Que lui as-tu fait ? supplia-t-il.

— Elle ? Rien. Je n'ai même pas vu ta femme. Mais tu partages un lien très fort avec elle. Je l'ai utilisé pour te permettre de lui rendre visite au début, quand ton esprit était à peine relié à ton corps. Tu t'es battu et tu as crié pour elle comme un homme possédé. Alors j'ai libéré ton âme pour donner à ton corps une chance de guérir. Mais tu n'es pas encore complètement tiré d'affaire. Continue à sauter comme une sauterelle, et tu vas rouvrir tes blessures. Et tu ne quitteras pas cette pièce avant de nombreux mois. Peut-être même jamais. Rares sont ceux qui survivent au poison d'herbe d'*ébène*.

Un lien.

Il le ressentait lui aussi. Un lien invisible qui reliait son cœur au sien. Il ne pouvait pas vraiment dire quand il s'était formé. Mais il savait exactement ce que c'était. De l'amour. Il aimait au plus haut point son petit pois, même s'il avait été trop aveugle pour le voir plus tôt.

— Où est-elle maintenant ? insista-t-il. Où est Amira ?

La sorcière poussa un soupir exaspéré.

— Il n'écoute pas, n'est-ce pas ? murmura-t-elle.

Hapon gratta une *sentie* posée sur son épaule.

— Nous ne savons pas où est lady Amira, mon seigneur.

L'inquiétude enserra sa poitrine comme une chaîne métallique.

— Depuis combien de temps suis-je ici ?

— Quatre mois, soupira Hapon en posant un regard sombre sur Kyllen. Vous étiez dans un sale état, mon seigneur. Vous l'êtes toujours, pour être honnête.

— Quatre mois ?

C'était une éternité ! Et pendant tout ce temps, Amira était là-bas, dehors... Seule.

Il avait ressenti ses sentiments pendant qu'il se battait pour survivre, inconscient et faible. Il savait qu'elle avait eu peur, qu'elle s'était sentie seule et qu'elle avait souffert... tellement souffert. Les cris de douleur qu'elle avait poussés résonnaient encore dans son cœur. Ils ne pourraient s'arrêter que lorsqu'il la tiendrait à nouveau dans ses bras.

Il devait la retrouver. La réconforter.

— Je dois partir.

Il rendit la tasse à Hapon et se redressa, un peu plus lentement cette fois-ci.

La sorcière se leva également. Elle frappa le sol du bout de sa canne avec une puissance inattendue pour sa frêle silhouette.

— Tu n'iras nulle part ! lança-t-elle d'une voix rauque, assez forte pour gronder sous les chevrons. Le poison court encore dans tes veines. Si tu continues à bouger, tu vas mourir. De toute façon, tu ne peux pas encore te lever. (Elle gloussa et s'assit sur sa chaise, retrouvant son air de vieille femme frêle.) Si tu meurs en allant à la recherche de ton amoureuse, qui va l'aider ? Si ton cadavre gît au fond d'une rivière quelque part, dévoré par les anguilles, en quoi cela aidera-t-il ta petite humaine ?

Bien qu'il la détestât sur le moment, la sorcière avait raison. Il ne pouvait même pas se lever du lit sans tomber. Comment pourrait-il se tenir sur la planche à pagaie assez longtemps pour partir à la recherche d'Amira dans les marais ?

Mais elle était là quelque part, seule, effrayée ou...

Et si elle n'était plus en vie ?

La peur glaça ses entrailles. Puis une petite pointe de chaleur frémit dans son cœur, il sentit Amira. Il était peut-être impossible d'avoir un lien fae avec un humain, mais leur relation existait de façon indéniable, quelle qu'elle fût exactement.

Elle était vivante. Il devait juste la retrouver avant qu'il ne soit trop tard. Amira était douce et fragile, trop délicate pour ce monde. Elle pouvait facilement être blessée.

— Ils ne la tueront pas, dit Hapon, qui avait dû percevoir sa peur. Une femme humaine est une chose trop rare et précieuse. Où qu'elle soit, elle est vivante.

Amira ne représentait aucune menace pour une gorgone, même pour Udren. Au contraire, elle était une belle et enviable acquisition que tout lord aimerait posséder.

Néanmoins, cela pouvait être la cause de souffrances.

— Pourrait-elle être encore au palais ? demanda-t-il.

Hapon secoua la tête.

— Je ne sais vraiment pas, mon seigneur. Je me suis caché. Seule ma famille la plus proche sait que nous sommes ici.

Kyllen ne pouvait pas en vouloir à Hapon. Les priorités de cet homme étaient ailleurs. Il avait déjà eu beaucoup à faire, avec un Kyllen inconscient à sa charge, tout en étant poursuivi pour meurtre.

Hapon lui toucha le bras dans un geste de réconfort.

— Je suis sûr que lady Amira est en vie, mon seigneur. Nous la retrouverons. Mais vous devez d'abord vous rétablir. Et je vous suggère de réclamer votre titre, également, avant de partir à sa recherche.

Il remua avec impatience, mais Hapon pressa plus fort sa main sur le bras de Kyllen, pour le maintenir en place.

— Un vieil homme mourant est sur le trône d'Ellohi, dit Hapon. Les petits seigneurs se pressent autour de lui, en attendant son heure. Depuis que Bherlon est mort, ils entrevoient une opportunité pour eux. Si vous n'agissez pas assez vite, quelqu'un vous volera votre place légitime au moment où votre frère périra. Ce sera alors plus difficile de la leur arracher.

Tout en lui le poussait à se lancer à la recherche d'Amira dès qu'il pourrait se lever de ce maudit lit. Mais en qualité de Haut Seigneur, il disposerait des moyens nécessaires pour la retrouver plus rapidement et du pouvoir de punir quiconque l'enlèverait.

Amira lui avait appris la patience. La patience et la confiance.

Il tourna sa tête sur l'oreiller pour faire face à Hapon.

— Prêtez-moi allégeance en tant que Haut seigneur, vous aurez ma loyauté en retour. Pour la vie.

La confiance était une chose difficile à obtenir. Sa propre famille l'avait trahi. Il savait que Bherlon n'avait pas apprécié son retour du monde des humains. Il s'attendait à ce que son neveu le défie. Mais il n'avait pas prévu que Bherlon lui tende une embuscade comme un lâche en pleine nuit. Son erreur avait été de ne pas suffisamment se méfier de lui.

Hapon, lui, avait prouvé son courage et sa fiabilité. Il lui avait sauvé la vie.

— Ce serait un honneur, mon seigneur, déclara Hapon en baissant la tête pour s'incliner, et il récita le serment d'allégeance.

Kyllen scella également leur accord par une promesse de loyauté. Un tourbillon magique les enveloppa d'un coup, les liant ainsi pour la vie. Cependant, elle apportait un soulagement au lieu du lourd fardeau de la contrainte. Certaines promesses valaient la peine d'être faites après tout.

L'infusion de la sorcière était en train de le plonger dans le sommeil, le repos et la guérison. À travers la brume somnolente, l'envie d'agir le tenaillait et le poussait à l'action. Il voulait poursuivre rapidement son but. Reprendre son trône. Retrouver sa femme. Tuer tous ceux qui osaient se mettre sur son chemin.

Mais il ne pouvait même plus ouvrir les yeux. La potion médicinale opérait avec magie, ressoudait sa peau et ses muscles et nettoyait ses veines du poison.

— Dormez, mon joli seigneur, gloussa la sorcière. Vous retrouverez ainsi vos forces.

Il avait besoin de retrouver toute son énergie. Il devait utiliser son instinct de fae pour tout préparer et planifier en attendant.

L'image d'Amira flottait devant ses yeux. Ses yeux sombres et curieux. Les lèvres qu'il aimait tant embrasser. Amira était si confiante et vulnérable. Chaque minute passée loin d'elle était synonyme de souffrance pour elle. Il devait la sauver. Il devait...

Les lourdes ténèbres le happèrent à nouveau.

Plusieurs semaines dans cet état à moitié conscient étaient passées. Il s'était tourné et retourné durant plus d'un mois dans la sueur et la douleur sur ce lit étroit sous la garde de la sorcière, jusqu'à ce qu'elle le juge enfin prêt à voyager.

Celle-ci avait refusé de recevoir des biens ou des bijoux en échange de ses services. Cela ne l'avait pas surpris. Les sorcières s'intéressaient généralement peu aux choses matérielles. Elles recherchaient une autre forme de reconnaissance.

— Je veux une chambre dans le palais où vous vivrez, mon seigneur, dit-elle. Une place à la table où vous mangerez, et le respect de la cour que vous dirigerez.

La requête était exigeante, mais méritée. Elle l'avait ramené à la vie après tout. La force avait de nouveau gagné ses muscles. L'énergie circulait dans ses membres.

— Vous disposerez toujours de tout cela dans le palais de mon père, promit-il.

Elle gloussa en secouant la tête.

— Non, mon beau, je ne parlais pas *seulement* du palais de ton père. Tu dois formuler ta phrase exactement comme je l'ai demandé ou tu resteras à jamais endetté envers moi.

Après avoir réussi à ne rien promettre à personne pendant presque huit décennies, il distribuait ces derniers temps des engagements comme des bonbons. Mais cette sorcière, il lui devait une énorme dette. Et mieux valait la régler maintenant plutôt que de la laisser prendre de l'ampleur.

Il s'exécuta comme elle le demandait.

Et maintenant, il avait une dernière chose à régler avant de pouvoir se lancer à la recherche d'Amira.

Il souhaitait pouvoir entrer dans le palais de son père et réclamer ce qui lui revenait de droit. Mais la prudence lui dictait de le faire discrètement. Hapon et lui arrivèrent de nuit, sur deux planches à pagaie qui glissaient silencieusement sur les eaux de la baie de Layahi.

Hapon pencha la tête en arrière, pour évaluer la large étendue lisse du tronc d'arbre royal du palais.

— Ce côté est impossible à escalader, mon seigneur.

Kyllen haussa les épaules.

— Je l'ai fait quand j'étais petit. Je suis sûr d'y arriver aujourd'hui encore.

Après avoir pagayé pendant des jours, ses épaules lui faisaient mal, mais sa force et sa vitalité lui revenaient progressivement. Il rapprocha la planche.

— Attends-moi ici, ordonna-t-il à Hapon. C'est probablement mieux que je parle d'abord à mon frère en tête-à-tête.

Escalader le tronc lisse était difficile, mais pas impossible. Les gardes placés sur les hautes fenêtres de la chambre ne l'arrêteraient pas non plus. La magie d'Ellohi l'avait identifié comme membre de la lignée dirigeante.

Il bondit par-dessus le rebord de la fenêtre et entra dans la pièce.

Le son rauque d'une respiration laborieuse provenait du grand nid recouvert d'une literie luxueuse empilée sur toute sa hauteur.

Kyllen balaya la pièce du regard, pour s'assurer que le Haut Seigneur était seul.

— Udren.

Il s'approcha du nid où dormait son frère. Il glissa l'épée hors du fourreau qu'il portait sur son dos et appuya la pointe de la lame sur la poitrine du vieil homme.

Le clair de lune avait des reflets bleus sur le métal de la lame, mais des étincelles rouges couraient tout le long de celle-ci, là où les particules de fer avaient été mélangées à l'alliage. Le fer de Nérifir était le seul métal susceptible de tuer un fae.

— Réveille-toi.

Il le poussa plus fort. Il n'avait pas l'intention de tuer un homme endormi dans son lit.

La respiration d'Udren s'arrêta, puis se fit un peu plus douce alors qu'il ouvrit lentement ses paupières.

— Kyllen ? C'est toi, mon frère ?

Frère.

Ce mot le fit grimacer.

— Lève-toi et réveille la cour, ordonna-t-il.

Udren tenta de se redresser. Ses bras tremblaient, ses *senties* tombaient avec raideur. Pas une seule parcelle de son visage n'était indemne du motif profondément gravé de la sécheresse mortelle. Il semblait avoir vieilli de plusieurs années depuis que Kyllen l'avait vu pour la dernière fois.

— Tu as tué mon fils, sanglota Udren.

Kyllen éloigna son épée. Menacer Udren était comme donner un coup de pied à un chiot malade.

— Ce n'était pas moi. (Il secoua la tête.) Je n'ai pas eu la chance de me défendre. Un homme, qui est resté loyal à mon titre, a donné le coup fatal à Bherlon. S'il ne m'avait pas défendu, je serais mort à sa place.

D'après le regard d'Udren, son frère semblait avoir de loin préféré ce dénouement.

— Savais-tu que Bherlon avait prévu de m'attaquer cette nuit-là ?

Udren couvrit son visage avec ses mains tremblantes.

— Mon fils. Mon beau et noble fils, se lamenta-t-il.

— Bherlon a fait son choix, Udren. Je lui aurais donné la chance qu'il m'a refusée. Un tournoi, un duel, une bataille légitime devant la cour du roi... n'importe quelle voie honorable pour résoudre cette affaire. Mais il a choisi une attaque lâche, en pleine nuit, en me tendant une embuscade alors que j'étais dans mon nid avec ma femme.

Il serra les dents. Pardonner serait difficile, mais il ne pourrait jamais excuser les dangers infligés à Amira.

Udren se découvrit le visage.

— *Ta* femme ? se moqua-t-il, avec une étincelle cruelle dans les yeux. Pensais-tu vraiment pouvoir garder l'humaine ? Toi, un lord vagabond sans trône et sans aucun moyen de protéger quelque chose d'aussi précieux qu'elle ? Une chose rare, un animal de compagnie digne d'un roi.

La colère le gagna. Il attrapa une poignée de *senties* d'Udren, et tira le Haut Seigneur vers lui.

— Où est-elle ? Qu'est-ce que vous lui avez fait ?

Udren lui rit au nez, heureux d'avoir trouvé un endroit où appuyer, là où ça faisait mal.

— Où ? Dans le nid du roi, bien sûr. Probablement en train de chevaucher sa bite royale à ce moment même.

— Vous l'avez vendue au roi ?

Une rage brûlante le traversa et se tordit dans sa poitrine sous l'effet de la souffrance de sa disparition.

— Je l'ai *offerte*, répondit son frère d'une voix rauque. Pour gagner ses faveurs. Donc, si tu prévois de réclamer mon titre à la cour...

Kyllen tira le Haut Seigneur par les *senties*, pour le faire sortir de son nid. La longue chemise de nuit d'Udren tombait jusqu'en dessous de ses genoux, et cachait une bonne partie de son corps rongé par la sécheresse.

— Il n'y aura pas de requête, Udren. Je n'ai plus besoin de l'aide du roi pour reprendre ce qui m'appartient.

Udren le fixa du regard avec tant de haine que Kyllen en frissonna.

— Tu n'étais pas censé revenir ! cracha le Haut Seigneur. Tu étais considéré comme mort. Parti pour toujours.

— C'était ton souhait, n'est-ce pas ? Que je périsse dans le monde des humains !

Udren tremblait de haine.

— Pourquoi ne le voudrais-je pas ? Tu as toujours été le préféré de Père. Il te laissait tout faire, le fils aîné, le futur Haut Seigneur. Et moi, alors ? J'étais destiné à être le second en tout. Pourquoi n'aurais-je pas saisi la chance de me débarrasser de toi quand je l'ai eue ?

Ces paroles frappèrent Kyllen comme la foudre.

— De quoi parles-tu ? Qu'est-ce que tu as fait ?

— Je n'ai pas eu besoin de faire grand-chose. J'ai pris du retard quand on pagayait vers le ruisseau Teal, tu te souviens ? Tu ne m'as pas attendu, tu es allé de l'avant, toujours plus vite, plus fort... le *meilleur*, cracha Udren comme si c'était une malédiction. De l'autre côté du méandre, j'ai vu les *bracks* installer le filet.

— Tu le savais ?

Il recula en titubant et lâcha les *senties* de son frère.

Udren sourit d'un air suffisant, appréciant visiblement la stupeur de Kyllen.

— Je n'étais pas assez fort pour te pousser de la planche, mais je me doutais bien que tu sauterais toi-même si tu pensais que j'étais en difficulté. Alors j'ai fait semblant d'être coincé dans le filet sous l'eau, puis je l'ai jeté sur toi quand tu as si honorablement essayé de me « libérer ».

Kyllen pensait tout savoir du caractère perfide de son frère. Mais apparemment, il se trompait. Udren était capable de le trahir sans limites.

La rage le brûla davantage, amère et chaude.

— Ils m'ont enlevé à cause de toi... J'ai passé des mois, enfermé dans une caisse. J'ai failli mourir... Tout ça à cause de toi ! (Il s'empara à nouveau des *senties* d'Udren et tira sa tête plus près de lui.) Je devrais te tuer.

— Mais tu ne le feras pas, se moqua son frère. Parce que tu es trop parfait pour commettre un meurtre. Encore moins un fratricide.

— Ah bon ? répondit Kyllen avec un sourire narquois. Oh, comme les choses ont changé, mon cher frère ! Crois-moi, je ne sourcillerai même pas en te tranchant la gorge. Mais je vais faire quelque chose de pire que ça. (Il rengaina son épée et sortit une dague à la place.) Je te laisserai vivre assez longtemps pour perdre le trône de notre père et me regarder le prendre. (Pressant la lame contre le cou d'Udren, il lui ordonna) : Tu vas réunir la cour sur-le-champ et me déclarer Haut Seigneur. Je veux que tu abdiques. En ma faveur.

Au contact de la dague, la peau sous le motif vert foncé du visage d'Udren pâlit. L'expression moqueuse disparut de son visage, remplacée par une terreur absolue.

— Pourquoi le ferais-je ? marmonna-t-il.

— Parce que tu sais que j'ai tous les droits de te tuer. Tu es un lâche, mon *frère*. Tu l'as toujours été. Tu ferais tout pour vivre un jour de plus. Allons-y. (Il traîna Udren vers la porte.) Si tu m'écoutes, je te laisserai vivre assez longtemps pour mourir dans ton propre nid de la sécheresse mortelle. Mais dans tous les cas, tu ne seras plus le Haut Seigneur d'Ellohi pour longtemps.

Vingt-Deux

AMIRA

De retour dans mes appartements, après la cérémonie, je n'arrivais pas à me reposer.

Uzyni m'avait retiré ma robe et ôté l'équivalent d'un coffre à bijoux. J'avais pris un bain rapide et revêtu mes vêtements de nuit, une des vieilles tuniques du roi. Une fois Uzyni repartie, je fis les cent pas dans la pièce, en attendant des nouvelles des gardes que j'avais envoyés dans tout Ufaris à la recherche du Haut Seigneur d'Ellohi.

Un par un, ils étaient revenus, mais aucun n'avait retrouvé Kyllen. Comme s'il n'avait été qu'une vision qui s'était dissipée dans l'air.

Ou une illusion créée pour me tromper ?

— Des hommes armés ont été repérés juste à l'extérieur d'Ufaris, Votre Majesté, rapporta subitement le dernier garde.

— À qui sont ces hommes ?

— Je ne sais pas. Mais il semble y en avoir un grand nombre, ils sont cachés dans les bois autour du lac.

Un signal d'alarme me picota la peau comme de minuscules aiguilles invisibles.

— Grand ? Mais comment ?

— Des centaines. Des milliers peut-être.

Des milliers d'hommes armés, cachés à l'extérieur des murs du palais, ne laissaient rien présager de bon.

— Ce sont des gorgones ?

— Oui, Votre Majesté.

Les vingt-quatre Hauts Seigneurs m'avaient prêté allégeance. Mais quelqu'un se préparait manifestement à frapper.

— Le Haut Général est-il au courant ?

— Oui, Votre Majesté.

— Je dois le voir immédiatement.

La nuit avait été longue.

Lors de la réunion d'urgence avec le Haut Général, nous avions décidé d'envoyer nos hommes au bord du lac pour guetter le moindre signe d'attaque. Un plan de défense avait été mis en place.

— Nous sommes prêts, Votre Majesté, m'assura le Haut Général avant de quitter mes appartements bien après minuit. Nous protégerons le palais et assurerons votre sécurité.

Une fois tout le monde parti, j'appuyai mon dos aux portes closes et fermai les yeux, dans l'attente que mon tumulte intérieur s'apaise. Mais je ne me calmai pas. Les pensées et les inquiétudes continuaient à se bousculer dans ma tête comme un ouragan.

Je me doutais bien qu'à un moment ou un autre, je devrais défendre ma couronne. Et il semblait que ce jour était déjà arrivé. Je passais en revue le plan de défense dans mon esprit, encore et encore, à la recherche d'éventuelles lacunes ou points faibles. Notre stratégie paraissait suffisamment efficace pour que je puisse me détendre et me reposer, car je ne savais pas de quoi demain serait fait. Pourtant, je ne parvenais toujours pas à envisager de dormir.

Un feu inquiet brûlait en moi, constellé d'étincelles d'anxiété.

Le murmure des feuilles dehors résonnait un peu trop fort pour cette heure tardive.

Une brindille craqua.

Un signal d'alarme s'alluma dans mon esprit fatigué.

Je me retournai face aux fenêtres. Depuis ma position près de la porte, je ne pouvais voir personne à l'extérieur, mais le craquement et le bruissement des feuilles dehors semblaient anormaux.

Silencieusement, je fis le tour de la pièce, puis je pris l'épée en fer du roi, accrochée au mur au-dessus du nid.

L'arme ancienne était incroyablement lourde. Je pouvais à peine la soulever à deux mains, en plaçant l'extrémité du long manche sous mon bras pour équilibrer le poids de la lame massive. Bien que rouillée et vieille, cette épée était une arme redoutable. Je me sentais plus en sécurité en la tenant dans mes mains, tandis que je me rapprochais de la grande fenêtre qui donnait sur la terrasse.

Au premier signe de danger, j'appellerais les gardes. Cependant, à cause de mes nerfs à vif, ma réaction était peut-être excessive. Les bruits extérieurs venaient probablement de la brise ou d'un oiseau.

Je me glissai jusqu'à la fenêtre, avec l'épée devant moi, et me penchai pour mieux voir.

Un homme escaladait la terrasse.

Je couinai en lançant l'arme dans sa direction, et ouvris la bouche, prête à crier à l'aide.

Il leva une main dans un geste d'apaisement puis fit rapidement tomber sa capuche en arrière, révélant ainsi le visage que je pensais ne jamais revoir ailleurs que dans mes rêves.

— Kyllen, murmurai-je.

Mes membres faiblirent. L'épée m'échappa des mains et s'écrasa à mes pieds.

Ses yeux dorés captèrent les miens. Il s'avança vers moi et me fixa du regard comme si j'étais la chose la plus féerique et la plus belle du monde.

— Amira... dit-il en arrivant à ma hauteur.

Une lueur verte ondula depuis la fenêtre au moment où ses doigts furent tous proches. Il retira sa main d'un coup sec.

— Les gardes. (Il fronça les sourcils, en regardant sa main. Les gardes ne l'avaient pas arrêté dans le passé, quand il n'était qu'un esprit. Est-ce que ceci était donc réel ?) S'il te plaît, laisse-moi entrer, mon amour.

« *Mon amour* »

Un nouveau signal d'alarme se déclencha en moi. Kyllen et moi n'avions jamais parlé d'amour, même si je savais maintenant que je l'aimais de tout mon cœur.

Je reculai d'un pas, reconnaissante envers ces dispositifs de protection.

— Kyllen ne m'a jamais appelée ainsi.

Il laissa retomber sa main.

— J'aurais dû. J'aurais dû te dire que je t'aimais, tous les jours. Parce que je t'aime. (Il s'appuya avec son épaule contre le cadre de la fenêtre, l'air épuisé.) Je t'aime, Amira.

Je serrai mes doigts autour de la libellule mécanique accrochée à ma tresse. Ma poitrine se serra. Oh, combien j'avais désiré entendre ces paroles de sa bouche ! Et le revoir.

Mais comment cela pouvait-il être réel ?

« *Rien n'est ce qu'il semble être...* »

— Comment peux-tu être encore en vie ? dis-je avec une respiration tremblante.

— Amira, je t'en prie. (Il secoua la tête.) C'est moi. J'ai survécu à une blessure avec une arme empoisonnée. Ils voulaient me tuer, mais j'ai survécu grâce à Hapon. J'ai mis du temps à m'en remettre. Mais dès que j'ai pu, je me suis précipité ici, vers toi. J'ai passé des jours sur une planche, sans me reposer. J'ai amené une armée tout entière ici pour me battre pour toi. Par le Grand Serpent... (Son torse se gonfla douloureusement.) Tu m'as tant manqué. Te voir dans mes rêves ne me suffisait absolument pas.

— Est-ce que tu as rêvé de moi ? (Personne ne savait pour mes visions. Je ne l'avais jamais dit à personne.) Te souviens-tu de ce qui s'est passé ? De notre discussion ?

— Non. (Il soupira avec regret.) La sorcière qui m'a guéri a mentionné que mon esprit pouvait te rendre visite, mais je ne me souviens pas de grand-chose. Juste de ta douleur et de ta solitude. Je sais que tu as crié pour moi, et je voulais te rejoindre. Vraiment. J'avais besoin de te serrer dans mes bras. C'est toujours le cas.

Ses derniers mots furent accompagnés d'un gémissement. Il se précipita vers moi. Les lumières vert pâle s'allumèrent autour de son torse, à l'endroit où il avait touché la barrière, et il fit un nouveau bond en arrière.

— S'il te plaît, laisse-moi entrer, supplia-t-il. J'ai peur de mourir si je ne te touche pas maintenant mon petit pois.

Un sanglot étranglé s'échappa de ma gorge en entendant mon surnom.

Une illusion pouvait-elle être aussi déchirante et réelle ?

— S'il te plaît, laisse-moi te serrer dans mes bras, implora-t-il.

Si c'était une illusion, alors je voulais m'y perdre le temps qu'elle durerait.

Je tendis la main par la fenêtre :

— Viens !

Il saisit ma main, comme si je lui avais lancé une bouée de sauvetage, et je le guidai à travers la barrière de sécurité jusqu'à la chambre.

— Amira…, souffla-t-il en me prenant dans ses bras.

Il enfouit son visage dans les plis de mon voile autour de mon cou et respira goulûment, comme s'il souhaitait désespérément remplir ses poumons de mon parfum, s'en imprégner de tout son être.

À ce moment-là, je sus que c'était l'homme que j'aimais. Je n'avais plus aucun doute. Personne ne m'avait jamais serrée dans ses bras comme Kyllen, comme si toute sa vie dépendait de la moindre de ses étreintes.

Je le savais, même si je n'arrivais toujours pas à y croire.

Il glissa ses mains sous la robe que je portais, et mon corps s'illumina de vie. Ma peau rayonnait partout où ses mains me touchaient.

Il embrassa mon visage à travers mon voile, des baisers chauds et avides. Il avait faim de moi, autant que j'avais faim de lui.

— Kyllen, Kyllen... (Je n'arrêtais pas de répéter son nom. Je n'étais pas en train de crier dans l'obscurité. Il était bien là...) Attends. (Je pris son visage entre mes mains.) Laisse-moi te regarder.

Ses yeux dorés rencontrèrent les miens. Je caressai ses hautes pommettes avec mes pouces, en appréciant chacun de ses traits familiers après tant de mois. Il entrouvrit ses lèvres pour faire apparaître l'éclat de ses crocs.

— C'est moi. (Il sourit.) Et c'est réel.

— C'est toi... soufflai-je doucement, en laissant mon corps se fondre dans le sien.

Lui et moi. Les deux parties d'un tout.

Il me débarrassa de ma robe, embrassa mes épaules nues, ma clavicule, ma poitrine. Je cambrai le dos et titubai en arrière sous l'assaut de son amour. L'arrière de mes jambes heurta le bord rembourré du nid, et nous tombâmes en nous enfonçant dans les draps doux et roses.

Il rassembla mon voile et le remonta jusqu'à mes yeux. Puis il s'empara de ma bouche avec la sienne. Son baiser était comme un verre d'eau fraîche et propre, et j'étais la femme perdue dans un désert brûlant depuis des mois. Je ne pouvais pas accepter que cela se termine. Jamais.

Je le saisis par la nuque. Ses *senties* s'enroulèrent autour de mes doigts et mes poignets, et me fixèrent à lui.

Serre-moi.

Embrasse-moi.

Aime-moi.

Ne me quitte jamais.

Avec mes yeux fermés, je ne pouvais pas le voir. Et j'étais terrifiée à l'idée qu'il puisse disparaître à nouveau.

J'enroulai mes jambes autour de lui, pour l'ancrer à moi.

— Reste, le suppliai-je quand il me laissa reprendre mon souffle.

— Je n'irai nulle part, Amira. Je ne peux pas vivre sans toi, je veux être à tes côtés.

Il laissa le voile glisser à nouveau sur mon visage tandis qu'il déposait ses baisers plus bas. Désespérément avide, il couvrit ma poitrine de baisers chauds et désordonnés. Il trouva mon téton avec sa bouche, et le suça à travers le tissu fin de ma chemise de nuit, puis tira sur l'encolure avec impatience, et déchira le tissu fragile pour accéder à mon corps nu.

Le désir me brûla de part en part lorsque ses lèvres touchèrent ma peau nue. Ses *senties* enveloppaient mes seins et les couvraient d'irrésistibles mordillements.

Je me délectai de chaque sensation. Chaque caresse était la preuve physique que Kyllen était ici avec moi. Il était revenu à moi. Il était vivant. Il était...

Oh, mon Dieu. Il m'embrassait plus bas maintenant. Ses *senties* se faufilaient entre mes jambes, elles glissaient, frottaient, exploraient.

— Oh, combien ça m'a manqué, murmura-t-il en posant ses lèvres sous mon nombril. Ton odeur, ton goût. Te sentir...

Il embrassa le point sensible entre mes cuisses et me fit gémir de plaisir et de désir.

Mes sens étaient restés en veilleuse durant si longtemps, et ce n'était que maintenant qu'ils s'éveillaient vraiment, à son contact. Je saisis des poignées de ses *senties*, en soulevant mes hanches vers sa bouche. J'avais besoin de ses lèvres, de sa langue, de ses doigts et de ses *senties*. Mais j'avais aussi besoin de plus...

J'avais besoin de tout de lui.

— Kyllen...

— Oui, mon trésor ? répondit-il.

Le grondement sourd de sa voix vibra contre moi d'une manière des plus délicieuses.

J'agrippai ses épaules.

— Je te veux, sans tous ces... murmurai-je, en tirant sur ses vêtements.

Il monta vers moi et arracha sa tunique par-dessus sa tête.

— Ouiii, soufflai-je.

Un bonheur intense me secoua et je posai mes mains sur son torse nu.

— Comme ça oui, murmurai-je, en embrassant sa clavicule. (Je sortis ma langue pour lécher sa peau à travers mon voile, le goût de sa peau m'avait manqué aussi.) Prends-moi, Kyllen, suppliai-je. Comme un homme prend une femme. (J'inclinai ma tête en arrière et plongeai mon regard dans le sien.) Je te veux en moi.

Ses yeux s'écarquillèrent. Son regard s'aiguisa.

— Personne ne m'a jamais touchée ainsi, à part toi.

Durant cette période sans lui, j'avais été mariée à un autre homme, mais je n'avais pas connu l'amour en dehors de lui.

— Je sais, dit-il avec son assurance habituelle. Je sais que tu n'as jamais offert ton cœur à un autre. Tu n'aurais pas pu, parce qu'il est déjà à moi, et je ne le restituerai pas.

— Il est à toi, chuchotai-je. Il l'a toujours été.

— Tout comme toi, répondit-il. (Il remonta délicatement mon voile et m'embrassa à nouveau, il déboutonna son pantalon et son organe long et dur se pressa contre ma cuisse.) Ça va faire mal. Au début, me prévint-il.

— Je sais, dis-je en passant mon bras autour de son cou, sans le laisser s'éloigner de moi. Je suis prête.

Des frissons d'impatience parcoururent mon bas-ventre, mêlés à une certaine appréhension. J'avais rêvé de ce moment précis, mais je n'avais jamais réussi à l'imaginer au-delà de ce point.

Il se glissa entre mes cuisses. Un frisson de plaisir me parcourut à son contact.

— J'en ai rêvé, murmurai-je.

Il s'introduit doucement à l'intérieur de moi.

— Est-ce que j'étais présent ? Dans tous tes rêves ?

— Tu as toujours été là, Kyllen. Tout au long du chemin.

— Je te l'ai promis, dit-il en s'enfonçant un peu plus.

La sensation devint douloureuse. Je me mordis la lèvre et appuyai mes mains contre son torse, en fermant les yeux.

— Regarde-moi.

Il ramena sa main entre nous et trouva cet endroit, qui me rendait folle de passion quand il le touchait.

Le désir se répandit dans mon ventre et à l'intérieur de mes cuisses, et engourdit la douleur. J'ouvris mes yeux pour rencontrer les siens.

— Reste avec moi, Amira, râla-t-il, ses muscles se tendirent tandis qu'il se frottait entre mes jambes. Je te veux avec moi.

Il utilisa ses *senties* pour jouer avec mes seins. Une vague de plaisir traversa à nouveau mon corps, et fit disparaître ma douleur.

— Toi et moi, souffla-t-il en donnant des coups de reins. Ensemble.

Une souffrance aiguë interrompit ma jouissance. Je rejetai ma tête en arrière et ma bouche s'ouvrit pour crier.

— Chuuut.

Son baiser engloutit mon cri. Il bougea à la fois ses hanches et son doigt, pour me caresser doucement.

La souffrance s'estompa, noyée par une vague de doux plaisir, qui inonda chaque partie de mon corps et me donna l'impression d'être à la fois faible et puissante.

Au lieu d'un cri, un gémissement sortit de mes lèvres.

— Comme ça, mon petit pois... murmura-t-il tandis que son corps bougeait au-dessus du mien. Reste avec moi.

Chacun de ses coups de reins me faisait encore un peu mal, mais quelque chose d'incroyable se produisait. La douleur amplifiait le plaisir qu'il me procurait en me caressant avec ses doigts. Plus il remuait les hanches, plus ses doigts appuyaient fort, et me faisaient gémir sous lui.

— Kyllen... balbutiai-je en m'agrippant à ses épaules alors que mon orgasme approchait. Oh mon Dieu... Je ne peux pas. Je... continuai-je, mais les mots restèrent coincés dans ma gorge alors que mon plaisir explosait.

— Oh oui, souffla-t-il, en abandonnant lui aussi tout contrôle.

Comme mes hanches s'étaient mises à bouger, il accéléra ses mouvements en moi en retour.

J'agrippai sa nuque et pressai ma tempe contre l'arête dure de sa mâchoire, tandis que nous tombions tous les deux dans le vide. C'était vraiment comme une chute libre à travers les nuages d'un plaisir intense. Je ne savais plus où était le haut du bas. Il n'y avait plus que Kyllen, et je m'accrochais à lui de toutes mes forces.

Il s'effondra sur moi, en haletant. Je resserrai mon étreinte, craignant à nouveau qu'il ne disparaisse comme dans un rêve :

— Ne me quitte pas. Ne me quitte jamais.

Il roula sur le côté, et m'entraîna avec lui.

— Jamais.

Vingt-Trois

AMIRA

Kyllen se redressa sur son coude à mes côtés.

— C'était comme dans tes rêves ? demanda-t-il avec un sourire en coin et en haussant un sourcil dans un arc élégant. Ou était-ce encore mieux ?

Des éclairs lumineux espiègles brillaient dans ses yeux dorés. Mon cœur se serra en constatant à quel point tout en lui m'était familier.

— C'était mieux que n'importe quel rêve, Kyllen, répondis-je en longeant la courbe de la *sentie* suspendue devant son visage, et elle mordilla le bout de mon doigt lorsque j'atteignis sa « tête ». C'était réel.

— C'est dur à croire, lança-t-il, en roulant sur le dos, et il me tira contre son torse. Je suis venu ici pour te sauver, je pensais te trouver seule et effrayée. Et te voilà... reine !

— J'*étais* seule et effrayée. (Je repensai à tous ces mois sans lui, des mois qui, je le croyais, se transformeraient en années et en décennies de désespoir, pour le reste de ma vie et je frissonnai.) Je pensais t'avoir perdu. On m'a dit plus d'une fois que tu étais mort. J'ai vu Bherlon, arme à la main...

— Je suis vraiment désolé, dit-il en me collant encore plus à lui, puis il embrassa mon front, ma joue, et mes lèvres, le voile se prit entre nous, mais je m'en fichais, et lui aussi, semblait-il. J'étais blessé. Empoisonné. J'ai déliré pendant des mois. Hapon m'a emmené dans son village natal, à la frontière avec Olathana. Les hommes d'Udren nous recherchaient pour venger Bherlon. Je n'ai appris la mort du roi Zeldren que lorsque je suis arrivé ici. Je suis venu à Ufaris prêt à me battre pour toi ou à te reprendre à celui qui te détenait.

— Attends une minute. (Je me redressai au-dessus de lui, poussée par une soudaine constatation.) Ce sont tes hommes qui se cachent dans les bois autour de mon palais ?

Il haussa les épaules de cette manière si désinvolte qu'était la sienne.

— Pour ma défense, je ne savais pas que c'était *ton* palais dorénavant.

— Oh, Kyllen, dis-je dans un gémissement en passant une main sur mon visage. Je vais devoir rappeler mes hommes, alors. Donc tu es venu avec la ferme intention de prendre d'assaut Ufaris ?

Il hocha la tête.

— De la prendre d'assaut, de l'écraser, de la réduire en cendres, tout ce qu'il faudrait pour te récupérer. (Il jeta un coup d'œil à la couronne de Lorsan, posée sur la table à côté de mon nid.) Je ne m'attendais pas à te voir porter *ça*.

Il avait l'air stupéfait, et je ressentis le besoin de m'expliquer à nouveau.

— Je tenais au roi Zeldren, Kyllen. Mais ce n'était pas un mariage d'amour.

— Je sais, répondit-il en prenant mon visage dans sa main, il me regarda avec attention, comme s'il redécouvrait chaque trait de mon visage. Je ne devrais pas être si étonné devant cette réussite. J'ai toujours su que tu avais la patience et la détermination nécessaires pour aller aussi loin que tu le souhaitais. Mais je n'aurais jamais pu imaginer que tu irais *aussi* loin. Et si rapidement. Et... sans moi ! ajouta-t-il en fronçant légèrement les sourcils.

— C'est ça qui te dérange ? demandai-je avec un sourire. Es-tu contrarié d'avoir raté le couronnement ?

— Ce qui me dérange le plus, c'est de ne pas avoir été là pour toi, répondit-il très ému.

Je me redressai.

— Kyllen, mon chéri. Tu *étais* présent. Ton souvenir ne m'a jamais quitté. Je ressentais chaque jour ton soutien. Je t'ai vu dans mes rêves, plus saisissants que tous les rêves que j'ai faits. Tu me parlais. Tu m'as maintenue en vie.

— Vraiment ?

J'acquiesçai.

— Tu étais aussi réel que maintenant. Mais tu disais que tu étais plongé dans les ténèbres et la souffrance. Je pensais que tu me rendais visite depuis l'au-delà. Mais je m'en fichais, parce que je te voulais simplement avec moi. J'avais besoin de toi.

Il joua avec le bord de mon voile et sembla perdu dans ses pensées pendant un moment.

— La sorcière disait que mon esprit vagabondait pendant que mon corps se rétablissait. De toute évidence, conscient ou pas, une seule destination existait pour moi, c'était toi.

— Tu ne te rappelles pas m'avoir rendu visite ? D'avoir parlé avec moi ?

— Non, mon petit pois. Mais je me souviens que tu étais tout près. Quand je me suis réveillé, je n'ai pas eu l'impression que des mois s'étaient écoulés depuis la dernière fois.

Je pris une grande inspiration et chassai les souvenirs de tous ces longs mois sans lui.

— C'est du passé, maintenant. Tu es là. C'est tout ce qui importe. (Je posai ma main sur sa poitrine là où son cœur battait fort et régulièrement.) Je t'aime, Kyllen. J'ai cru que je ne pourrais jamais te le dire.

Un immense sourire illumina son visage.

— Je craignais que tu ne me le dises jamais.

— Vraiment ? Mais pourquoi ?

Il couvrit ma main de la sienne.

— Tu as tendance à refouler tes sentiments, même les plus forts. En fait, plus ils sont forts, plus tu cherches à les enfouir, comme si c'étaient des trésors à cacher, à protéger.

— Mon amour pour toi est le plus grand des trésors. (Je portai sa main à mes lèvres, et embrassai sa paume.) Mais j'ai trouvé ma voie. J'ai appris à m'exprimer. Je t'aime, Kyllen. Et je le dirai encore et encore, ne serait-ce que pour voir ton sourire indéfiniment.

— Je t'aime aussi.

Il se redressa, et me prit dans ses bras. J'aurais voulu que l'on reste ainsi pour toujours, mais il se dégagea de mon étreinte bien trop vite.

— Reste ! m'exclamai-je en attrapant son bras.

— Je voudrais bien. Mais je n'ai pas dormi depuis des jours. J'ai peur de m'assoupir là tout de suite.

— Alors, dors. Il y a suffisamment de place ici. Repose-toi.

Je venais juste de le récupérer. Je ne pouvais pas le laisser repartir.

Il se frotta les yeux avec une main.

— Il y a des gardes à ma porte. Ils s'attendent à me voir sortir de ma chambre demain matin. Je dois y être.

— Quels gardes ? m'inquiétai-je en fronçant les sourcils. Ceux que j'ai envoyés à ta recherche sont tous revenus bredouille. Tu leur as tous échappé.

— Je ne pouvais pas les laisser me conduire à toi.

— Pourquoi ?

Une étincelle brilla dans ses yeux.

— Parce que ça m'avait déjà demandé toutes mes forces pour ne pas te ravir du trône lorsque je t'ai vue à la cérémonie. J'étais à deux doigts de t'embrasser sur le champ, devant tout le monde.

Je mordillai ma lèvre.

— Je ne m'y serais pas opposée.

— Mais les autres si. Si les Hauts Seigneurs apprennent que tu me favorises d'une quelconque manière, ils m'assassineront sans hésiter.

— Non, protestai-je. Je ne les laisserai pas faire.

— Ils trouveront bien un moyen de le faire. Lord Adriyel a déjà envoyé ses gardes à la porte de ma chambre pour m'espionner. Bien sûr, il prétend que c'est pour me protéger.

— Comment ose-t-il ? éclatai-je en colère. Je vais les faire partir tout de suite.

Kyllen haussa simplement les épaules.

— Ne te fatigue pas. Cela ne ferait que confirmer ses soupçons.

— Il prend trop ses aises dans mon palais, fulminai-je.

Kyllen me dévisagea encore un instant.

— Ma reine, dit-il, comme pour expérimenter la sonorité de mon nouveau titre. C'était vraiment très excitant de te voir sur le trône de Lorsan et de te trouver ici, brandissant l'épée du roi Zeldren. Tu étais magnifique.

Brandir était un terme un peu exagéré. J'avais à peine réussi à garder mon équilibre sans la faire tomber. Pourtant, mes joues se colorèrent face à ses compliments.

— Une épée au lieu d'une chaise. J'ai fait un bon bout de chemin, répondis-je avec un sourire en caressant une *sentie* posée sur son épaule, qu'il s'empressa d'enrouler autour de mon poignet.

— Tu l'as vraiment fait, mon amour. Je suis impressionné, ému et fier de ce que tu as accompli et de la personne que tu es devenue. Tu es sortie de ta coquille et tu es apparue dans toute ta splendeur... (Il s'assit et inclina la tête.) Ma reine.

Son admiration me ravit. Un doux plaisir jaillit en moi à ses propos.

— Eh bien, en tant que reine, je t'ordonne de rester avec moi... (Je marquai une pause avant d'ajouter) : Pour le reste de ma vie.

Il prit ma main dans la sienne.

— Veux-tu m'épouser, Amira ?

— Oui, dis-je rapidement, peut-être beaucoup trop rapidement, mais je m'en fichais.

Son sourire était plutôt narquois, il ressemblait beaucoup au Kyllen que je connaissais. Il sembla ne pas trouver ses mots pendant un instant, et resta assis là, à faire des mimiques joyeuses.

Je déposai un baiser furtif sur le coin de sa bouche souriante.

— Je vais réunir une assemblée et faire une annonce officielle à la première heure demain matin.

Son visage s'assombrit.

— Ce n'est pas si simple.

C'était exactement les mots que je redoutais d'entendre. Rien n'avait jamais été simple dans ma vie.

— Depuis des années, expliqua Kyllen, les Hauts Seigneurs attendent leur chance de concourir pour la couronne.

— Mon arrivée a bouleversé leurs plans, ajoutai-je en hochant la tête. Ils ne sont pas ravis, mais ils s'en accommodent plutôt bien, jusqu'à présent.

— Hum ! marmonna-t-il l'air sceptique. Ils s'accrochent à l'espoir que tout n'est pas perdu. L'un d'entre eux peut t'épouser et devenir le prochain roi. Si j'interviens maintenant et que je leur ôte cette chance sous le nez, ils ne le prendront pas vraiment bien.

— Ils n'ont pas le droit de me dicter avec qui me marier, affirmai-je, tout en craignant qu'ils puissent très bien le faire.

Le mariage d'une reine était d'une importance capitale. Chaque Haut Seigneur et chaque conseiller avait quelque chose à dire dessus.

— Tu as annulé le tournoi, dit Kyllen. Les seigneurs se sont sentis lésés dans leurs chances d'obtenir la couronne. Maintenant, si tu leur dis que tu m'épouses, sans tenir compte des autres, ils le prendront comme une insulte. La couronne leur échappe pour la deuxième fois, par un mariage arrangé dans leur dos, avec quelqu'un qu'ils considèrent comme un étranger. J'ai été absent trop longtemps. Je n'ai pas fait d'alliance et je ne peux compter sur aucun soutien.

« Ils vont m'assassiner ». Ses paroles retentirent sombrement dans ma tête.

— Si je ne peux pas t'épouser, je ne me marierai pas du tout, dis-je fermement.

— Oh, ce sera moi. Ça ne pourra être personne d'autre, affirma Kyllen en se penchant vers moi, pour prendre mes mains dans les siennes. Mais je dois *gagner* le droit de t'épouser.

— Comment ?

Il se redressa, en serrant mes mains.

— Le tournoi doit avoir lieu.

— Quoi ? Non !

— Amira, s'il te plaît. Annonce que la récompense est le mariage avec toi. Et laisse-nous tous concourir pour cela.

Je continuais à secouer la tête.

— Non. Je ne vais pas jouer avec ta vie. Je viens juste de te retrouver. Je ne veux pas te perdre à nouveau.

— Une victoire au tournoi, devant des milliers de spectateurs, serait le seul moyen incontesté pour moi de te revendiquer, insista-t-il. C'est l'une des plus anciennes traditions. Autrefois, un seigneur d'un rang inférieur a demandé la main d'une princesse comme ça. Ils n'avaient pas de liens d'attachement, mais ils étaient amoureux. J'ai oublié son nom.

— Lord Grelen. (Je me rappelais l'avoir lu dans un des livres sur les lois de succession.) Il a gagné la main de la princesse Rhelore, la fille du roi Anior, lors d'un tournoi et a créé un précédent qui des siècles plus tard, a aidé lord Urick et lord Oflyn à demander la main de femmes au rang plus important.

Il pencha la tête et me regarda avec une nouvelle curiosité.

— Tu connais l'histoire de Lorsan mieux que moi.

— J'ai beaucoup lu, notamment sur les lois du royaume. J'ai encore beaucoup de choses à rattraper.

— Je n'ai jamais su pour les deux autres seigneurs, murmura-t-il.

— As-tu également séché cette leçon dans ton enfance ? le taquinai-je.

Il haussa les épaules avec un air coupable qui me fit rire. Il se rapprocha de moi à nouveau, et je me glissai volontiers contre lui.

Je détestais être séparée de lui, même si la distance n'était que d'un mètre ou deux.

Il posa un baiser sur mon cou.

— Bon, je ne suis peut-être pas un intellectuel, mais je suis très doué pour monter des serpents d'eau et gagner des tournois. Je suis en excellente forme également, tu sais. J'ai voyagé sur une planche à travers le royaume pendant des jours. Ne me sous-estime pas.

Je soupirai, en me blottissant dans ses bras. Sa vie était en jeu. Mais même s'il survivait, et arrivait à une autre place que la première, je serais obligée d'épouser un étranger. Une peur bleue m'envahit.

— C'est un trop grand risque. Les enjeux sont trop élevés pour que je prenne le risque de parier.

Ses yeux brillèrent d'excitation.

— Mais je suis bon en pari, tu te souviens ?

— Nous ne sommes pas dans le monde des humains, argumentai-je. Un tournoi n'est pas comparable à une table de roulette. Tu ne peux pas le manipuler en ta faveur.

— Il y a toujours moyen d'augmenter ses chances, ajouta-t-il sans avoir l'air découragé.

— Non, Kyllen, s'il te plaît. Il doit bien y avoir d'autres solutions.

— L'autre solution, c'est ça. (Il pointa du menton vers la couronne de Lorsan sur la table.) Laisse-la ici pour celui qui veut la prendre. Viens avec moi à Ellohi. Je ne pourrai pas faire de toi une reine, mais tu seras ma Dame. Je construirai une forteresse autour de mon palais et je combattrai tous ceux qui voudraient te ravir.

Parce qu'ils viendraient.

« *Ils te traqueront...* » m'avait dit le roi Zeldren.

Ils le feraient. Maintenant, le prix serait encore plus grand. Je ne serais plus seulement un animal de compagnie rare. En tant qu'ancienne reine, je pourrais prétendre au trône pour le reste de ma vie. Cela signifierait également la condamnation à mort de

Kyllen s'il se mettait en travers du chemin d'un Haut Seigneur ambitieux qui souhaiterait me reprendre.

Je soupirai.

— Ils ne nous laisseront pas vivre en paix.

— En effet, mon petit pois. Comprends-tu maintenant que la victoire au tournoi est le meilleur moyen, pour moi, de prétendre à ta main ? Équitable, publique, et incontesté. De plus, tu resteras la reine.

J'aurais aimé pouvoir rejeter ce dernier point. Mais si j'affirmais que la couronne ne m'intéressait pas, ce serait faux.

— Tu la veux, n'est-ce pas ? souffla-t-il.

Je hochai la tête.

— J'ai fait une promesse au peuple de Lorsan et, malgré les préjugés des gorgones, les promesses humaines sont précieuses, peut-être même plus que celles des fae. Parce que rien ne nous oblige à les tenir. Sauf notre honneur. Oui, je veux être une reine digne de la confiance de mon peuple. Je ne veux pas abandonner.

— Alors qu'il en soit ainsi.

— Kyllen. (Je me déplaçai pour lui faire face.) Si je dois choisir, tu passeras toujours avant la couronne. Sans le moindre doute ni hésitation. Rien ni personne au monde n'est plus important pour moi que toi.

— Je sais. Et le fait de vouloir les deux ne fait pas de toi une mauvaise personne, dit-il en souriant. Tu peux tout avoir.

Je pouvais facilement tout perdre, également.

Le ciel avait viré au gris avec les premiers rayons du soleil levant. Les oiseaux dans les branches des arbres devant les fenêtres gazouillaient, pour le saluer. Je m'accrochais quand même à Kyllen, l'homme que je pensais avoir perdu et que je risquais de perdre pour de bon, maintenant.

— Je dois y aller, insista-t-il avec une tendre étreinte et un baiser, avant de se dégager de mes bras. Je dois me faufiler jusqu'à ma chambre avant que le lac ne soit trop fréquenté. Personne ne doit savoir que je suis venu ici ou que je t'aime. Personne ne doit savoir que tu m'aimes en retour.

Il sortit du nid et chercha sa chemise. Je le regardai s'habiller, en regrettant de ne pas avoir le pouvoir de le garder avec moi.

— Annonce le tournoi, ma reine, et fixe la date dès que possible. Nous n'avons pas de temps à perdre.

— Kyllen, murmurai-je en sautant du nid et en me jetant dans ses bras pour une dernière étreinte.

Il m'embrassa et me serra contre lui un peu plus longtemps.

— Je ne pourrai pas te voir avant le tournoi. Je ne sais pas comment je vais gérer ça.

— Promets-moi que tu feras attention, suppliai-je. Je veux que tu gagnes, mais je souhaite surtout te voir en vie.

Il me gratifia d'un grand sourire puis secoua la tête.

— Je préférerais ne pas te faire de nouvelles promesses, mon petit pois. J'en ai tellement fait que ça devient difficile de m'en souvenir. Fais-moi confiance, je n'ai pas de problème à risquer ma vie, mais je ne veux plus jamais te perdre.

Vingt-Quatre

KYLLEN

Il faisait avancer sa petite planche en donnant des coups de pagaie réguliers. À cette heure tardive, le lac était agité par le trafic maritime. Il devait garder les pieds écartés et s'accroupir un peu pour garder son équilibre.

Cela faisait deux jours que la reine Amira avait annoncé le tournoi sous les acclamations du peuple. Depuis, l'excitation était palpable dans l'air. Les nobles étaient heureux d'avoir la chance de concourir pour la couronne, même si elle était accompagnée de la main de la reine. Et les gens du peuple se réjouissaient des jeux et de festivités en perspective. Ce n'était pas tous les jours que les Hauts Seigneurs étaient prêts à mourir tout en leur offrant un divertissement.

Le tournoi était prévu pour le surlendemain, et il était en route pour s'assurer un allié.

La saison dorée avait commencé, refroidissait l'air et remplaçait le vert de la canopée des arbres par du jaune.

Le coucher de soleil était dans toute sa splendeur, et peignait le ciel et le lac d'une vive palette colorée d'or, d'orange et de rouge. Des libellules aux ailes dorées planaient au-dessus de l'eau. La taverne où il se dirigeait était déjà entourée d'essaims lumineux. Des grappes de ces insectes étaient suspendues sous le treillis qui faisait office d'auvent au-dessus du sol en bois. Le plancher était placé autour d'un épais tronc d'arbre, quelque part en périphérie d'Ufaris.

Plusieurs clients étaient attablés. Certains terminaient leur dîner. D'autres avaient déjà bu une bonne quantité de vin et ne tenaient plus debout.

Un client trébucha sur l'une des planches à pagaie arrimées au quai près de l'entrée.

— Hé, Ezon ! lui cria une serveuse qui portait six pichets de vin doux, trois dans chaque main. Tu es sûr que tu peux rentrer chez toi tout seul ?

Ezon la renvoya d'un signe de la main en marmonnant quelque chose d'incompréhensible. D'un bond en avant, il trébucha sur l'une des planches, perdit pied et plongea dans l'eau, le visage en premier.

Les clients autour des tables se mirent à rire, en tapant du pied et en se frappant les cuisses. La serveuse déposa les verres de vin sur la table et ricana en appuyant ses mains sur ses hanches généreuses.

Kyllen bloqua de ses jambes le sillage provoqué par la chute d'Ezon. Une fois la houle passée, il positionna sa planche à côté de l'infortuné.

L'homme flottait dans le lac, le visage tourné vers le bas, ses *senties* brun clair étalées en cercle autour de sa tête le faisait ressembler à un calmar à vingt-quatre tentacules.

Kyllen saisit la corde à l'avant de son moyen de transport et la lança par-dessus l'un des piquets du quai. Une fois monté sur la surface plus stable du ponton de la taverne, il se dirigea vers Ezon et l'attrapa par l'arrière de sa tunique. Il hissa le pauvre homme sur l'une des planches amarrées. L'homme grogna et se mit dans une position plus confortable, mais ne se réveilla pas.

— Merci, mon seigneur, dit la serveuse en s'approchant de Kyllen. C'est une petite nature, celui-là. Une seule cruche de bière de lys l'a mis dans cet état. Il ira mieux après une sieste. Vous êtes ici pour dîner ?

— J'ai rendez-vous avec quelqu'un.

— Oh, bien sûr, répondit-elle en s'essuyant les mains sur son tablier. Suivez-moi à l'intérieur alors.

Contrairement à la partie extérieure de la taverne, beaucoup plus grande, l'intérieur du petit bâtiment accolé à l'arbre était totalement vide, à l'exception d'un client. Vêtu de noir, il était assis à la table près de la fenêtre. Avec sa chaise placée loin de la lueur dorée du coucher de soleil, il était caché dans l'ombre.

— Est-ce l'homme que vous êtes venu voir ? leur demanda la serveuse à tous les deux en même temps.

L'homme hocha la tête.

— Oui, dit Kyllen en ramenant une chaise vers la table pour prendre place.

— Un peu de vin ? proposa-t-elle.

Une chope en verre soufflé remplie de vin de miel doré était posée face au lord.

— Bien sûr, répondit Kyllen en hochant la tête, et la serveuse s'en alla.

Lord Adriyel, l'héritier du Haut Seigneur de Mevon, avait les mains croisées sur la table devant lui. Ses *senties* bleu foncé reposaient immobiles sur ses épaules, démontrant ainsi le contrôle enviable qu'il avait sur ses émotions. Il attendit que la femme apporte le vin de Kyllen.

— Je crois connaître la raison pour laquelle vous avez demandé à me rencontrer, mon seigneur, dit Adriyel d'une voix calme et égale lorsque la femme fut repartie.

— Le tournoi, répondit Kyllen.

Puis il prit une gorgée de vin dans sa chope. Frais et sucré, il était plutôt fort. Il devait faire attention en le buvant.

— Vous cherchez une alliance, précisa Adriyel.

Ce n'était pas une question. Adriyel ne semblait pas surpris.

Les règles des tournois étaient claires et simples, chaque participant se présentait seul, chacun concourait pour lui-même contre les vingt-trois autres participants.

Cependant, les candidats étaient rarement punis pour avoir enfreint les règles. En réalité, former des alliances avait longtemps été considéré comme une stratégie astucieuse pour améliorer ses chances de gagner. Bien que dans la vraie tradition fae, les coups dans le dos étaient fréquents.

Adriyel fit glisser le bout de son doigt le long de sa chope.

— Beaucoup d'autres m'ont déjà approché.

— Mais vous n'avez pas encore fait votre choix, n'est-ce pas ? Sinon, vous ne seriez pas ici.

Le lord se contenta de répondre par un haussement d'épaules peu engageant.

Malgré son âge, un siècle de plus que Kyllen, Adriyel était en grande forme physique. Il semblait également exceptionnellement motivé, plus que tout autre Haut Seigneur avec lequel Kyllen avait eu le loisir d'interagir ces deux derniers jours.

— Je vous ai vu manier une planche, dit finalement Adriyel. Vos capacités sont impressionnantes.

Kyllen esquissa un sourire en coin.

— J'ai gagné pas mal de tournois de mon temps.

— J'en ai entendu parler, répondit Adriyel tout en enroulant ses longs doigts autour de l'anse de sa chope, mais sans la porter à sa bouche.

Les talents d'Adriyel sur une planche n'avaient rien d'exceptionnel, mais ce n'était pas pour cela que Kyllen voulait avoir le lord dans son camp.

— J'ai entendu dire que vous étiez impitoyable au combat.

— Mmm, admit Adriyel dans un léger grondement. Quand je commence, on ne peut pas m'arrêter, dit-il avec une fierté évidente.

— Nous formerons une grande équipe, alors.

Adriyel lui lança un regard méfiant.

— Tout dépend de ce que vous allez me promettre.

Un léger malaise parcourut le corps de Kyllen.

Les promesses limitaient sévèrement la liberté de chacun. Certaines étaient brèves et claires. Elles ne duraient que jusqu'à leur réalisation. D'autres avaient des conditions, si l'une des parties ne respectait pas la clause, l'autre était automatiquement libérée de ses obligations. Enfin, quelques engagements, comme celui qu'il avait conclu avec Amira, étaient pour la vie.

La promesse qu'il lui avait faite n'était pas un fardeau. En revanche, en donner une à Adriyel était une tout autre affaire.

Adriyel poursuivit avec une expression de léger ennui :

— Jusqu'à présent, j'ai été sollicité pour des richesses, des faveurs, des terres, et quelques jeunes femmes plutôt attirantes. Qu'avez-vous à m'offrir ?

— La couronne de Lorsan.

Une ondulation fit vibrer les *senties* d'Adriyel. Ses yeux brillèrent d'ambition. Il réussit rapidement à retrouver son expression de calme et d'indifférence. Mais Kyllen savait que son offre avait attiré l'attention du lord. Adriyel voulait être le prochain roi. Terriblement.

Avec le Haut Seigneur de Mevon déjà sur son lit de mort, Adriyel était le seul héritier incontesté du trône de son père. Mais il visait évidemment plus haut.

— La couronne ne vous appartient pas pour la proposer, observa Adriyel avec scepticisme.

— Ça pourrait l'être si je remporte le tournoi après-demain. (Il se pencha en avant et baissa la voix.) Aidez-moi à vaincre les autres. Ensuite, quand il ne restera que nous deux, la couronne sera à vous. Je la céderai en votre faveur, même si je gagne. Avec moi, vos chances sont plus grandes.

Adriyel le regarda d'un air méfiant, et plutôt confus. Il se pencha alors en arrière avec un sourire en coin.

— Pensez-vous honnêtement que je vais vous croire ? Pourquoi quelqu'un renoncerait-il au prix qu'il a gagné ?

L'héritier de Mévon ne le ferait certainement pas. Tout dans sa posture et son expression l'indiquait de façon criante.

Kyllen croisa ses doigts sur la table en face de lui et dit aussi sérieusement qu'il le pouvait :

— Je ne veux pas être roi.

Adriyel se contenta d'un sourire moqueur, puis il fit un geste pour se lever.

— Connaissez-vous mon histoire ? lança Kyllen pour l'arrêter.

On pouvait présumer qu'Adriyel savait tout à son sujet. Il avait surveillé Kyllen comme un rapace depuis son arrivée d'Ellohi.

Cependant, il pouvait bien la raconter à nouveau.

— J'ai passé de nombreux mois dans le monde des humains, ce qui m'a fait perdre environ cinq siècles dans celui-ci. Pendant ce temps, Ellohi a appris à vivre sans moi. J'avais l'intention de revendiquer le titre de Haut Seigneur, mais j'ai été attaqué par ma propre famille. Un de mes hommes a tué mon neveu, pour me défendre. Il y a encore beaucoup de turbulences dans ma cour. Assez pour que je doive y faire face pour le reste de mes jours.

— Devenir roi vous donnerait le pouvoir d'écraser toute agitation à Ellohi, répondit sèchement Adriyel.

— Mais ça m'apportera aussi beaucoup plus de problèmes et de responsabilités. Sans parler de la présence d'une femme humaine, dit-il en faisant la grimace.

Adriyel plissa les yeux sur lui.

— Ne me dites pas que vous ne voulez pas d'elle dans votre nid.

Le membre viril de Kyllen tressaillit à la pensée d'Amira étendue dans son nid. Mais il chassa cette vision, pour le moment.

— Bien sûr que je ne la repousserai pas, lui accorda-t-il. Je la prendrais bien comme jouet, mais je ne suis pas prêt pour le mariage ou le trône du roi. Je n'ai même pas encore un siècle. J'ai bien mieux à faire que de participer à des réunions ou de recevoir des dignitaires. Ça ne me dit absolument rien de mener des guerres, avec leurs interminables déplacements et leurs nuits sous la tente, ça ne m'intéresse pas. J'ai passé des mois dans le monde des humains, enfermé dans une caisse en bois et anéanti par la sécheresse due à la soif. Je veux m'amuser maintenant, et dans le plus grand des conforts.

La bouche d'Adriyel se contracta avec dédain.

— Pourquoi voudrais-tu alors aller jusqu'en finale du tournoi ?

— Parce que je veux vivre, tout d'abord. Les perdants risquent beaucoup plus de mourir, comme vous le savez, je pense. (Kyllen fit une pause, pour laisser le lord assimiler ses paroles, puis ajouta) : Et j'aurais également besoin d'une faveur de la part du nouveau roi.

Adriyel le regarda d'un air entendu. Enfin Kyllen parlait le même langage que lui.

— Quel genre de faveur ?

— Comme je l'ai dit. La situation à Ellohi est préoccupante pour moi. La femme de mon frère est originaire de Prusim. Sa famille menace de venger le meurtre de son fils, mon neveu. Tôt ou tard, je devrai traiter avec eux, et j'aurais besoin du soutien du roi.

— Voulez-vous que le roi statue en votre faveur dans cette affaire de succession ? dit Arydel dont l'expression resta inchangée.

— En fait, j'espérerais un peu plus que ça.

Adriyel posa ses coudes sur la table et croisa les doigts :

— Plus ?

— Oui. Si je renonce à la couronne en votre faveur, je veux que vous m'aidiez à combattre le Haut Seigneur de Prusim quand il attaquera Ellohi.

La cour de Stevali risquait de se joindre à la cour de Prusim dans leur assaut contre Ellohi. Lady Igaed, la veuve de Bherlon était retournée au palais de son père à Stevali. La dame n'était peut-être pas aussi violente que son défunt mari dans ses aspirations, mais Kyllen n'excluait pas non plus la possibilité que des problèmes viennent de là-bas. Depuis la mort de son père, le traité de paix entre Stevali et Ellohi n'était plus garanti par la magie. Il pouvait être rompu à tout moment.

Combattre à la fois Prusim et Stevali serait difficile pour Ellohi sans le soutien d'un allié solide.

— L'attaque est-elle imminente ? demanda Adriyel.

— Absolument.

La menace était bien réelle.

— Et vous ne pensez pas qu'Ellohi pourrait l'arrêter sans intervention royale ?

— Peut-être que nous le pourrions. (Kyllen remua sa chope en rond, et fit tourbillonner le vin qu'elle contenait.) Mais ce serait beaucoup plus facile avec l'armée royale de notre côté, vous ne croyez pas ?

— Je vois. (Le mépris dans la voix d'Adriyel s'accentua.) Donc vous ne voulez pas assumer les responsabilités d'un roi, mais vous requérez le pouvoir royal pour résoudre vos problèmes.

— Exactement. Le meilleur des deux, répondit Kyllen avec un grand sourire.

Adriyel secoua la tête, en retirant une peluche invisible de la manche de sa tunique bleu nuit.

— Êtes-vous sûr de vouloir le titre de Haut Seigneur d'Ellohi ? Cela implique aussi certaines responsabilités, j'imagine.

Kyllen s'étira paresseusement sur sa chaise.

— C'est vrai, mais voyez-vous, je ne suis pas prêt à renoncer au confort et aux privilèges que procure ce titre. De plus, c'est mon droit de naissance après tout.

— Bien sûr. (Le dédain dans les yeux d'Adriyel avait été remplacé par une expression calculatrice.) Qu'allez-vous demander exactement au futur roi ?

— Combattre le Haut Seigneur de Prusim pour moi.

La formulation était trop vague pour qu'un fae puisse l'accepter, mais Kyllen faisait confiance à Adriyel pour apporter les corrections nécessaires. Et il le fit.

— Vous n'aurez droit qu'à une seule bataille, répliqua Adriyel. Si vous m'aidez à devenir le prochain roi, j'enverrai suffisamment de soldats pour vous aider à repousser une attaque du Haut Seigneur de Prusim.

Kyllen contracta sa mâchoire dans une attitude songeuse, tout en prenant son temps pour examiner la proposition. Il resta silencieux jusqu'à ce que les extrémités des *senties* d'Adriyel tressaillent d'impatience.

— Vous pourrez choisir votre stratégie d'attaque, ajouta Adriyel. Vous m'indiquerez la date, et j'enverrai l'armée immédiatement.

Kyllen inclina la tête aussi lentement que possible.

— Marché conclu, dit-il enfin.

— J'aurais besoin d'une promesse officielle, insista Adriyel.

— Bien. (Il se racla la gorge. Elle était trop sèche, et il n'eut d'autre choix que de prendre une nouvelle gorgée de vin avant de poursuivre) : Je promets de renoncer à la couronne de Lorsan même si je gagne le tournoi, en échange de votre aide pour vaincre les vingt-deux autres participants au tournoi d'après-demain.

La magie vibra sous sa peau.

C'était un engagement bref et simple. Il ne comportait aucune clause additionnelle ou restrictive, et une seule condition. Elle ne faisait pas non plus référence à la faveur que Kyllen avait demandée au futur roi. C'était ainsi qu'un fae inexpérimenté l'aurait formulée. Et cela n'échappa pas à Adriyel. Une satisfaction joyeuse éclaira brièvement son visage.

— Marché conclu, murmura-t-il. C'est un plaisir de faire des affaires avec vous, mon ami.

Il fit un geste pour se lever.

— Attendez ! l'arrêta Kyllen. J'ai besoin d'une promesse de votre part également.

— Bien sûr. (Adriyel se réinstalla sur sa chaise et commença lentement, en choisissant soigneusement chacun de ses mots) : Si vous m'aidez à devenir le prochain roi de Lorsan, je promets d'envoyer une partie de mon armée pour combattre une attaque du Haut Seigneur de Prusim sur Ellohi.

Il y avait plusieurs failles dans la formulation. L'effectif de cette « partie » de l'armée n'avait pas été précisé. Et la phrase «

pour combattre » était trop vague. Cela ne garantissait pas une victoire.

Dans l'ensemble, Adriyel s'était laissé beaucoup de possibilités pour échapper à l'engagement. Mais tout cela n'avait pas d'importance.

— Marché conclu, dit Kyllen en tendant la main par-dessus la table.

Adriyel la saisit. La magie qui courait sous la peau de Kyllen depuis l'instant où il avait prononcé les mots *« Je promets... »* se répandit. Elle se mêla au flux similaire provenant d'Adriyel, scellant ainsi leurs destins.

Maintenant, ils étaient tous deux liés et en danger de mort si leurs promesses n'étaient pas tenues.

Ils se lâchèrent la main et restèrent assis en silence, laissant la puissante magie de l'engagement les pénétrer.

— Bon, lâcha Adriyel en inspirant très bruyamment.

Kyllen prit également une grande inspiration.

— Notre principal souci maintenant est de vaincre les vingt-deux autres hommes. Il ne nous reste qu'un jour pour nous préparer.

— Bien. (Adriyel se frotta le torse.) Avez-vous un plan ?

Kyllen jeta un coup d'œil par la fenêtre.

Y a-t-il encore un nid de serpents d'eau dans le méandre de la rivière Olore ?

— Je crois que oui.

— Et si on se retrouvait là-bas au lever du soleil demain ?

Adriyel plissa les yeux sur lui.

— Vous voulez qu'on s'entraîne à les chevaucher ?

— Je veux trouver une stratégie qui combine nos forces et nos faiblesses de la manière la plus efficace possible. Et oui, dit-il avec un large sourire, je veux faire ça en chevauchant des serpents.

AMIRA

Ufaris était fin prête pour le tournoi. La rivière Isafaris avait été bloquée par des grilles, ce qui permettait à l'eau de couler librement, mais aussi de retenir les vingt-quatre serpents géants à l'intérieur du réservoir.

De gros piliers avaient été enfoncés dans le marais sur les deux rives, à l'intérieur et à l'extérieur du méandre, et des bancs aménagés, avec au milieu un grand podium pour mon trône.

J'étais arrivée en bateau, accompagnée des dames d'honneur, des conseillers et des courtisans toujours présents.

À présent, la saison dorée battait son plein. L'herbe et les feuilles des arbres s'étaient teintés d'une couleur jaune or. La température et l'humidité de l'air avaient légèrement baissé, imposant le port de vêtements. Les robes des dames étaient désormais beaucoup plus couvrantes. Et les hommes avaient renoncé à se montrer torse nu, dans l'attente de jours plus chauds.

Ma robe en soie de couleur verte comme le thé couvrait entièrement ma poitrine et mon dos. Les manches longues et volumineuses se resserraient à mes poignets et se terminaient par de larges manchettes brodées. Mes jupes avaient quelques couches de tulle de plus qu'auparavant, et se balançaient autour de mes hanches et de mes jambes comme un nuage vaporeux avec des perles d'eau douce pour imiter les gouttes de pluie. Mon cou demeurait exposé, couvert seulement par les plis du voile froncé tout autour.

Dès que je pris place sur le trône, un gong donna le signal aux concurrents pour se rassembler. Mon cœur se mit à battre la chamade lorsque la file de participants s'avança au milieu du cours d'eau, puis se rapprocha de la berge où se trouvait l'aire de repos.

Depuis que Kyllen avait quitté ma chambre cette nuit-là, je l'avais à peine vu. Il s'était présenté à toutes les réunions officielles avec les autres Hauts Seigneurs, mais était resté distant. Il avait été courtois et poli sans rechercher ma compagnie ou une attention particulière.

Je savais que son attitude ne reflétait pas ses sentiments. Il m'avait prévenue que nous devions faire semblant de ne rien partager de spécial, lui et moi, alors c'est ce que je fis. Je l'avais traité de la même manière que les autres Hauts Seigneurs. Ou du moins, j'avais essayé de lui accorder la même attention qu'aux autres.

Tout contact avec lui ces derniers temps se résumait à un demi-sourire froid ou un salut courtois de sa part. Mais il me manquait terriblement. Chaque fois que j'apercevais son sourire désinvolte, je devais faire tout mon possible pour ne pas me jeter sur lui et l'embrasser sans retenue devant toute la cour. Je le sentais dans mon cœur, mais mon corps aussi le désirait. Chaque fois que je voyais ses mains ou ses *senties*, je repensais à tous les endroits où il m'avait touchée avec.

Il était en septième position dans la file de participants, et je le repérai bien avant que ne vienne son tour pour me saluer. Il tenait la pagaie dans sa main gauche, bien campé sur sa planche pour garder l'équilibre.

Malgré les températures fraîches, les candidats ne portaient que des pantalons vert olive à hauteur de mollets, sans chaussures ni chemises. Beaucoup avaient des dagues et des épées sanglées sur le corps. Kyllen était équipé d'un fourreau court avec un poignard autour de sa cuisse droite et d'une longue épée dans le dos.

Il avait l'air détendu et respirait la confiance, ce qui atténua quelque peu l'inquiétude qui me tenaillait le cœur.

Un sourire se dessina aux coins de sa bouche. Quand son tour arriva, il fit avancer sa planche en donnant deux longs coups de pagaie et l'arrêta d'un seul mouvement dans la direction opposée, en se tournant vers moi.

Son sourire s'élargit encore plus.

— Je vous salue, ma reine, déclara-t-il, en rattrapant la désinvolture de son timbre de voix par une profonde inclinaison, tout en réussissant à ne pas tomber de sa planche.

— Que la chance soit avec vous, mon seigneur, dis-je en récitant une des réponses que j'avais préparées pour aujourd'hui.

Je voulais tellement en dire davantage, faire quelque chose pour montrer à quel point je l'aimais. Mais cela aurait été comme lui peindre une croix dans le dos et en faire une cible pour tous les autres participants du tournoi. Alors je touchai discrètement la barrette en forme de libellule attachée à l'une de mes tresses.

Une lueur de reconnaissance brilla dans ses yeux, puis il dut s'écarter pour laisser la place au prétendant suivant.

Seuls huit sur les vingt-quatre étaient des Hauts Seigneurs. Sept étaient des héritiers, qui remplaçaient leurs pères mariés ou vieillissants. Les neuf autres étaient des champions, envoyés à la place de leur lord.

Un Haut Seigneur pouvait désigner un seigneur de rang inférieur ou même un roturier comme candidat pour le représenter lors d'un tournoi. Si ce dernier gagnait, le Haut Seigneur était déclaré vainqueur et récoltait tous les bénéfices de la victoire. Il perdait s'il était tué ou blessé, ce qui sauvait la vie du Haut Seigneur. Faire appel à un champion était moins honorable que de concourir soi-même, mais beaucoup préféraient manifestement leur sécurité à l'honneur.

Le conseiller Delahon se dirigea vers l'avant de la salle près des haut-parleurs. Il sortit un parchemin de l'une des longues et larges manches de sa tunique et le déroula, puis lut à haute voix les règles du tournoi.

Il n'y en avait pas beaucoup. Chaque participant devait choisir un serpent d'eau géant. Les créatures encore tranquilles se déplaçaient paisiblement sous la surface de l'eau, avec leur grand dos sombre, qui scintillait à la lumière du soleil.

— Un candidat est déclaré perdant s'il meurt ou est blessé si gravement qu'il ne peut plus continuer. Le dernier homme resté debout sera déclaré vainqueur.

Le conseiller saisit le grand marteau placé à côté d'un gong de la taille d'une table suspendu à proximité pour annoncer le début du tournoi.

— Attendez ! lançai-je en me redressant sur mon trône.

Tout le monde se tourna vers moi.

— Je souhaite apporter un changement aux règles, annonçai-je.

— Votre Majesté, marmonna précautionneusement le conseiller en se dirigeant vers moi. Il n'est pas très prudent de modifier les traditions, surtout celles aussi importantes que les règles du tournoi royal.

Il avait raison. J'allais trop loin. Les spectateurs des deux rives commençaient à s'agiter avec mécontentement, un grondement s'éleva des bancs.

J'aurais voulu taper du pied et crier « Ceci est ma volonté royale ». Cependant, j'étais nouvelle sur le trône, je devais être prudente. Mais je venais aussi de récupérer Kyllen d'entre les morts, et je ne voulais pas risquer de le perdre à nouveau dans ce stupide tournoi, juste pour satisfaire le public.

Je descendis les escaliers vers les haut-parleurs.

— Peuple de Lorsan, déclarai-je haut et fort. Le royaume vient d'enterrer son roi. Mon cœur est encore empli de chagrin. Ne rajoutons pas des morts à notre existence. Aujourd'hui, il suffira de tomber du serpent pour être déclaré vaincu. Il n'est pas nécessaire de perdre la vie pour sortir de la compétition.

Le bruit de mécontentement s'amplifia. Les gens lancèrent des cris en ma direction, comme des pierres.

— Ce n'est pas comme ça que ça marche ! Les perdants meurent !

— Nous avons des règles à respecter !

Je jetai un coup d'œil à la file de candidats. Kyllen fronça les sourcils en scrutant la foule du regard. Il semblait inquiet pour ma sécurité.

— Les règles stipulent que le dernier homme resté debout est le gagnant, répondis-je en élevant la voix, car il m'était difficile de parler par-dessus le bruit du public agité, même à l'aide de haut-parleurs. Je ne vais pas changer grand-chose. Le dernier homme *resté sur son serpent* sera mon mari et votre roi.

Je balayai la foule du regard, essayant de jauger son humeur. Le bruit s'était calmé au point de ne plus être qu'un grondement.

Je poursuivis :

— C'est un tournoi et non pas une question de vie ou de mort. Voulez-vous vraiment d'un roi ainsi élu ? Le dernier survivant et par conséquent le vainqueur ?

Quelques haussements d'épaules et marmonnements émanèrent de la foule en réponse. Ils ne se souciaient manifestement pas des conditions d'investiture de leur futur souverain, du moment qu'ils bénéficiaient d'un bon divertissement aujourd'hui.

— Eh bien, je n'ai pas envie de fouiller dans une rivière pleine de cadavres de Hauts Seigneurs pour en trouver un assez en vie pour être mon époux. (Je leur offris un sourire.) Je veux que mon futur mari soit suffisamment en forme pour accomplir ses devoirs conjugaux, dis-je en glissant une note espiègle dans ma voix. Est-ce trop demander ?

Cela parut fonctionner. Quelques hommes s'esclaffèrent, mais beaucoup de femmes hochèrent la tête en signe de compréhension.

Encouragée, je continuai :

— Qu'aujourd'hui soit une fête et pas un deuil ! Les candidats survivront. Le gagnant deviendra mon mari. (Je saisis le marteau et frappai sur le disque lisse du gong.) Que le meilleur gagne !

Le tintement aigu et net du gong retentit sur la rivière, et les participants se précipitèrent sur le terrain.

Chacun aligna sa planche avec un serpent qui glissait sous l'eau, en suivant la vitesse de la bête. Au moment approprié, ils lâchèrent leurs pagaies. Armés de leur harnais, ils sautèrent dans l'eau, sur la tête des créatures.

Lord Adriyel fut le premier à réussir. Kyllen en captura un quelques instants plus tard. Il fit passer le large nœud coulant du harnais sur la mandibule supérieure de l'animal, et la glissa le long des dents acérées de la créature jusqu'à l'arrière de sa gueule là où elle ne pouvait pas le mordre.

Aussitôt le serpent maîtrisé, ce dernier sortit la tête de l'eau. Kyllen tira sur la corde d'une main pour se diriger, et plia ses jambes en tendant son autre bras pour garder l'équilibre.

Delahon suivait mon regard posé sur Kyllen.

— Le Haut Seigneur d'Ellohi est un très bon monteur de serpent, dit-il en hochant la tête d'un air approbateur.

J'avais assuré le conseiller ne pas avoir été victime d'un sort d'illusion lors de la cérémonie d'allégeance. J'avais mis ma confusion sur le compte de la fatigue, ce qui semblait avoir dissipé ses inquiétudes.

Kyllen m'avait affirmé être doué, et je voyais maintenant que ce n'était pas que de la vantardise. Ses pieds nus semblaient collés à la partie plate située juste à l'arrière de la tête du serpent. Son corps bougeait au même rythme que la bête, comme s'il avait fusionné avec elle et qu'ils ne faisaient plus qu'un.

— Tous les participants sont bons, répondis-je en me forçant à diriger mon attention vers un autre homme.

Je n'étais pas censée avoir un favori. Même si mon avenir dépendait de l'issue du tournoi, on attendait de moi que je reste impartiale.

Cependant, je disais vrai. Tous les prétendants montraient une grande maîtrise de ce sport. Chacun avait capturé un serpent et non seulement avait su rester droit, mais avait chevauché la créature avec confiance.

Kyllen faisait face à une concurrence redoutable. Je soupirai. L'inquiétude me parcourut plus intensément.

Adriyel tira sur le harnais de son serpent, obligeant l'animal géant à glisser brusquement vers la gauche. Il dégaina l'épée du fourreau qu'il portait dans son dos et poignarda un des concurrents dans le cou.

Je haletai, en pressant mes mains contre ma poitrine. Le choc me frappa de plein fouet. L'homme assassiné tomba dans l'eau. Un filet de sang rouge coula dans le ruisseau.

— Pourquoi ? demandai-je à Delahon. Lord Adriyel n'avait pas besoin de faire ça ! J'ai changé les règles. Il aurait pu simplement le faire tomber du serpent.

La foule l'acclama. Des gorgones assoiffées de sang.

Le conseiller haussa les épaules.

— Le meurtre fait partie intégrante du tournoi royal. Certains y voient un intérêt de plus, une opportunité de se venger des lords qui les auraient contrariés par le passé. En changeant les règles, vous n'avez pas interdit de tuer un concurrent, Votre Majesté. Vous avez juste ajouté le fait de tomber du serpent comme une autre façon de perdre.

C'était vrai. Tout ce que j'avais fait était de leur donner une chance d'épargner une vie, en supposant qu'ils le feraient. Et de toute évidence, ce n'était pas le cas.

— Je n'ai rien changé, murmurai-je en serrant mes mains d'angoisse.

Le corps du prétendant assassiné flottait dans la rivière où les employés en uniforme du palais attendaient pour le repêcher.

Le conseiller me tapota le bras.

— Ne soyez pas triste, Votre Majesté. Votre nouvelle règle donne une chance aux candidats de survivre. Certains peuvent encore l'utiliser.

Je l'espérais. Même s'ils avaient déjà tous dégainé leurs épées. Ils se déplaçaient dans l'eau sur leurs montures et brandissaient leurs armes. Le règlement interdisait d'attaquer les serpents, mais ces hommes n'avaient aucune réticence à se couper et à se taillader les uns les autres.

Les eaux calmes de la rivière Isafaris s'agitèrent, troublées par les gigantesques corps des créatures.

Un participant dirigea son serpent vers Adriyel, en pointant son épée vers son dos. Le lord était pris dans une bataille avec quelqu'un d'autre. Il ne semblait pas conscient de la menace, qui fonçait sur lui à toute vitesse, par-derrière.

La foule haleta comme un seul homme.

Je retins mon souffle, aussi, craignant une autre mort inutile.

Kyllen tira sur ses rênes, pour faire tourner son serpent d'un coup sec. Il s'accroupit et enfonça son coude sous le genou de l'assaillant d'Adriyel.

La jambe de ce dernier se déroba sous ses pieds. Il perdit l'équilibre et plongea dans les eaux vives.

La foule applaudit.

Kyllen lança un large sourire en direction des bancs. Toujours aussi insolent.

Je retins mon souffle, en me demandant si sa décision d'aider Adriyel était judicieuse. Ce lord s'était révélé être un adversaire redoutable. Il se tenait parfaitement bien sur le serpent et était très confiant dans le maniement de l'épée. Il semblait être le préféré du public. Sa présence prolongée au palais royal devait y être pour quelque chose. Les gens pouvaient facilement l'imaginer comme le prochain roi.

D'un autre côté, l'aide apportée par Kyllen à Adriyel lui valut les faveurs de la foule. Ils semblaient ravis, applaudissaient et criaient des encouragements au Haut Seigneur d'Ellohi.

Adriyel envoya son adversaire immédiat dans les eaux turbulentes du méandre. Il se retourna ensuite à la recherche du suivant. Il contourna Kyllen, et s'attaqua à un autre concurrent juste derrière lui.

Il y avait deux possibilités, soit il ne souhaitait pas s'engager dans un combat avec un adversaire aussi habile que Kyllen. Ou alors... ils avaient passé une sorte d'accord.

À en juger par le déroulement du combat, je devinais qu'un certain nombre de participants s'étaient alliés, du moins pour une partie de la compétition.

L'inquiétude me rongea à l'idée que Kyllen ait pu faire un pacte avec Adriyel. Je n'aurais jamais voulu dépendre d'un partenaire pareil.

Pour l'instant, cependant, l'avantage de l'alliance était évident. Les deux hommes étaient très efficaces séparément, mais, ensemble, Kyllen et Adriyel semblaient invincibles.

Leurs serpents glissaient avec aisance au milieu du chaos de la bataille, en terrassant de plus en plus de participants. Face à la menace, certains d'entre eux utilisaient la porte de sortie que je leur avais donnée en changeant les règles. Au moins un des concurrents, le champion d'un Haut Seigneur, sauta de son serpent pour éviter d'être empalé par l'épée d'Adriyel. Il avait renoncé à sa chance de gagner, mais il était resté en vie.

Mais tous les autres champions se battaient avec férocité. Ce que leurs Hauts Seigneurs leur avaient promis contre la victoire devait valoir la peine de risquer leur vie.

Moins il restait de concurrents, plus ils se battaient avec acharnement. Ils étaient les plus déterminés à arracher la récompense.

Je bougeai sur mon trône, en serrant mes mains si fort que mes ongles faillirent percer ma peau. Un seul candidat avait toute mon attention maintenant. Je ne me souciais plus de ce que la cour pensait de mes préférences. Je regardais Kyllen comme si ma vie dépendait de chacun de ses mouvements, parce que c'était le cas.

Il était ma vie.

Bientôt, il n'en resterait plus que deux, Kyllen et Adriyel. Après avoir combattu côte à côte pendant près de deux heures, ils se retournèrent l'un contre l'autre.

Cela arriva instantanément. Le dernier adversaire glissa de sa monture, poussé par Kyllen, et Adriyel changea de direction dans le courant, et pointa son épée sur Kyllen.

— Oh non... murmurai-je dans un gémissement.

Ils avaient progressé jusqu'ici en combattant ensemble et en se couvrant mutuellement. Maintenant qu'ils n'étaient plus que deux, ils devaient se battre l'un contre l'autre.

Kyllen para l'attaque d'Adriyel. Mais au moment où le serpent du seigneur le frôla, il donna un coup de queue inattendu, ce qui lui arracha l'épée des mains.

À ma connaissance, un cavalier exerçait peu de contrôle sur la queue de son serpent. Pourtant, je ne pouvais pas m'empêcher de penser qu'Adriyel avait contribué à cette manœuvre d'une manière ou d'une autre.

Il fit demi-tour et dirigea la créature géante vers l'arrière, pour foncer sur Kyllen désarmé.

L'épée de Kyllen coula rapidement au fond de la rivière. Pour la récupérer, il devait plonger. S'il sautait de son serpent, il perdait.

Il resta sur le serpent. En tenant fermement les rênes, les pieds écartés pour assurer son équilibre, il attendait qu'Adriyel approche.

L'arme du lord contre les mains nues de Kyllen. Il ne s'était même pas emparé du couteau fixé à sa cuisse.

— Kyllen... Je t'en prie, murmurai-je en me balançant sur mon trône, implorant silencieusement tous les dieux de la Terre et de Nérifir pour qu'il survive.

Adriyel ramena son serpent au niveau de celui de Kyllen, et lança son épée en avant.

Pour éviter l'arme, Kyllen lâcha ses rênes et sauta. Il saisit le harnais d'Adriyel et enfonça son épaule dans la poitrine du lord, ce qui le fit tomber de sa propre monture.

Adriyel tomba dans la rivière, toujours en brandissant son épée.

Le choc causa également le déséquilibre de Kyllen. Il atterrit sur le serpent avec ses deux pieds, mais tituba ensuite et se retrouva sur son postérieur, les jambes étendues de chaque côté du cou de la bête.

Le conseiller Delahon gloussa :

— Eh bien, c'est le « dernier homme debout ».

Quelques ricanements et gloussements fusèrent aussi du public.

Immédiatement, Kyllen se releva d'un bond. Il se stabilisa en position debout avant de lever triomphalement son bras libre en l'air.

Un vainqueur !

La foule l'acclama. Ils ne le connaissaient peut-être pas très bien auparavant, mais Kyllen avait gagné leur admiration durant le tournoi. Son geste audacieux pour prendre le contrôle du serpent d'Adriyel semblait lui avoir valu une affection particulière. Ils riaient en regardant le lord patauger dans l'eau et applaudissaient Kyllen, qui saluait et souriait, plein d'énergie et d'excitation rayonnante.

Il balaya la foule du regard et s'arrêta sur moi.

Je sautai de mon trône. Un bonheur chaud et excitant vibrait en moi. Je soulevai mes jupes pour ne pas trébucher et dévalai les escaliers jusqu'à la terrasse au-dessus de l'eau.

Delahon se précipita à mes côtés.

— Votre Majesté ! lança-t-il en se débattant avec les différentes épaisseurs de mes jupes qui flottaient tout autour de moi et se mettaient en travers de son chemin. Le gagnant est censé monter vers la reine, pas l'inverse.

— Oh, mais je m'en fiche ! répondis-je en rigolant.

Le sourire de Kyllen m'attirait comme un phare. Il rapprocha le serpent du large quai construit le long de la rivière, puis sauta de la bête, en laissant tomber le harnais. Libérée, la créature fantastique replongea dans l'eau et le harnais se détacha.

Un des serviteurs sur une planche à pagaie avait tiré Adriyel de la rivière. Le lord arriva sur le quai au moment où Kyllen y posait le pied.

Delahon se rua sur moi, et s'interposa entre moi et Kyllen.

— Ma reine, haleta-t-il à bout de souffle. Vous n'avez pas encore prononcé le nom du vainqueur. Le tournoi ne peut pas se clôturer sans cette annonce.

Je m'inclinai sur le côté, pour apercevoir Kyllen par-dessus l'épaule du conseiller. Le sourire de mon homme était tout ce que je voulais voir pour le moment. J'avais envie de lui sauter dessus, de l'entourer avec mes bras et mes jambes, de le couvrir de baisers de la tête aux pieds...

Mais la couronne sur ma tête était accompagnée de certaines exigences.

Je pris une profonde inspiration pour procéder à l'annonce officielle.

— Haut Seigneur d'Ellohi, je vous déclare vainqueur...

— Pas si vite, ma chère reine, me coupa Adriyel en écartant le conseiller et en prenant sa place devant moi. Certaines promesses doivent d'abord être honorées. N'est-ce pas, mon seigneur ? lança-t-il à Kyllen par-dessus son épaule.

— Des promesses ? répétai-je en promenant mon regard d'un homme à l'autre. De quoi parlez-vous ?

Trempé, Adriyel avait toutes les raisons d'avoir honte. Cependant, au lieu de s'éclipser, comme l'avaient fait tous les autres perdants survivants du tournoi, il affichait la confiance d'un gagnant. Ses épaules étaient redressées et l'épée toujours fermement serrée dans sa main. Il me fixait d'un regard possessif. Ses yeux pesaient lourdement sur mes épaules.

— Lord Kyllen a des obligations à honorer, ajouta-t-il en haussant les épaules, l'air dangereusement sûr de lui. La couronne de Lorsan est à moi.

L'avidité brilla froidement dans ses yeux quand il posa son regard sur la couronne sur ma tête.

— Comment cela ? demandai-je en me tournant vers Kyllen pour une explication.

Il adopta une posture plus ample sur ses jambes et croisa ses bras sur son torse nu.

— C'est faux, répondit-il, sans que son sourire faiblisse, ce qui me soulagea un peu.

— On a fait un marché ! cria Adriyel. Vous savez ce qui arrive à ceux qui manquent à leurs promesses.

Kyllen haussa les épaules.

— Oh, j'ai bien l'intention de tenir ma promesse, qui était de renoncer à la couronne de Lorsan si je gagnais le tournoi. Je n'ai pas menti. Je ne veux pas de la couronne.

Des rugissements incrédules fusèrent du public.

Adriyel afficha un sourire triomphant, ce qui me glaça le dos d'inquiétude.

Kyllen me regarda d'un air empreint de tant d'amour et d'affection que j'en fus bouleversée.

— Lorsan a déjà un souverain, dit-il. Bien meilleur que je ne pourrais jamais l'être. La reine Amira est la propriétaire légitime de la couronne de Lorsan. (Il baissa la tête pour m'adresser une révérence.) Et elle la conservera.

La fureur déforma le visage habituellement calme d'Adriyel.

— La couronne est à moi ! Vous avez promis d'y renoncer.

— Mais ça n'a jamais été la récompense du tournoi, rectifiai-je. C'était ma main en mariage, ni plus ni moins.

— Voyez-vous, mon seigneur... déclara Kyllen en posant ses mains sur ses hanches. Lorsque nous avons conclu le marché, vous étiez si aveuglé par votre cupidité et si désireux de vous servir de moi que vous n'avez pas prêté suffisamment attention à ma formulation. J'ai promis d'abandonner la couronne, pas la reine. (Il inclina la tête et leva un sourcil.) Il y a une énorme différence entre vous et moi, Adriyel. Vous vous êtes battu pour le trône. Tandis que pour moi, tout ce que je voulais, c'était la femme assise sur celui-ci. La reine gardera la couronne. Et moi, je garde la reine. Elle est mon trophée. Et je la revendique comme mienne.

— Espèce de... dit Adriyel qui brandit son épée et la pointa vers Kyllen.

L'expression joyeuse s'envola du visage de Kyllen. Ses yeux se plissèrent avec une envie de meurtre lorsqu'il sortit la dague de son fourreau à sa cuisse.

Adriyel se tourna vers moi.

C'était moi qui lui barrais la route vers le trône. La couronne était sur ma tête. Et c'est sur moi qu'il dirigea sa rage.

— Non ! lança Kyllen en bondissant derrière Adriyel.

Mais l'épée du lord s'était déjà abattue.

Je reculai, mais pas assez vite. La lame tranchante déchira le voile devant mon visage.

Adriyel tituba en arrière, la dague de Kyllen était plantée dans son cou, enfoncée dans sa chair presque jusqu'au manche. Du sang écarlate jaillit autour de la lame. Le métal brillait d'un éclat rouge causé par le fer mortel de Nérifir.

Adriyel tomba à genoux, puis glissa sur le flanc le long du quai. Son épée avait fendu mon voile jusqu'en bas. Une brise venant de la rivière s'accrocha à l'étoffe légère et l'ouvrit.

— Ferme les yeux, Amira ! cria Kyllen, d'une voix emplie d'horreur.

Mais c'était trop tard.

Stupéfaite, je fixais les pupilles bleu argenté d'Adriyel à mes pieds, sans la brume laiteuse du voile entre moi et la gorgone.

Il eut un sourire narquois. La vie le quittait progressivement sous forme d'un filet de sang qui coulait de son cou. Mais il savait qu'il avait eu sa revanche.

— Non, Amira. Je t'en prie ! cria Kyllen en sautant par-dessus le lord agonisant jusqu'à moi. Ferme les yeux, mon amour, répéta-t-il, et il prit mon visage entre ses mains.

Je pouvais le lire sur ses traits. Il savait qu'il était trop tard, beaucoup trop tard. Mes entrailles se glacèrent. Mon cœur se brisa, anéanti par la souffrance de me séparer de lui. Je restai figée, enracinée sur place.

— Oh, Amira... (Il tenait mon visage entre ses mains.) Tu ne peux pas me quitter. Tu ne peux pas me quitter, mon petit pois.

La tristesse monta en moi dans un tourbillon obscur. Elle se logea dans ma gorge, et m'étouffa. Des larmes brûlèrent mes yeux, brouillèrent ma vue. Elles roulèrent sur mes joues. Des larmes chaudes sur la peau froide de mes joues.

Je les sentais.

Je sentais les paumes chaudes de Kyllen sur mon visage.

Je sentais la caresse feutrée de mes jupes vaporeuses qui bougeaient au gré de la brise contre mes jambes.

Je sentais l'air parfumé et humide de Lorsan. Et j'entendais son peuple murmurer d'émerveillement autour de nous.

Les larmes s'amassaient au bord de mes yeux et dissimulaient le visage bien-aimé de Kyllen. Je les chassais pour mieux le voir.

Je clignai des yeux.

Je pris une inspiration. Ma poitrine se gonfla. Je pouvais respirer.

L'espoir brilla dans les yeux dorés de Kyllen.

— Amira ?

Mon nom s'échappa de ses lèvres comme une libellule, subtile et fragile.

Lentement, je levai mes mains vers les siennes.

Je pouvais bouger.

Je le regardais droit dans les yeux, sans me transformer en pierre.

— Comment est-ce possible ?

Il expira brusquement.

— Tu es vivante, lança-t-il en déplaçant ses mains le long de mon corps, puis il pressa mes épaules, mes bras et mes flancs. Tu es vivante, répéta-t-il, comme s'il avait besoin d'entendre cette affirmation encore et encore.

— Mais comment est-ce possible ? demandai-je une nouvelle fois, en secouant la tête.

— Je m'en fiche, répondit-il avec le torse qui se soulevait et s'abaissait rapidement au rythme d'une respiration superficielle et irrégulière et les yeux brillants de larmes. Je me fous de savoir *comment*. S'il te plaît, s'il te plaît reste en vie, c'est tout ce que je veux.

Il m'écrasa contre lui. Je le serrai si fort que si je me changeais en pierre maintenant, il serait piégé.

Pourtant, je restai de chair et d'os. Je sentais, je respirais.

Vivante.

— Je t'aime, murmura Kyllen en m'embrassant.

La brise ramena le voile contre nos visages. Kyllen saisit le morceau de tissu inutile et l'arracha, puis le jeta sur le côté.

Il se pencha un peu en arrière.

— Tu rayonnes.

— Quoi ?

— Quand je te touche, ta peau rayonne.

Je levai ma main pour caresser son visage. Quand mes doigts entrèrent en contact avec sa peau, une lueur dorée scintilla. Je l'avais déjà vue, la nuit où il était entré par ma fenêtre. Mais cela avait été si discret que je n'y avais pas prêté attention, bouleversée que j'étais par son retour miraculeux.

Le rayonnement était splendide. Et je me sentais... si bien, j'avais le cœur léger.

— Qu'est-ce que ça veut dire ? demandai-je en souriant.

Le bruit d'un toussotement se fit entendre juste à côté. Je me souvins alors que le conseiller Delahon était toujours debout près de nous sur le quai.

Le monde autour de nous ressurgit, à toute vitesse. La rivière. Les préposés au tournoi. Les rangées de bancs remplis de spectateurs. Ils nous regardaient tous.

Delahon toussota à nouveau, en se rapprochant un peu plus.

— Il y a certains mythes... Des histoires à propos de l'amour humain capable de transcender la magie.

— Les humains ont-ils des pouvoirs magiques ? demanda Kyllen, qui ne semblait ni surpris ni inquiet.

Il paraissait juste heureux, et me contemplait comme si j'étais supérieure à tous les sortilèges du monde. Et peut-être l'étais-je ?

Le conseiller se frotta le menton en réfléchissant.

— Ressentez-vous quelque chose de différent, Votre Majesté ?

Je ressentais de l'amour. Mais ce n'était pas quelque chose de nouveau. J'aimais Kyllen depuis un certain temps déjà.

— Je la *sens*, répondit Kyllen pour moi. Je sais quand elle est triste, inquiète, préoccupée... heureuse. Je sentais qu'elle était vivante. Ici. (Il pressa sa main sur son torse.) Même si je savais que, sans le voile, elle aurait dû être morte.

Je compris immédiatement ce dont il parlait. Je portais moi aussi sa présence dans mon cœur depuis des mois, et elle ne cessait de croître. Dans les jours qui avaient suivi son retour, j'avais senti ses espoirs, son amour et sa confiance. Ils m'avaient donné de la force.

Je plaçai ma main sur mon cœur.

— Tu as toujours été là, Kyllen.

— Intéressant, murmura le conseiller. (Puis il parla assez fort pour que les gens autour de nous puissent entendre) : La légende dit que l'amour humain, s'il est assez fort, peut se fondre à la magie fae pour créer un lien, un lien d'attachement éternel. En tant que partenaires liés, les choses qui ne peuvent pas nuire à lord Kyllen ne nuiront pas non plus à la reine. Elle partagera également sa longévité. La reine vivra aussi longtemps que son époux !

Je n'avais plus besoin du voile.

— Comment se fait-il que personne n'ait parlé de ça avant ? grogna Kyllen.

Delahon haussa les épaules.

— C'est une obscure et ancienne légende. Je pensais que ce n'était qu'une vieille fable, quand je l'ai lue il y a plusieurs années, un jour d'ennui. Honnêtement, je n'ai jamais cru qu'elle pouvait être vraie, car elle comporte beaucoup trop de mensonges flagrants. Elle dit, par exemple, que les humains font du commerce avec des morceaux de papier découpé sur lesquels sont imprimés des chiffres. Personne n'est à ce point stupide pour échanger ses biens ou ses services contre une pile de papiers. Ou qu'ils peuvent voler au-dessus des nuages sans aucune magie. (Il rigola, en secouant la tête.) Je pensais que toute cette histoire n'était que fariboles.

Kyllen éclata de rire et déposa un baiser rapide sur mes lèvres.

— J'ai vraiment besoin de lire davantage.

Je lui adressai également un sourire d'excuse.

— J'ai lu tellement de choses depuis que je suis arrivée à Ufaris, mais je n'ai toujours pas parcouru la section des archives consacrée aux mythes. J'ai surtout révisé l'histoire de Lorsan, qui est assez longue, comme tu le sais.

Il caressa mes cheveux, en me regardant avec étonnement.

— Un lien fae. La seule chose que je croyais ne jamais pouvoir m'arriver.

— Et avec une humaine... ajouta le conseiller.

— Mon humaine rien qu'à moi. (Kyllen appuya son front contre le mien.) Je vais t'épouser, mon petit pois.

— Tu ferais mieux, répondis-je, et je ne pouvais pas m'empêcher de sourire.

Le conseiller Delahon se redressa.

— Oh ! Cela doit être annoncé.

Il se précipita vers l'un des haut-parleurs.

— Peuple de Lorsan ! (Sa voix retentit au-dessus de la foule, et atteignit sans aucun doute la rive opposée de la rivière.) La reine Amira annonce son mariage imminent avec lord Kyllen, le Haut Seigneur d'Ellohi et le vainqueur du tournoi d'aujourd'hui ! Lorsan aura à nouveau un roi. Le roi consort.

La foule applaudit. Ils avaient appris à connaître brièvement Kyllen durant le tournoi, et semblaient l'apprécier. Ils devaient aussi être heureux que leur destin ne soit plus seulement entre les mains d'une femme humaine. Ils attendaient sûrement avec impatience la célébration du mariage royal et les nombreuses fêtes à venir.

— Qui aurait cru que le jour viendrait où tu ferais de moi un roi ? dit Kyllen en riant, avec cette sonorité joyeuse et insouciante que j'aimais tant.

Il m'attrapa et me fit tourner dans les airs, en envoyant virevolter mes jupes autour de nous.

Je passai mes bras autour de son cou. Le bonheur flottait en moi réconfortant et revigorant à la fois.

— Je t'aime, mon roi rien qu'à moi.

Vingt-Six

KYLLEN

Il s'étira sur un long banc rembourré tandis que deux hommes et deux femmes massaient et pétrissaient les muscles de ses bras et de ses jambes.

Un groupe de six domestiques l'avaient déjà baigné, puis quatre avaient frotté son corps fraîchement exfolié avec des huiles parfumées. Il n'avait jamais eu autant de personnes à son service à la fois, mais il s'habituerait sûrement très vite à être dorloté.

Telle était la vie d'un roi.

Le plus intéressant, bien sûr, était que la reine Amira l'attendait dans sa chambre pour leur nuit de noces. Toute cette toilette effectuée par une armée entière de serviteurs suivait les règles de la cour qui exigeait de lui qu'il plaise à sa femme ce soir. Et pour une fois, il avait eu envie de se conformer pleinement et entièrement à l'étiquette de la cour, sans aucune réserve.

Kiris, le chef de cette « armée de plaisir », lui toucha l'épaule :

— Vous pouvez vous tourner sur le dos, maintenant, Votre Majesté.

Il s'exécuta et s'allongea sur le dos en repliant ses bras sous sa tête.

L'une des servantes détourna les yeux de son corps maintenant complètement dévoilé. Mais il surprit le regard furtif qu'elle posa sur son entrejambe.

Il sourit intérieurement. Il n'était pas aussi timide qu'Amira en matière de nudité. Et franchement, il n'avait pas à avoir honte. Son corps était un plaisir à regarder. Son sexe aurait été encore plus magnifique s'il avait été dressé. Mais pour l'instant, il reposait, flasque, contre sa cuisse.

La masseuse était jolie. Elle travaillait sur sa jambe gauche d'une main légère et habile. Mais il ne ressentait aucune attirance pour elle ni pour quiconque en dehors de sa femme.

Amira avait ravi tous ses sentiments. Elle avait dominé son esprit et son corps bien avant qu'ils ne sachent quoi que ce soit de leur lien. Et maintenant qu'elle était sa femme, sa reine et sa compagne, il ne pouvait y avoir personne d'autre. L'idée de passer le reste de sa vie avec sa petite humaine le rendait si heureux qu'il en était étourdi comme une petite fille.

Amira était juste derrière le mur qui séparait sa chambre royale de la sienne. En tant que roi consort, il avait droit aux chambres réservées aux épouses royales. Cette chambre avait été principalement occupée par des reines tout au long de l'histoire de Lorsan, mais cela n'avait aucune importance pour lui.

Il n'avait pas vraiment menti à Adriyel en lui avouant ne pas vouloir être roi. Il avait été élevé pour gouverner, et connaissait bien les responsabilités liées à un poste aussi élevé. La simple idée d'assister aux réunions quotidiennes du Conseil, de discuter des plans de construction des digues ou d'examiner les milliers de plaintes des Hauts Seigneurs et des paysans grincheux lui donnait envie de pleurer d'ennui.

Amira était tellement plus douée pour ça. Elle avait la patience qu'il n'avait jamais eue. Il l'avait observée pendant les semaines de préparation de leur mariage. Il avait vu avec quelle intelligence elle résolvait les problèmes ou avec quel tact elle gérait les conseillers insistants et les courtisans capricieux. Il était convaincu qu'elle méritait amplement la couronne sur sa tête.

Il avait hâte de la voir devenir le meilleur souverain que Lorsan n'ait jamais connu. Il ne doutait pas qu'elle ferait mieux que l'ancien roi, cette brute vicieuse, qu'était devenu Zeldren.

Kyllen savait qu'Amira aimait beaucoup son prédécesseur. Elle avait réussi à apprivoiser ce bâtard et à faire en sorte qu'il l'aime en retour, au point de lui léguer sa couronne.

Cela émerveillait Kyllen, mais ne le surprenait pas. Il n'y avait manifestement aucune limite à ce que sa femme pouvait accomplir sans ruse ni brutalité, mais simplement avec de la gentillesse, de la patience et de la persévérance.

Il était totalement prêt à la soutenir à chaque étape de son parcours. Il serait son partenaire et son conseiller lorsqu'elle aurait besoin de consulter quelqu'un pour prendre ses décisions. Il serait ses oreilles sur le terrain, à l'affût du moindre problème parmi les seigneurs et les roturiers. En sa qualité de roi consort, il pouvait faire profil bas, ce qui lui offrait plus d'occasions d'entendre et de voir des choses qui lui échapperaient à elle.

Et si toutes ses négociations échouaient, il conduirait ses armées au combat en son nom. Il défendrait sa reine jusqu'à son dernier souffle, en temps de paix comme en temps de guerre.

En sa qualité de compagne, unie par le lien fae, Amira vivrait, elle aussi, des siècles. Et il se réjouissait de chaque jour passé avec elle.

— Levons-nous, Votre Majesté, dit Kiris en lui offrant un bras pour l'aider tandis que Kyllen se hissait sur le banc dans toute sa glorieuse nudité entièrement huilée.

Les assistants lui enroulèrent une pince en forme de serpent, dorée et ornée de bijoux, autour de chaque *sentie*. Ses avant-bras furent cerclés de spirales irisées, sculptées dans des coquilles d'escargots arc-en-ciel géants.

Ils l'habillèrent ensuite d'une longue tunique transparente, légère et fluide comme un nuage de plumes de la saison verte.

Kiris le regarda d'un œil critique puis hocha la tête, visiblement satisfait des résultats du travail de son équipe.

— Sa Majesté attend, déclara Kiris.

Deux des serviteurs ouvrirent de manière théâtrale les portes qui séparaient sa chambre de celle de sa femme.

Amira se dressa au bord de son nid. Elle referma son long peignoir de soie verte, qui dissimulait la fine chemise de nuit blanche qu'elle portait en dessous.

Ses cheveux bruns, détachés, tombaient en vagues épaisses sur ses épaules. Comme le voile ne couvrait plus son visage, il pouvait voir chacun de ses traits adorés. Il voulait tous les embrasser.

Avec un bref signe de tête à Kiris, il franchit le seuil de sa chambre et referma les portes derrière lui.

— Je prends les choses en main maintenant, annonça-t-il.

Sa femme lui lança un long regard, puis le glissa lentement le long de son corps.

— Tu es… charmant, dit-elle avec une douce et alléchante rougeur qui colora ses joues.

Elle mouilla ses lèvres avec sa langue rose et délicate comme si elle était sur le point de prendre une bouchée d'un dessert. S'il était ce dessert, il était tout à fait prêt à être mangé.

Il gloussa devant sa difficulté à trouver des mots. Il était évident que son apparence était à couper le souffle.

— Simplement *charmant* ? demanda-t-il en haussant un sourcil. Je crois que Kiris et son équipe voulaient que je sois « séduisant et fascinant » ce soir. Ils ont cherché à me rendre le plus attirant possible à tes yeux.

Elle fit un pas vers lui, puis un autre. Lentement. Il savait que son hésitation ne venait pas de la peur. Elle prenait son temps, savourant chaque moment de cette nuit. Il le savait, parce qu'il ressentait la même chose.

— Eh bien ! (Elle se rapprocha.) Ils ont réussi. Je suis *séduite*.

— Est-ce la tunique ? (Il inclina la tête. La malice pétillait dans sa poitrine, ce qui ajoutait à son excitation.) Elle met en valeur mes meilleurs atouts, n'est-ce pas ? (Il ajusta l'étoffe transparente sur ses hanches, et se tourna pour lui montrer son dos, puis à nouveau le devant de son corps.) Ou est-ce les huiles avec lesquelles ils m'ont baigné ? (Il bougea ses mains devant son torse.)

Ils en ont utilisé au moins douze différentes, je crois. Il est impossible de distinguer leurs parfums maintenant.

Elle gloussa devant ses pitreries. D'un doigt, elle caressa son téton à travers la fine tunique. Sa verge sursauta, comme si elle était reliée par une corde au bout de son petit doigt.

— Pas de pinces à tétons, à ce que je vois ? (Elle fit la moue avec une lueur de taquinerie dans ses yeux sombres.) J'espérais qu'ils t'en mettraient.

— Des pinces à tétons ? Tu en veux ? (Il cligna des yeux de surprise. Son petit pois ne cessait de l'étonner.) Je les porterai si tu veux, dit-il en plaisantant.

Elle se mordit la lèvre, avec une expression torride dans le regard.

— Je suis curieuse de savoir comment elles fonctionnent. Et avec toi, ça ne me dérangerait pas d'essayer.

Elle continua à tourner autour de son téton à travers sa tunique. Cette légère caresse déclencha des étincelles de plaisir dans tout son corps. Sa bite gonfla à bloc, un seul contact suffisait avec elle.

Il glissa son regard jusqu'à sa poitrine, où ses mamelons durs se pressaient contre la soie de sa robe. Les imaginer ornés de pinces lui envoya une nouvelle bouffée de chaleur dans l'aine.

— Il y a beaucoup de jouets et d'ornements... (Il se lécha les lèvres.) Et avec la bonne personne, tout ça peut être très amusant.

Ses mains se crispèrent sur ses flancs. Il luttait pour garder le contrôle de son corps alors que le sien était si proche. Une *sentie* glissa vers elle, comme de son propre chef. La bouche ouverte, elle s'accrocha au bout de son sein.

Elle haleta doucement. Ses yeux s'ouvrirent plus grand, sa respiration s'accéléra tandis qu'elle se déhanchait vers lui.

La plus belle femme qu'il avait jamais rencontrée.

L'émotion l'envahit. Elle était son amour, sa femme, et sa vie tout entière.

— Viens par là, ma reine, dit-il en la saisissant, ce qui la fit gémir tandis qu'il la portait vers le nid royal.

Il la posa dans la douce literie, mais ne la lâcha pas. Il l'entoura de ses bras et s'allongea à ses côtés et mit sa tête sur sa poitrine. Son visage appuyé sur ses seins, son parfum chaud l'enveloppa.

Amour et réconfort.

Sérénité.

Toutes ces merveilleuses choses, qu'il n'avait ressenties si profondément que dans les bras d'Amira.

Il ferma les yeux, pour respirer son odeur. Oh, il allait lui faire tendrement l'amour ce soir. Puis il la baiserait sauvagement, après. Il lui ferait crier son nom plusieurs fois avant la fin de la nuit. Mais pour l'instant, il voulait profiter de ce moment, où il était tout simplement serré contre elle.

Elle comprit son humeur. Bien sûr qu'elle le pouvait. Elle était une partie de lui-même. Délicatement, elle passa ses doigts entre ses *senties*, caressa sa tête, son cou, puis son dos. Sa peau vibra de plaisir sous ses caresses.

— Veux-tu rester pour la nuit, Kyllen ? demanda-t-elle.

Sa voix lui sembla être la plus douce des mélodies.

Il souleva la tête.

— Oui, mon petit pois. Ce soir et tous les autres.

Il avait toujours aimé dormir à ses côtés, et il savait qu'elle aussi. Pourquoi se sépareraient-ils un jour ? Simplement parce qu'ils avaient maintenant plus de chambres qu'ils ne savaient quoi en faire.

— Tu peux utiliser la chambre comme placard ou autre chose, suggéra-t-il.

— Une pièce pour bébé ? s'exclama-t-elle, avant de se taire rapidement.

Il gloussa. Il n'avait pas encore pensé aux enfants. Mais maintenant qu'elle en parlait, il découvrit qu'il n'était pas opposé à l'idée d'en avoir le plus tôt possible. Les enfants étaient très rares et toujours désirés par les fae. Ses chances d'en avoir un avec une femme humaine étaient plus élevées, d'après les rumeurs qu'il avait entendues.

— Bien. Nous devrions alors commencer à travailler sur la fabrication des futurs résidents de cette chambre, non ?

Il écarta les pans de son peignoir et rabattit le décolleté de sa chemise de nuit pour dévoiler son sein gauche. Le mamelon dur et nerveux lui mit l'eau à la bouche et fit frémir son pénis.

Il passa sa langue sur la pointe de son sein, en savourant le goût de sa peau, puis fit rouler le bourgeon dur entre ses dents. Son croc tira sur sa chair tendre. Son gémissement se transforma en un halètement.

Elle s'agrippa à l'arrière de sa tête, et cambra sa colonne vertébrale pour le maintenir contre sa poitrine.

En grognant, il enroula quelques-unes de ses *senties* autour de son poignet. L'une se faufila sous sa chemise de nuit, à la recherche de son autre téton. Elle le trouva et la bouche à son extrémité s'y accrocha.

La saveur de son corps s'intensifia. Son parfum agita ses sens. Elle gémit, en se tordant sous lui. Les effluves de son excitation embaumaient son odeur et son goût, capiteux et enivrant.

Elle souleva sa jambe sur son flanc et balança ses hanches contre lui. Elle se frottait contre lui avec son corps chaud et lisse, qui se pressait contre la pointe de son érection.

Oh, elle était prête, totalement prête pour lui.

— Kyllen… Oh, mon Dieu, gémit-elle. Encore.

Il sourit, en relevant la tête.

— Encore ? dit-il en l'attrapant par la hanche, pour la maintenir en place.

— Ne me fais pas attendre, Kyllen. Je suis ta reine. Je peux te donner des ordres, tu sais.

Elle était si délicieusement adorable dans sa frustration.

— Oh, est-ce ainsi que les choses se dérouleront, *Votre Majesté* ? demanda-t-il en s'asseyant.

Elle prit appui sur ses bras en le regardant d'un air de défi.

Un frisson parcourut son torse et descendit jusqu'à son aine. Sa petite femme se révélait délicieusement excitante.

Il affronta son regard.

— Eh bien, mon petit pois. Ce soir, j'ai envie de *te* donner des ordres. Alors soulève cette chemise de nuit et écarte les jambes. Au lieu d'un trône, tu seras assise sur mon visage ce soir.

Il la libéra de son peignoir, puis remonta la jupe de sa chemise de nuit.

— Oh, souffla-t-elle lorsqu'il ouvrit ses genoux et plongea entre ses jambes.

Le désir faisait rage en lui, chaud et désespéré. Il enfonça sa langue en elle, puis la lapa goulûment, sans se lasser de son goût.

Elle gémit en chevauchant sa langue.

Il agrippa ses hanches et les renversa, roula sur le dos et la fit glisser sur son visage.

Elle sursauta, ses genoux tremblèrent lorsqu'il enroula ses *senties* autour de ses cuisses, puis les fit glisser le long de sa chair tendre, en la savourant avec leurs langues et la sienne. Il ouvrit la bouche de l'une d'elles et la fixa autour du bourgeon sensible au sommet de ses cuisses, pour le mordiller.

— C'est si bon... soupira-t-elle en gémissant. Kyllen, mon chéri... Je t'aime tellement...

Il savait qu'elle l'aimait. Il sentait chaque émotion se déchaîner dans son corps. Sa passion le submergeait comme une houle et se répandait en lui. Il était si dur qu'il aurait pu planter des clous avec son érection. Mais il était déterminé à la faire jouir d'abord.

Sa voix se coupa. Sa respiration s'arrêta. Elle se déhancha furieusement contre sa bouche. Son orgasme culmina, et elle tomba à la renverse.

Un délice.

Chaque spasme de son plaisir résonna en lui. Et il en voulait plus. Il attrapa ses hanches plus fermement, la fit glisser le long de son corps, puis l'empala sur sa bite en un seul mouvement fluide. Il s'inséra parfaitement en elle, si chaude et si lisse à l'intérieur qu'il bougea facilement.

Elle se cramponna à ses épaules en haletant de plaisir. Les derniers soubresauts de son orgasme la secouaient encore, alors que le sien le titillait déjà. Il s'enfonça plus fort, pour l'atteindre.

L'orgasme explosa. Durant un instant aveuglant, le monde s'écroula. Seul un fil ténu et scintillant le rattachait à la vie, son lien avec Amira. Il grogna, en déversant sa semence en elle, puis se laissa tomber sur le côté, près d'elle. Épuisé.

Elle lança ses bras autour de son cou, essoufflée.

— Je ne sais pas comment je fais pour survivre à ça avec toi... À chaque fois. Le sexe est-il toujours aussi intense ? Époustouflant. Fracassant le corps, le cœur... Oh, je n'ai pas de mots pour le décrire.

Il sourit de satisfaction. Elle l'avait assez bien expliqué. Ses muscles tremblaient encore lorsqu'il se redressa sur un coude à sa hauteur.

— Non, pas toujours. Je n'ai jamais connu ça avant toi. (Il embrassa son épaule, puis son cou et remonta jusqu'à sa bouche.) Ça ne pourra jamais être comme ça avec quelqu'un d'autre, mon amour. Parce que nous sommes deux parties d'un tout et qui s'assemblent. Toi et moi.

Épilogue

AMIRA : ONZE ANS PLUS TARD.

— **M**aman, regarde ! lança Radax, mon petit garçon, en s'élançant en avant, il fendit l'air avec son épée en bois et entailla le poignet de son père.

— Argh ! dit Kyllen en reculant d'un bond avec un cri de douleur fortement exagéré. Tu m'as eu ! Le Grand Serpent a libéré mon esprit. Et... (Il jeta au loin sa propre arme en bois et poursuivit son fils.) Mon esprit va t'attraper maintenant !

Après avoir lâché son épée, Radax courra dans la clairière à l'intérieur du méandre de la rivière Isafaris. D'étroits ruisseaux secondaires zébraient le sol. Mais notre petit garçon bondit par-dessus, en esquivant les mains de son père qui voulaient le saisir. Les cris de Kyllen, faussement déçu de ne pas avoir réussi à rattraper son fils, et les rires joyeux de Radax emplissaient l'air chaud de cet après-midi paisible.

J'explosai de rire, en les regardant depuis ma chaise installée sur la zone sèche de la rive.

Lily, notre petite fille de cinq mois, tétait calmement mon sein. Ses petites paupières, délicates comme des pétales de lys, se fermèrent avec quelques battements lorsqu'elle lâcha mon mamelon en s'endormant. Je la déposai doucement dans le berceau à bascule à mes côtés, puis je reboutonnai le devant de ma robe.

C'était un après-midi doux de la fin de la saison dorée. Les feuilles jaunes des arbres avaient lentement retrouvé leur couleur verte. Encore une semaine, et le royaume de Lorsan tout entier se parerait à nouveau des couleurs vertes et vivifiantes de l'été.

Je touchai le berceau de Lily. La magie gorgone traversa mes doigts, et enclencha le mécanisme du petit lit afin de le mettre en mouvement. Un auvent fin, mais solide surgit au-dessus de mon bébé, pour le protéger de la brise.

Les légendes anciennes qualifiaient l'amour de « magie humaine », et il avait assurément un certain pouvoir. Je n'étais pas née pour être la partenaire de Kyllen, mais, par amour pour lui, je l'étais devenue. Grâce à notre lien fae, je pouvais aussi utiliser sa magie à volonté.

Après m'être assurée que Lily était bien au chaud, je passai mon châle autour de mes épaules. La brise de la rivière était encore vive par moments. Toutefois, Kyllen avait déjà enlevé sa chemise. Il devait avoir chaud après avoir poursuivi notre petit Radax.

L'enfant d'un fae et d'une humaine restait un fae. Radax était en tous points semblable à son père. Il avait les mêmes *senties* de couleur bronze et vert. Elles flottaient en un halo sauvage et emmêlé autour de sa tête lorsqu'il courait en riant. Après avoir sauté par-dessus un autre ruisseau étroit, il arracha sa tunique vert tilleul par-dessus sa tête.

— Radax ! lançai-je en m'éloignant du berceau. Il fait encore trop froid pour courir tout nu.

— Mais Père le fait aussi, répondit le petit coquin en montrant Kyllen du doigt. Et nous ne sommes pas tout nus. Nous avons nos pantalons.

— Encore heureux, marmonnai-je en secouant la tête.

Kyllen se contenta de rire. Il se faufila derrière son fils, attrapa le garçon qui donnait des coups de pied et gloussait, et le fit tourner sur lui-même.

— Je t'ai eu !

Du coin de l'œil, j'aperçus un bateau s'approcher du méandre en aval de la rivière. Il semblait se diriger vers le palais royal, juste en amont.

Iven, un de mes gardes, fit signe à Hapon, un des hommes de Kyllen. Ensemble, ils coururent le long de la rive jusqu'à l'eau pour rejoindre le bateau.

Tout en portant Radax sur son épaule, Kyllen jeta également un coup d'œil au navire qui approchait — il restait toujours sur ses gardes.

En sa qualité de roi consort, il avait été toujours impliqué dans toutes les affaires de l'État. Et en tant que mari, il avait été le roc sur lequel je m'étais appuyée, un soutien, une épaule sur laquelle pleurer chaque fois que je me sentais dépassée ou perdue. Rusé, intelligent et sociable, Kyllen s'était montré incroyablement ingénieux pour obtenir toutes les informations dont j'avais besoin. J'aurais été incapable de le faire sans mon roi.

Être une souveraine n'était pas une affaire de muscles ou même de magie. Il s'agissait de prendre soin de mon peuple. Cela demandait beaucoup de connaissances, des compétences diplomatiques aiguisées, et une quantité infinie de patience. Je possédais déjà une partie de ces compétences. Pour le reste, j'étais déterminée à l'acquérir et à m'améliorer. L'apprentissage était un long processus, qui durait toute la vie.

Le roi Zeldren aimait jouer, et je m'étais souvent demandé si, en me donnant sa couronne, il n'avait pas placé un nouveau pion sur le plateau, pour regarder si j'allais couler ou m'en sortir, et ce, pour son simple plaisir dans l'au-delà. Quel que soit l'endroit où il se trouvait maintenant, j'espérais ne pas l'avoir déçu. Durant mes onze années de règne, le royaume de Lorsan avait été prospère.

Le bateau tourna vers la rive, avec la ferme intention de mouiller dans cette clairière.

Kyllen remit doucement Radax sur le sol et se plaça devant le petit.

Je me tournai vers la sorcière royale, qui cueillait des boutons de fleurs dans un buisson voisin.

— Grand-mère ? Pourriez-vous garder un œil sur la princesse, s'il vous plaît ?

Elle hocha la tête et le capuchon sombre sur son visage remua. D'apparence frêle et faible, cette femme était plus forte que n'importe quel homme.

Kyllen l'avait amenée d'un petit village sur la frontière d'Olathana l'année de notre mariage. Il disait qu'elle lui avait sauvé la vie un jour. Depuis, la sorcière vivait dans le palais avec nous. Elle soignait les blessures, préparait des potions, lançait des sorts quand c'était nécessaire, et ne demandait en retour que le gîte et le respect.

Je lui faisais confiance pour veiller à la sécurité de Lily pendant que je portais toute mon attention sur le navire. Hapon apparut et alla s'adresser à l'un des membres de l'équipage de gorgones qui s'y trouvait. Il remonta ensuite la pente vers moi.

— Votre Majesté, le bateau vient du village d'Egrus. C'est à la frontière avec Sarnala.

Lorsan avait connu une longue période de paix avec le territoire des loups-garous. Ensemble, nous avions construit suffisamment de digues pour assurer des routes commerciales praticables à travers de nombreuses régions de Lorsan, et les échanges entre nos deux royaumes étaient florissants depuis lors.

Les négociations avec les autres royaumes s'étaient déroulées plus facilement, puisque les fae de toutes espèces pouvaient regarder la souveraine de Lorsan dans les yeux. Même si j'étais désormais capable d'utiliser la magie gorgone et que j'avais une durée de vie plus longue, je restais une humaine. Je n'avais pas de *senties*, et ne pouvais pas tuer d'un seul regard.

Kyllen courut à mes côtés.

— Qu'est-ce qu'ils veulent ?

— Ils ont attrapé un loup-garou, répondit Hapon.

Je fronçai les sourcils. Cela risquait de compromettre mon traité de paix avec Sarnala.

— Dites-leur de le libérer.

— Il s'est enfui.

Kyllen pouffa de rire.

— Alors. Pourquoi est-ce important, donc ?

— Le loup-garou est sous sa forme bestiale, expliqua Iven en escaladant la berge jusqu'à nous. Depuis plusieurs jours.

Un membre de l'équipage accompagnait Iven. Il portait un baluchon enveloppé dans un morceau de tissu artisanal.

— Salutations à la glorieuse reine de Lorsan, lança le villageois, un bel homme aux *senties* sombres et aux yeux gris sereins, en me faisant la révérence.

— Salutations, répondis-je en inclinant la tête. Dites-moi, comment un loup-garou peut-il rester sous cette forme après la pleine lune ?

Même Madame, en sa qualité de déesse, n'avait pas pu transformer complètement Lero. Elle avait juste réussi à le maintenir entre les deux formes pour un certain temps.

L'homme secoua la tête.

— Normalement, ce n'est pas possible, Votre Majesté. La lune influe sur les loups-garous, en les métamorphosant en bêtes une seule nuit par mois. Mais ces derniers temps sont apparus quelques-unes de ces abominations, coincées sous leur apparence bestiale. Ils ne peuvent pas parler. Cependant, certains ont été en mesure de communiquer par d'autres moyens. Ils ont fait savoir qu'ils venaient du monde des humains.

Mon ancien monde.

Il était devenu aussi lointain qu'un rêve oublié depuis longtemps. De temps en temps, un soupçon de nostalgie se glissait dans mon cœur. Ou bien quelques lambeaux d'un cauchemar me hantaient le matin. Mais le souvenir de l'homme qui m'avait élevé ne me quittait jamais. J'avais promis à Radax de ne pas l'oublier. Et je continuerais toujours.

— Nous avons envoyé des demandes de renseignements aux villes de Sarnala de l'autre côté de la frontière, Votre Majesté, continua le villageois. Mais ils sont tout aussi confus que nous au sujet de ces bêtes.

Pourquoi une bande de ces créatures dangereuses débarquait-elle du monde des humains ?

Le seul loup-garou que je connaissais était Lero.

— Vous avez dit avoir pu communiquer avec certaines de ces bêtes. Avez-vous obtenu leurs noms ? demandai-je.

— Nous n'avons connaissance que d'un seul nom pour l'instant. Nerkan.

Mon souffle se coupa net. Nerkan était l'un des *bracks* de Madame, pas un loup-garou. Je me tournai vers Kyllen, puis vers le villageois.

— C'est impossible...

J'avais eu beau essayer d'échapper à mon passé, il me rattrapait en une seule vague déferlante de ténèbres.

Il y avait toujours eu des rapports d'observation de *bracks* ici et là. Les lignes temporelles se croisaient et faisaient des boucles lors d'un passage d'un monde à l'autre, et ces créatures venaient sur Nérifir pour approvisionner la ménagerie de Madame. Le produit qu'ils recherchaient le plus à Lorsan était le miel de lys que la déesse aimait mettre dans son thé.

— Êtes-vous sûrs que Nerkan était un loup-garou, et non un *brack* ? demandai-je au villageois.

— Oui, Votre Majesté. Il avait de la fourrure et une queue. Il ne ressemblait en rien à un *brack*.

Étrange. Bien sûr, il pouvait y avoir plus d'un Nerkan parmi les deux mondes, mais la coïncidence était trop troublante.

— Où est-il maintenant ? Le savez-vous ?

L'homme tordit le baluchon entre ses mains.

— Nous ne savons pas, Votre Majesté. Il s'est enfui vers Sarnala, et nous n'avons plus entendu parler de lui depuis.

J'espérais que c'était une bonne chose.

— Quelles sont vos craintes ? intervint Kyllen. Vous avez peur que la bête attaque votre village ?

— C'est possible, mais ce n'est pas pour ça que je suis là.

(L'homme s'empressa de déballer le paquet qu'il tenait dans ses mains, puis tendit vers moi une plaque argentée.) J'aurais dû vous montrer ça en premier.

Kyllen lança rapidement son bras dans un geste protecteur entre l'homme et moi.

Le villageois tourna la plaque dans ses mains, visiblement hésitant.

— Il y a votre nom dessus, reine Amira, mais personne ne peut lire le reste.

Kyllen prit l'objet en argent et l'inspecta de près. Après s'être assuré qu'il n'était pas dangereux, il me le remit.

— Est-ce que c'est écrit en langage humain ? demanda-t-il.

Depuis notre traversée vers Nérifir, Kyllen avait perdu la capacité de lire et de parler ma langue. Moi, par contre, j'avais acquis la capacité de parler fae, en plus du langage humain, tout comme Kyllen avait été capable de parler les deux, dans mon monde.

Je lui pris la plaque des mains.

« *Amira* » était gravé en grosses lettres tout en haut, juste au-dessus de l'image d'un cupcake. Tous les traits horizontaux des lettres étaient droits, typiques de l'écriture à Sarnala. À Lorsan, elles auraient été ondulées. Les deux styles, cependant, étaient assez proches pour que les habitants des deux royaumes puissent les lire.

Le reste de l'écriture était dans une langue étrangère à Nérifir.

— En effet, mon amour. C'est humain... dis-je en parcourant le texte jusqu'à la signature en bas.

« *Radax* »

Mes genoux se dérobèrent, et je titubai jusqu'à ma chaise. L'émotion me serra la gorge tandis que je relisais l'écriture, en assimilant chaque mot. Je ne pouvais rien dire, je lisais silencieusement.

— Qu'est-ce que ça dit, mon petit pois ? s'enquit Kyllen, qui s'accroupit à mes côtés en s'accrochant à l'accoudoir de ma chaise.

Je ravalai la boule dans ma gorge avant de prendre une longue inspiration.

— Ça vient de Radax.

— De moi ? dit mon fils en passant la tête sous le bras de son père.

— Non, mon petit garçon, répondis-je en souriant à travers la fine pellicule de larmes qui obscurcissait ma vision. Ça vient de l'homme dont tu portes le nom. Celui qui m'a sauvé la vie et m'a élevée. Qui a été ma seule famille. Et que j'ai laissé derrière moi...

L'homme que j'avais abattu, et abandonné en sang sur le sol de la remorque du camion. Le fait de ne rien savoir sur lui avait été comme une aiguille enfoncée dans ma poitrine durant tout ce temps.

Kyllen saisit ma main libre et la serra doucement.

— Qu'a-t-il écrit ?

Je pris encore quelques respirations profondes avant de me sentir assez forte pour reprendre.

— Ghata est morte. Ils l'ont vaincue. Ses *bracks* sont libres, y compris Radax. (Je me tournai pour croiser son regard.) Elle est morte, Kyllen. Elle ne torturera jamais plus personne.

Son torse se souleva dans une lourde respiration. Ses épaules se redressèrent comme si un poids en était tombé. Je me sentis aussi le cœur plus léger.

Je plaçai la plaque sur mes genoux et suivis du doigt le contour du petit gâteau gravé dessus.

— Il m'envoie une image du gâteau pour tous les anniversaires manqués et pour tous ceux qui suivront. (Je déglutis encore difficilement, quelque part dans un autre monde, sur une ligne de temps tordue, courbée et en forme de boucle par rapport à la nôtre, Radax avait une vie heureuse, la vie qu'il avait méritée.) Il est libre. Enfin. Et il a rencontré quelqu'un, une femme humaine. Ils sont amoureux.

Mes larmes jaillirent et roulèrent sur mes joues.

Kyllen prit mon visage entre ses mains et les essuya avec ses pouces.

— Tout est bien qui finit bien.

— Oui, reniflai-je. Et il l'a tellement, tellement mérité. (J'essuyai mes yeux avec le bout de mon châle.) Ce sont des larmes de joie, mon chéri. De très joyeuses larmes.

Il embrassa mon visage, et je l'enfouis contre son torse. Son odeur chaude et familière était plus réconfortante que jamais.

— Est-ce que tu veux lui répondre ? Pour lui faire savoir que, pour toi aussi, tout est bien qui finit bien. (Il haussa un sourcil de façon théâtrale.) C'est le cas, n'est-ce pas ?

— Oui, dis-je en souriant derrière mes larmes. Tu es mon prince charmant.

— Ton roi, corrigea-t-il en levant un doigt pour le souligner. Pas seulement un prince, mon petit pois. Bien que, il faut l'admettre, je suis plutôt charmant.

Mes larmes séchèrent d'un coup. J'éclatai de rire en secouant la tête. Il arbora un large sourire, heureux d'avoir réussi à me remonter le moral.

— Mais comment pourrais-je répondre à Radax ? demandai-je.

La correspondance entre les deux mondes n'était pas possible. Kyllen se frotta la nuque.

— Ghata peut disparaître à tout moment. Mais les *bracks* qui traversaient entre les deux mondes pourront continuer à le faire un certain temps. Ils peuvent tout simplement venir du temps où Ghata était encore vivante et en bonne santé, et gérait la ménagerie avec ses approvisionnements.

Il avait raison. Les *bracks* pouvaient venir d'un passé plus lointain. Et en partant d'ici, Ghata les attirerait vers elle à travers les dimensions, à l'époque de la ménagerie.

— Il faudrait que j'en attrape un, pour qu'il délivre un message... pensai-je à voix haute. Non, il faut que ce soit quelque chose qui n'ait pas l'air de contenir un message, mais qui semble avoir de la valeur. Donc Ghata le garderait pour l'exposer dans sa ménagerie jusqu'à ce que Radax puisse l'ouvrir et le lire.

Kyllen s'agita avec enthousiasme.

— Je vais t'aider à le fabriquer. Ça pourrait être une boîte de communication, avec ton message vocal enregistré pour que

Radax te reconnaisse. Nous pouvons demander à Wuveus, le maître qui a créé la grande horloge du hall du palais, de nous aider à la concevoir.

— Une boîte de communication ?

Ses propos réveillèrent ma mémoire.

Dans sa ménagerie, Ghata avait exposé un objet qu'elle appelait « appareil de communication des marais de Lorsan ». Et maintenant, je me demandais si ce n'était pas ma boîte à messages depuis le début.

— Je crois que je sais à quoi je veux qu'elle ressemble, répondis-je. Et je vais te demander de la verrouiller pour que personne d'autre que Radax ne puisse l'ouvrir. Est-ce que c'est possible ? (Je lui tendis la tablette avec le message gravé de Radax.) Peux-tu le faire en utilisant ceci ?

Mon mari me lança un de ses sourires arrogants, qui m'avaient toujours fait craquer.

— Puis-je ? (Il remua ses arcades sourcilières bien dessinées.) À présent, tu devrais savoir, ma reine, que lorsqu'il s'agit de satisfaire tes désirs, rien ne m'est impossible.

Je me penchai pour embrasser le bout de son nez.

— Eh bien, vas-y alors, mon beau. Fais-le. En attendant. (Je me levai et fis signe à l'un des gardes près de moi de s'approcher.) Allez trouver le conseiller Delahon, s'il vous plaît. Je dois faire une annonce à tout le royaume dès notre retour au palais.

Le garde repartit avec mon message, et je me tournai à nouveau vers Kyllen.

— Je veux que le prochain *brack* qui entre sur le territoire de Lorsan soit capturé et amené au palais. Je lui dirai que j'ai un cadeau pour sa déesse et tout le miel de lys qu'il pourra transporter pour elle.

Kyllen m'enlaça puis m'attira vers lui.

— S'il livre la boîte à la période où tu es encore à la ménagerie, aimerais-tu que je fasse en sorte que tu puisses l'ouvrir toi aussi, et pas seulement Radax ? Souhaiterais-tu connaître ton destin, avant de me rencontrer ?

Je pris un moment pour y réfléchir.

— Non. (Je secouai la tête.) Je ne veux rien changer au passé, on ne doit pas courir le risque de modifier par inadvertance notre avenir. (Maintenant que je savais Radax heureux et libre, je n'osais pas tout ruiner.) Nous avons tous peiné pour atteindre ce bonheur, mon amour. Nous l'avons gagné. À présent, je ne voudrais rien changer.

Il scruta mon regard.

— Es-tu heureuse, mon petit pois ?

Notre fils se précipita vers nous, en se collant contre nous et en nous serrant les jambes.

J'éclatai de rire, en posant une main sur son épaule fine tout en gardant l'autre bras enroulé autour du cou de mon mari.

— Je le suis, Kyllen. Plus que je n'aurais jamais cru pouvoir l'être.

Merci d'avoir lu La Conquête du Serpent

Si vous êtes tombé amoureux des personnages et que vous avez du mal à vous en détacher, comme moi, vous pouvez lire la suite de leur histoire dans La Promesse du Serpent, disponible exclusivement pour les abonnés de ma newsletter :

Si vous avez aimé les deux tomes de La Caresse du Serpent, vous apprécierez peut-être aussi la trilogie La Ménagerie des Curiosités de Madame Tan, dont l'action se déroule dans le même univers.

Veuillez tourner la page pour l'extrait du prochain livre de l'univers de la Rivière des Brumes : **Le Feu dans la Pierre.**

Le Feu dans la Pierre

CHAPITRE 1

AMBER

—Désolée, Amber. Tu sais que je te laisserais rester. Au moins pour un mois encore, peut-être. Mais Jonah...

Michelle plissa son joli visage en une expression douloureuse.

— Tu sais qu'il ne pense qu'aux affaires.

— Je sais.

J'acquiesçai en enroulant étroitement mon gilet autour de moi.

L'air de Géorgie était frais en ce matin de mars. Aujourd'hui, cependant, le frisson qui parcourait mon corps avait peu à voir avec le temps. On m'expulsait de l'endroit que j'avais considéré comme mon foyer depuis presque un an maintenant.

Michelle et moi nous entendions à merveille depuis le jour où j'avais emménagé dans leur appartement au sous-sol, il y a un an. Techniquement, cependant, la maison appartenait à Jonah, son fiancé. Et lui « ne pensait qu'aux affaires ». Son activité de propriétaire consistait à encaisser les loyers. En tant que locataire, je n'avais pas payé mon loyer pour le deuxième mois consécutif. Je n'avais que de la monnaie dans ma poche, un gros zéro bien rond sur mon compte bancaire, et aucun moyen de le renflouer dans un avenir proche.

Moins d'une heure plus tôt, j'avais appris que je n'avais plus d'emploi. L'agence immobilière où je travaillais depuis quelques mois avait fermé ses portes sans préavis. Je n'avais reçu aucun avertissement, hormis le fait que deux de mes chèques de paie avaient été retardés. L'un avait été amputé. Et maintenant, il semblait que le dernier ne serait pas payé du tout. Ce qui craignait. Beaucoup.

On m'avait dit que je devrais déposer une réclamation. Quand les actifs de mon employeur seraient liquidés, je pourrais récupérer une partie de mes salaires impayés. Peut-être. Éventuellement. Sauf que le loyer était dû maintenant. J'avais vécu au jour le jour. En manquer un me mettait littéralement à la rue.

J'aurais aimé pouvoir simplement faire demi-tour et partir. Mais où irais-je ? Je n'avais personne.

— Michelle, est-ce que je peux au moins parler à Jonah ? S'il te plaît. Je vais commencer à chercher un autre travail, tout de suite...

Elle serra les lèvres, arquant ses sourcils avec pitié.

— Eh bien... Il n'est pas disponible pour le moment.

Son pick-up était garé dans l'allée à côté de ma voiture délabrée. La lumière était encore allumée dans leur chambre au deuxième étage, malgré l'heure avancée de la matinée.

Je passai une main tremblante sur le rasé du côté gauche de ma tête.

— Il veut juste que je parte. Il n'est pas intéressé par une discussion, n'est-ce pas ?

Michelle poussa un soupir, croisant les bras sur sa poitrine généreuse.

— Eh bien, Jonah est un homme d'affaires...

— Il a un autre locataire pour le sous-sol, c'est ça ? tentai-je ma chance.

Elle bougea inconfortablement, évitant mon regard.

— Un de ses potes déménage en ville, finit-elle par avouer.

Venir dans la ville de Creek Bent représentait un nouveau départ pour moi. Et pendant plusieurs mois, j'avais eu l'impression que j'allais y arriver. Pour la première fois en vingt-cinq ans, j'avais un emploi honnête et un endroit où vivre que je payais, tout par moi-même. J'avais même commencé à suivre des cours universitaires après le travail, le soir. Je pensais avoir enfin réussi, j'avais construit une vie pour moi. J'avais goûté à un peu de stabilité et de sécurité. Et c'était vraiment nul de tout abandonner à nouveau.

Michelle déplaça son poids sur l'autre pied. Ses sandales en cuir dévoilaient ses ongles d'orteils scintillants, peints avec le même vernis rose nacré que les miens. Nous les avions peints ensemble, ici même sur le porche de Jonah, la semaine dernière. À l'époque où je croyais encore avoir un emploi, un toit et une amie.

Elle haussa les épaules, mal à l'aise.

— Amber, tu sais que Creek Bent est petit. Les choses ont été difficiles par ici, avec l'économie telle qu'elle est et tout. Mais tu trouveras quelque chose ailleurs. Peut-être à Atlanta ? Les choses semblent toujours meilleures en ville.

— Bien sûr. Le vide dans mon estomac n'était pas seulement dû au petit déjeuner manqué. L'angoisse pesait lourdement sur ma poitrine.

— Je vais t'aider à faire tes cartons, proposa Michelle, sa voix s'éclaircissant.

Faire mes bagages ne me prit pas longtemps. Le sous-sol était entièrement meublé. Tous mes biens tenaient facilement dans deux valises et quelques cartons, que je fourrai à l'arrière de ma voiture.

Après avoir conduit juste au coin de la rue de mon ancien logement, je m'arrêtai sur le parking de la seule épicerie de la ville et coupai le moteur. Inutile de gaspiller de l'essence si je n'avais pas de plan.

Laissant tomber mon front sur mes avant-bras repliés sur le volant, je soufflai un coup.

Et maintenant ?

J'étais en retard dans mes paiements de voiture. Ma facture de téléphone était due d'un jour à l'autre. Tout cela était censé être pris en charge par l'argent que je pensais recevoir d'une minute à l'autre. Au lieu de cela, j'avais perdu mon emploi. Et maintenant, il n'y avait plus d'argent venant de nulle part.

Michelle avait raison sur un point, il n'y avait rien qui m'attendait à Creek Bent. Je devais tenter ma chance ailleurs. Seulement avec un réservoir à moitié plein, cet « ailleurs » ne pouvait pas être très loin.

J'avais besoin d'un plan, d'une destination. Je devais trouver un nouvel endroit où vivre, et plus urgent encore, quelque chose à manger. Bientôt. Mon estomac gargouillait. D'habitude, je prenais des toasts et un café au bureau le matin. Aujourd'hui, je n'avais eu aucune chance de prendre quoi que ce soit.

Les pensées tourbillonnaient dans ma tête comme une tornade. La plupart étaient remplies de panique.

Combien de temps avant que je ne perde ma voiture ?

Mon téléphone ?

Avant que je ne doive retourner dans la rue ?

Avant que la faim ne me force à mendier et à voler ?

Encore une fois...

Je pris une longue respiration et essayai de me concentrer sur une pensée à la fois.

La situation était mauvaise. Mais j'avais connu pire. Je ne voulais vraiment pas retourner à ce *pire* à nouveau...

Je n'ai jamais rencontré mon père et je ne me souviens pas de ma mère. Elle m'avait laissée avec ma grand-mère quand j'étais bébé et n'était jamais revenue. C'est ma grand-mère qui m'a élevée. Grâce à elle, j'ai eu une bonne enfance avec l'école, des amis, des dîners du dimanche, des célébrations d'anniversaire et d'autres belles choses que les enfants reçoivent quand ils ont des adultes qui les aiment.

Ma grand-mère est décédée alors que je venais d'avoir seize ans. Sans autres parents vivants ou connus, je me suis retrouvée dans une famille d'accueil, puis une autre, puis encore une autre, en moins de six mois. Aucune d'elles n'était comme ma grand-mère. Pas même proche. Le dernier couple était particulièrement désagréable, et les deux adolescents dont ils s'occupaient semblaient carrément dangereux. C'est à ce moment-là que je me suis enfuie. J'avais pensé que je serais mieux toute seule.

Sauf qu'à seize ans, j'étais trop naïve pour réaliser à quel point le monde extérieur pouvait être plus méchant envers une jeune fille vivant dans la rue. Ça n'avait pas été joli. Et l'homme qui m'avait finalement sauvée de cette vie n'était pas un chevalier en armure étincelante.

Chris avait plus d'une décennie de plus que moi. Il avait une réputation douteuse et m'a rapidement entraînée dans sa vie criminelle. Quand j'ai finalement réalisé que ce n'était pas l'avenir que je souhaitais pour moi, il m'a fallu tout ce que j'avais pour m'en libérer.

Je me frottai le nez, tripotant l'anneau de mon piercing dans la narine gauche, le seul piercing que j'avais gardé en plus des boucles d'oreilles, après être passée à un look « plus propre » et plus professionnel pour mon poste de réceptionniste à l'agence immobilière l'année dernière.

J'avais travaillé dur pour gagner honnêtement ma vie. Je l'avais fait pendant presque un an. Et je pouvais le refaire, bon sang. J'avais toujours mon téléphone et assez d'essence pour conduire quelques heures. Ma voiture avait besoin de quelques réparations, mais avec un peu de chance, elle tiendrait assez longtemps pour que je trouve un nouvel endroit où m'installer.

Je sortis mon téléphone. L'écran s'alluma. Le service était bon ici, toutes les barres.

Petites bénédictions.

Si je trouvais quelques offres d'emploi convenables dans la région, je pourrais organiser des entretiens dès que possible. Mais il me fallut moins de quelques minutes de recherche pour réaliser à quel point Michelle avait horriblement raison sur le mauvais état de l'économie. Les annonces étaient rares. Et à en juger par les salaires annoncés, j'aurais besoin d'au moins trois de ces emplois pour joindre les deux bouts, ce qui signifiait également qu'il n'y aurait pas de cours universitaires pour moi de sitôt.

Le cercle rouge avec le numéro un brillait au-dessus de l'icône de mes messages texte. Je l'ignorais depuis un jour maintenant, car il venait de Chris.

Lui et moi, c'était fini. Je le lui avais dit la dernière fois que je l'avais vu, en janvier, quand il m'avait emmenée pour une balade « romantique » à la campagne sur sa moto de luxe. Il avait dit qu'il me voulait à nouveau, promettant que les choses seraient différentes entre nous, meilleures. Mais il n'y avait rien qu'il puisse faire ou dire qui me ferait changer d'avis.

Pourquoi n'avais-je pas supprimé son message, alors ? Je n'en avais aucune idée.

Je cliquai dessus maintenant, avec la ferme intention de m'en débarrasser. Le nombre avec beaucoup trop de zéros pour être ignoré me sauta aux yeux depuis l'écran.

« 200 000... »

Chris savait clairement comment attirer l'attention des gens. Mon pouce planant au-dessus de l'écran, je lus le reste du message.

« Ça fait un bail, ma belle. J'ai un boulot pour toi. Rapide et facile. Paie 200 000 $ cash. »

Les zéros dansaient devant mes yeux. Je n'aurais pas dû penser à ce que cet argent pourrait signifier pour moi, mais j'y pensais. Cela signifiait de la nourriture dans mon estomac, un toit sur ma tête, un diplôme universitaire, un meilleur emploi...

Une nouvelle vie.

Tout ce que j'avais à faire était de faire un pas en arrière pour ce dernier boulot, de plonger une fois de plus dans le marécage boueux de mon passé, avant de pouvoir laisser tout cela derrière moi pour de bon et avancer encore plus vite qu'avant.

Il n'avait pas précisé dans le message en quoi consistait le travail. Mais connaissant Chris, c'était certainement quelque chose d'illégal. J'avais travaillé pour lui pendant des années et avais fait beaucoup de choses dont je n'étais pas fière. J'avais juré que j'en avais fini avec tout ça.

Mais peut-être, à tout le moins, pourrais-je découvrir ce qu'il voulait. Je pourrais toujours dire non, n'est-ce pas ?

Je tapai rapidement « *Quel boulot ?* » et appuyai sur « *envoyer* » avant de me donner une chance de trop réfléchir.

La réponse arriva presque immédiatement.

« *Je te verrai au Chicken Wing dans vingt minutes. C'est moi qui invite.* »

Chicken Wing était un restaurant dans la ville à trente minutes d'ici. J'avais assez d'essence pour y aller et j'obtiendrais au moins un petit déjeuner dans l'affaire. Mais un sentiment lourd pesait sur ma poitrine quand j'avais démarré la voiture et quitté le parking.

— Salut, ma belle. Un sourire narquois s'étirait sur le visage de Chris d'une manière que je trouvais autrefois irrésistiblement attirante.

À première vue, il ne semblait pas avoir changé du tout. Il portait un de ses habituels t-shirts de groupe, une veste en cuir tendance et une paire de lunettes de soleil de marque. Ce n'est que lorsque je pris place en face de lui et qu'il retira ses lunettes de soleil que je pus voir plus de rides autour de ses yeux. Même en quelques mois depuis la dernière fois que je l'avais vu, les cernes sous ses yeux s'étaient accentués et les ombres s'étaient approfondies.

Chris avait onze ans de plus que moi, et le temps, aidé par ses nombreuses mauvaises habitudes, détruisait lentement le bel homme qu'il était à la naissance.

Quand je l'ai rencontré, j'avais dix-sept ans. C'était arrivé dans un restaurant très similaire. Adolescente en fugue, je n'avais pas mangé depuis des jours et je m'étais faufilée à l'intérieur, attirée par l'odeur de la nourriture frite.

À cette époque, je survivais principalement grâce à ce que je pouvais voler dans les magasins. Chris m'avait acheté à déjeuner. Au moment où j'avais fini d'engloutir mon repas, il avait complètement volé mon cœur. Pour mes dix-sept ans, il semblait si mûr, confiant et maître de lui-même.

Je détestais à quel point ma situation actuelle ressemblait à celle qui nous avait réunis huit ans auparavant. Je détestais espérer encore que Chris me nourrisse.

— Salut, Chris. Je me calai contre le dossier du siège en similicuir, espérant que mon estomac vide ne ferait pas de bruits trop forts dans cet endroit rempli de délicieuses odeurs de petit déjeuner.

Il me passa le menu, et je n'avais pas la volonté de le refuser.

— C'est vraiment chouette de te voir, ma belle. Il gardait ses yeux bleu pâle sur moi. Des années auparavant, j'avais trouvé le contraste entre la couleur claire de ses yeux et son chaume foncé séduisant.

Adolescente, j'avais vu Chris comme mon sauveur. Quand je l'avais rencontré, j'étais dans la rue depuis des mois, luttant contre la faim, le sans-abrisme et beaucoup de connards qui étaient toujours prêts à profiter d'une fille solitaire qui n'avait rien ni personne.

Chris m'avait nourrie et — au début, du moins — n'avait rien demandé en retour. Il avait attendu trois semaines entières avant de faire des avances sexuelles. Puis un jour, il m'avait soulée avec du vin bon marché, et j'étais pratiquement montée sur ses genoux, le suppliant de me faire l'amour.

J'avais dix-sept ans. Il en avait vingt-huit. À l'époque, je pensais que nous étions amoureux. Maintenant je savais mieux. Cette nuit-là, j'étais mineure, ivre et désespérée d'affection, et il était un prédateur, profitant de ma naïveté et de ma situation.

Au fond, cependant, une corde depuis longtemps rompue tirait encore sur mon cœur quand il couvrit ma main de la sienne et dit de sa voix rauque :

— Tu n'as pas l'air en forme, ma belle. Les choses ont dû être difficiles.

— Je vais me débrouiller. Je retirai ma main brusquement.

— Je sais que tu le feras. Tu es intelligente. Tu l'as toujours été. Il pencha la tête, m'observant tandis que la serveuse apportait notre nourriture.

J'essayai de me retenir, faisant semblant de ne pas avoir faim, prétendant que je n'avais pas besoin de sa charité. Comme si je lui faisais une faveur en le rejoignant pour un repas, et non l'inverse. Délicatement, je pris une bande de bacon dans mon assiette et... la terminai en trois énormes bouchées affamées.

Bon sang, c'était si bon ! J'en pris immédiatement une autre, oubliant complètement de jouer les blasées.

Chris me regardait avec un sourire entendu.

— J'aimerais que tu me laisses prendre soin de toi, Amber, comme au bon vieux temps, traîna-t-il.

La nourriture resta coincée dans ma gorge au souvenir de ce « bon vieux temps ».

Ce n'avait pas été totalement mauvais. J'avais été nourrie. À un moment donné, j'avais même pensé être aimée. Mais je n'avais pas été libre. Pendant des années, j'avais appartenu à Chris, corps et âme. Il devait approuver tout, des vêtements que je portais aux amis que j'avais. Nous avions des relations sexuelles quand *il* le voulait et seulement comme *il* le voulait. Je n'avais pas mon mot à dire sur ce que je mangeais ou ce que je faisais. Jusqu'à récemment, je n'avais qu'une vague idée du genre de personne que j'étais réellement.

Le quitter avait été la chose la plus difficile que j'aie faite, mais il n'y avait pas de retour possible.

— Je n'ai plus besoin qu'on prenne soin de moi, Chris, dis-je la bouche pleine d'œuf, de pain grillé et de bacon.

Avec ce sourire narquois toujours présent, il déchira un sachet de sucre, en versa le contenu dans ma tasse de café, puis ajouta de la crème, exactement comme j'avais l'habitude de le boire. J'étais passée au lait au lieu de la crème récemment, mais Chris ne le saurait pas, bien sûr.

— La rumeur dit que l'agence immobilière pour laquelle tu travaillais a mis la clé sous la porte. Il remuait lentement le café pour moi.

La rumeur ne pouvait pas dater de plus de quelques heures, et pourtant, d'une manière ou d'une autre, elle était déjà parvenue à Chris. Je ne dis rien, gardant les yeux sur mon assiette tout en mangeant.

— C'est une bonne chose, tu sais. Tu n'as pas besoin de ce boulot de bureau merdique, de toute façon. Il fit glisser la tasse de café vers moi.

De toute évidence, il orientait la conversation vers ce qu'il souhaitait que je fasse pour lui en échange de deux cent mille dollars.

Je bus une longue gorgée de café, ma première de la journée. Il avait un goût divin, même avec de la crème. Je fermai les yeux, savourant chaque goutte.

— C'était juste un job, dis-je en reposant la tasse. J'en trouverai un autre.

Il haussa un sourcil d'un air sceptique.

— Ce ne sera peut-être pas si facile. Il n'y a pas beaucoup de travail de nos jours.

Il avait raison, ce qui fit monter l'irritation en moi. Même le poids chaud de la nourriture dans mon ventre ne l'apaisait pas.

— Qu'est-ce que tu sais du marché du travail ? lançai-je. Tu n'as jamais travaillé un seul jour de ta vie.

— Je suis un homme d'affaires, dit-il, aussi lisse que jamais. J'ai besoin de connaître ce genre de choses, même si je ne travaille pas pour les autres.

Combattant l'irritation, je terminai silencieusement mon petit déjeuner. Plus mon ventre se remplissait, plus je me demandais pourquoi j'avais accepté de rencontrer cet homme. Rien de bon n'était jamais sorti de ma relation avec lui. Le mode de vie de Chris avait toujours été le crime et la violence, et il m'y avait entraînée la tête la première.

— Je n'aurais pas dû venir. Je posai ma fourchette sur l'assiette maintenant vide. Merci pour le petit déjeuner, cependant. J'apprécie vraiment.

Il posa rapidement sa main sur la mienne à nouveau.

— Oh, ne pars pas encore. Tu m'as manqué...

— Arrête. Je secouai la tête avec un soupir, n'ayant aucune patience pour la douceur de sa voix ou la pression joueuse de sa main.

Seulement, il n'écoutait pas. Il ne le faisait jamais. Ses doigts se resserrèrent autour de ma main.

— Tu sais que je n'ai jamais voulu que ça se termine entre nous, Amber. Je te reprendrais en un battement de cœur. Pour moi, tu seras toujours ma belle.

Le son de son vieux surnom pour moi me tapait sur les nerfs.

— Arrête. Chris. C'est fini. Je ne reviens pas, et tu le sais.

Il lâcha ma main et s'appuya contre le dossier grinçant du siège en similicuir. Le regard dans ses yeux pâles se durcit.

— D'accord. Continue à jouer à ton petit jeu d'émancipation encore un peu si tu le souhaites, dit-il, comme s'il cédait à un enfant en pleine crise.

Un sentiment désagréable me racla l'intérieur. Je pensais avoir été forte en quittant Chris, mais il croyait évidemment qu'il m'avait *permis* de m'éloigner un moment. Il semblait confiant de pouvoir arrêter mon « jeu » à tout moment.

— Tout ce dont j'ai besoin de toi maintenant, c'est que tu fasses ce boulot pour moi, dit-il.

Je secouai la tête, passant ma main dans les cheveux mi-longs sur ma droite.

— Je...

Il leva un doigt, ne me laissant pas finir.

— C'est de l'argent facile, Amber. Le job est parfait pour toi. Il reprit ma main de sur la table, jouant avec mes doigts. Il y a de la magie dans ces petites mains. C'est dommage de laisser un tel talent se gâcher.

La flatterie ne le mènerait nulle part. Mais la curiosité l'emporta. Je n'étais pas intéressée par le travail, mais il n'y avait pas de mal à se renseigner, n'est-ce pas ?

— Qu'est-ce que tu as besoin que je fasse ? dis-je d'un ton neutre.

Ses traits se détendirent, comme si j'avais déjà accepté.

— Je veux que tu récupères quelque chose pour moi. Tu entres, tu sors. Comme je l'ai dit. Facile-facile.

Je retirai ma main de la sienne.

— Et qu'est-ce que tu veux que je vole ?

— *Que tu prennes*, corrigea-t-il. Propre et discret. Comme je sais que tu peux le faire.

— Qu'est-ce que tu veux que je *prenne* ?

— Une statue, dit-il, agitant nonchalamment son poignet.

— C'est une œuvre d'art ou quelque chose comme ça ? Je ne voyais pas Chris comme un amateur d'art. Cependant, si la pièce avait une valeur marchande, il l'apprécierait certainement.

— Quelque chose comme ça. La statue est avec la ménagerie itinérante, celle que je t'ai emmenée voir en janvier, tu te souviens ?

Les souvenirs de la fête foraine me revinrent en mémoire. Les tentes de toile rayées étaient remplies d'animaux fantastiques qui n'existaient pas dans notre monde mais semblaient si réels. Je n'avais jamais rien vu de tel ni avant ni après cette visite à la foire.

J'avais eu quelques jours de congé au travail cette semaine-là. Dans un moment de faiblesse, j'avais accepté de laisser Chris m'emmener à la foire qui se déroulait à proximité. La visiter avait été amusant. Avoir Chris comme compagnon de voyage avait été plus intense que jamais. Cela m'avait rappelé à quel point il m'avait fait me sentir piégée.

En quittant la ville, sur le parking d'une épicerie, j'avais aperçu la fille qui vendait des billets pour la ménagerie. Elle semblait timide, même craintive quand j'avais essayé de lui parler. Mais j'imaginais qu'elle devait mener la vie la plus excitante, voyageant avec la ménagerie, n'appartenant à aucun lieu ni à aucun homme. Libre. Exactement comme je rêvais de l'être.

Je soupirai à travers l'écho de toutes ces émotions résonnant dans ma poitrine.

— Oui. Je me souviens.

Chris se rapprocha sur son siège.

— Alors. L'impatience se glissa dans sa voix. La ménagerie est en Europe maintenant. En Allemagne. Ils quittent Munich bientôt. Toutes leurs affaires seront expédiées dans quelques jours. La statue sera en transit, avec une sécurité minimale. C'est à ce moment-là qu'il sera préférable de la récupérer.

Je secouai la tête.

— Je t'ai dit que je ne fais plus ces conneries.

Il prit mes deux mains dans les siennes.

— Regarde. C'est juste prendre un morceau de pierre inutile à un connard riche et le vendre à un autre. Ta sensibilité morale n'a pas à être offensée ici. Ce n'est pas comme si tu volais un musée ou des orphelins affamés.

— Eh bien, merci pour ça. Je levai les yeux au ciel.

— Je te dis, un type riche veut cette statue stupide que quelqu'un d'autre possède, et il est prêt à payer un bon prix pour ça. Ce serait idiot de rater une chance comme celle-ci.

C'était beaucoup d'argent. Et ce ne serait que ma part. Chris devait empocher au moins autant, peut-être plus. Il ne me dirait pas le nombre exact si je demandais, mais je savais qu'il s'occupait toujours d'abord de ses intérêts.

— Qu'est-ce qui est si spécial avec cette statue ? Pourquoi l'acheteur la veut ?

— J'en sais rien. Peut-être que c'est une question d'ego ? Il veut ce qu'il n'a pas. Je m'en fiche, et tu ne devrais pas t'en soucier non plus. Tant qu'il paie quand on lui apporte ce qu'il veut.

— *On* ? précisai-je.

Chris hésita, regardant ailleurs.

— Eh bien, *toi*. C'est un travail pour une personne. Il me fit un sourire taquin. Pour une *femme*, devrais-je dire.

— Alors, tu ne serais pas là ?

Je n'avais jamais rien fait de tel toute seule auparavant. Mon rôle dans les « affaires » de Chris avait été largement un rôle de soutien. J'avais principalement aidé à la planification de ses vols et ensuite à l'élimination de ce que lui et ses hommes de main avaient volé.

J'étais douée pour la falsification et pour certains aspects du blanchiment d'argent. Je pouvais crocheter des serrures comme personne. Et j'avais été conductrice pour la fuite à quelques occasions. Mais j'avais toujours travaillé en équipe auparavant, jamais seule.

— Alors, où serais-*tu* pendant que je ferais ton sale boulot pour toi ?

— Le job est à l'étranger, dit-il. Et je... Eh bien, je ne peux pas monter dans un avion pour le moment.

Je plissai les yeux, inclinant la tête en question.

Grimaçant sous mon regard, il se frotta la nuque, puis gratta le chaume foncé sur son menton.

— C'est une longue histoire. Disons simplement que j'ai eu quelques problèmes avec la police qui ont entraîné des restrictions de voyage hors du pays. *Temporairement.*

— Je vois.

— Je vais m'en occuper. Je le fais toujours. Mais le timing n'est pas idéal. Mais hé... Il se redressa. Tu te débrouilleras très bien toute seule, Amber. Tu es une pro.

— Pro du vol, ricanai-je. Quelle réussite.

Il redressa ses épaules.

— Bien sûr que c'en est une. Il y a de l'argent à se faire dans ce qu'on fait, ma belle. Bien mieux que ce que ce type de l'immobilier te payait. Espèce de radin.

C'était vrai. J'aurais dû travailler près d'une décennie dans cette agence immobilière pour gagner le même montant que Chris m'offrait pour quelques jours de mon temps.

— Deux cent mille dollars, dis-je doucement.

— C'est exact. Il me regardait comme un chat regarde une souris prise entre ses pattes. Plus tous les frais payés. Fouillant à l'intérieur de sa veste en cuir, il sortit une enveloppe épaisse et la posa sur la table entre nous. Trois mille euros, ma belle. Pour t'emmener en Allemagne. De belles vacances européennes qui se paient d'elles-mêmes et plus encore.

Je regardai fixement l'enveloppe bourrée d'argent et essayai de ne pas penser à ce que cela signifiait en termes de repas, de chaleur et de confort.

— Tu mérites une pause. Ce connard de l'immobilier t'a exploitée et sous-payée, ricana Chris.

Peut-être. Mais sans éducation, sans références, et avec mon passé douteux, je m'étais considérée comme chanceuse d'avoir ce travail. J'avais été tellement exaltée quand j'avais reçu l'appel m'annonçant que le poste était le mien. C'était comme si la porte s'était enfin ouverte sur une vie que je n'avais jamais qu'entrevue de l'extérieur, la vie normale et honnête à laquelle je n'avais pas eu accès depuis la mort de ma grand-mère.

Pendant près d'un an, je n'avais pas eu à inventer de mensonges quand les gens me demandaient ce que je faisais dans la vie. J'avais un avenir devant moi. J'avais fièrement raconté à quiconque voulait bien m'écouter mon travail et mes projets universitaires. J'avais l'impression que mon passé était définitivement derrière moi.

Maintenant, mon passé était à nouveau assis en face de moi, avec ce sourire entendu si familier.

— Non, Chris. Je repoussai l'enveloppe vers lui. L'étincelle d'excitation à la sensation de l'épaisse liasse de billets sous ma paume s'alluma puis s'éteignit. J'en ai fini avec tout ça. Merci pour le petit déjeuner.

Je me levai de table.

Ses yeux me suivirent avec cette lueur dangereuse de colère, cette colère que je ne connaissais que trop bien. Mais il resta assis.

— Comme tu veux, ma belle. Il se pencha en arrière, posant nonchalamment un bras sur le dossier de la banquette. Tu sais où me trouver si tu as besoin de moi.

Je priai pour ne jamais *avoir besoin* de quoi que ce soit de cet homme, plus jamais. Quittant le restaurant, je refermai fermement la porte derrière moi.

Cependant, à chaque pas que je faisais le long du parking en me dirigeant vers ma voiture, l'inquiétude pesait de plus en plus lourdement sur ma poitrine. Toutes les questions paniquées de tout à l'heure étaient revenues. Celle qui pulsait le plus anxieusement dans mon cerveau était : « *Et maintenant ?* »

J'étais de retour à la case départ. Sans emploi et sans le sou. La seule différence était la sensation de satiété dans mon estomac. Mais je savais qu'il serait à nouveau vide et tenaillé par la faim bien trop vite.

La porte du restaurant s'ouvrit et se referma derrière moi. Je m'efforçai de ne pas tourner la tête dans cette direction, mais je sentais le regard de Chris sur mon dos.

Il me regardait. En attendant.

Mettant autant d'assurance dans ma démarche que je pouvais rassembler, je m'approchai de ma voiture, ouvris la portière et me glissai sur le siège conducteur.

« *Je peux y arriver* », me répétais-je encore et encore dans ma tête, en tournant la clé dans le contact. « *Je n'ai pas besoin de Chris ou de son argent.* »

Le silence de mort du moteur me glaça d'effroi. Cette fichue voiture ne faisait aucun bruit, peu importe combien de fois je tournais la clé. J'arrêtai d'essayer, laissant tomber mes mains sur mes genoux.

La peur, une terreur froide et paralysante, se répandit dans mes membres. Sans la voiture, je n'avais vraiment rien. Je ne pouvais même pas me rendre à un entretien, à supposer que je parvienne à en obtenir un.

Prenant de petites respirations peu profondes, je levai les yeux. À travers le pare-brise, je vis Chris. Appuyé contre sa grosse moto noire, il était tourné vers moi, les bras croisés sur sa poitrine. Son visage caché derrière la vitre de son casque, je ne pouvais pas voir ses yeux, mais il semblait attendre. Mon casque rouge feu reposait commodément sur le siège à côté de lui, comme une invitation à le rejoindre.

Connaissant Chris, il aurait pu avoir quelque chose à voir avec le fait que mon moteur ne démarre pas à ce moment précis. Bien que ma voiture soit assez vieille pour tomber en panne toute seule.

Au final, était-ce vraiment important de savoir comment

c'était arrivé ? Une chose était claire, il ne fallait pas grand-chose pour écraser complètement ma vie et faire basculer ma situation de mauvaise à désespérée.

J'étais fatiguée. Si fatiguée de lutter contre chaque petite chose qui allait toujours mal en attendant que l'autre chaussure tombe. Fatiguée de constamment élaborer des stratégies pour décider laquelle des factures qui s'accumulaient payer en premier. Fatiguée de ne pas avoir un toit fiable au-dessus de ma tête. Et j'avais peur parce que je savais que les choses empireraient, bien, bien pire maintenant que je n'avais ni emploi *ni* voiture.

Chris pourrait prendre la part du lion sur les bénéfices, mais il payait toujours ses gens ce qu'il promettait. À ce stade, deux cent mille dollars changerait ma vie.

Peut-être que j'avais besoin de faire ce pas en arrière pour pouvoir avancer ? Un bref voyage dans le passé pour assurer mon avenir ?

Je soufflai, prenant un moment pour rassembler ma détermination.

Je ne pouvais pas voir son visage, mais je *sentais* Chris sourire quand je sortis de la voiture et me dirigeai vers lui.

Disponible maintenant.

Pour en savoir plus sur Marina Simcoe

Le Monde de la Rivière des Brumes

Feu Dans la Pierre

Cœurs en Feu

La Caresse du Serpent

La Conquête du Serpent

La Ménagerie des Curiosités de Madame Tan

L'appel de l'Eau

Folie de la Lune

Le Pouvoir de la Rage

ROMANS D'AMOUR de SCIENCE-FICTION

Un Alien pour les fêtes

Mon Mariage avec Krampus

Mon Minuscule Géant

Mon Escapade D'Anniversaire

Une Mère par Correspondance

Nouvelle Année, Nouvelle Planète

Une Mère par Correspondance

Mon Petit Potiron

Qu'est-ce qui fait d'un Alien un Père ?

À propos de l'auteur

Marina Simcoe aime écrire des histoires d'amour avec des personnages, qui peuvent être humains ou non, car elle croit fermement que notre monde contemporain a toujours besoin d'un peu de fantaisie.

Elle s'amuse beaucoup à explorer comment ses personnages fantastiques, dotés de leurs propres croyances, valeurs et aspirations, s'adaptent à notre vie de tous les jours.

Elle vit au Canada avec son grincheux de brute bien à elle, leurs trois jeunes enfants et un chat, qui est assurément unique en son genre.

Pour être tenir informé de ses prochains livres, veuillez consulter la page de Marina Simcoe sur Facebook ou le site de l'auteure.

https://www.marinasimcoe.com/français

facebook.com/MarinaSimcoeAuthor

instagram.com/marinasimcoeauthor

patreon.com/MarinaSimcoe

bsky.app/profile/marinasimcoe.bsky.social

bookbub.com/profile/marina-simcoe

pinterest.com/marinasimcoe